CONFIDENTIAL

JN172937

一章
檻より見上げた星

CHAPTER 1

AMALGAM HOUND

Special Investigation Unit,
Criminal Investigation Bureau

彼女には忘れられない光がある。青い瞳、青い眼差《まなざ》し。

到底、彼女に向けられるはずのない、良心に満ちた光。


破れた天井から夜空を見上げた少女は、何光年も離れた過去の光に手を伸ばした。暗闇の彼方《かなた》で、青い星が瞬《またた》く。伸ばされた手は、透き通るように白い。小鳥に手を差し伸べるようなその仕草は、室内の澱《よど》んだ空気にそぐわぬ清らかさを伴い、稚く指先を月光に浸《つ》けた。

彼女の横顔に、表情はない。冬空の雲と、同じ色の髪。その間からは、獣の尖《とが》った耳が覗《のぞ》く。タンクトップの裾からは豊かな毛並みの尻尾が覗き、ぱたりとコンクリートの床を叩《たた》いた。銀色の毛並みは彼女の髪と異なり、金属質な光沢を持つ。

華奢《きゃしゃ》な少女と不釣り合いな獣の耳と尾。だがその姿は、室内で目立つものではなかった。

冷たく月の光が差す室内には、いくつもの人影が蠢《うごめ》いていた。そのどれもが、半ば人間の姿を失い、銀色の部位に侵食されつつある。彼らは一様に、鎖で壁に繋《つな》がれ、頭と手足を振りたくり、唾液が垂れるのも構わず喚《わめ》き散らし、目が合った相手を威嚇する。己の獣性に振り回されてなお、自分はまだ人間だと、周囲に訴えるように。

だが少女は、その灰色の瞳に幾つもの星を映すだけだった。室内の様子などまるで目に入らない。何せ、彼女には全てがどうでもいい。遠吠《とおぼ》えも、唸《うな》り声も、少女の関心事ではない。

どうせ彼らも、次の夜には死ぬ。死ぬまで戦わせる見世物が開幕すれば、敗者は死に、勝者は囚《とら》われ続けるだけだ。少女は静かに、自分の出番を待っている。

ただ、美しい青、少女にとって忘れられない光を瞼《まぶた》に仕舞い、彼女は目を閉じた。

■

けたたましく目覚まし時計が鳴る。弾《はじ》かれたように天井を見上げたテオ・スターリングは、いつの間にか止めていた息を深く吐いた。汗に濡《ぬ》れた額を拭い、深呼吸する。

大陸戦争の前線から退《ひ》いて二年が経《た》っても、テオの一日は悪夢から始まる。

科学と魔術が手を結び発展したアダストラ国。大陸の中でも資源に恵まれたこの国は、長らく大陸全土を巻き込む戦争の渦中《かちゅう》にあった。対立関係にあった近隣諸国と停戦し、条約締結に動いたのもここ一年のことで、なかなか情勢は落ち着かない。

テオが軍人として戦った期間は長くなかった。しかしその中でも、歴史的な大規模戦闘となったアルカベル戦役は、忘れられない。テオにとって最後の任務となった戦いだ。

アルカベル市を主戦場とし、市の象徴だった大鐘楼が薙《な》ぎ払《はら》われたのを機に、戦闘は昼夜を問わず一か月続いた。厳しい戦いはテオから多くの仲間を奪い、悪夢となって未《いま》だに苛《さいな》む。

（……今更思い出したところで、何もできないっていうのに）

テオは強張《こわば》った体で無理に起き上がった。洗面台に向かう間も、瞼《まぶた》の裏には爆撃による黒煙と土埃《つちぼこり》、吹き飛ばされていく仲間の遺体が蘇《よみがえ》り、破裂音が鼓膜の奥でこだまする。

顔を洗い、鏡を覗《のぞ》き込んだテオは顔をしかめた。青い瞳は悪夢に澱《よど》み、薄く隈《くま》ができている。濡《ぬ》れた前髪を掻《か》き上《あ》げると、その暗い赤毛と相まって乾いた血を洗い流したことが思い出される。土気色の腕が落ちたかと思って振り返れば、汚れたシャツが洗濯籠からはみ出ていた。

寝ても覚めても、悪夢は離れてくれそうにない。

テオは溜息《ためいき》を堪えきれないまま、のろのろと朝の支度を進めた。そういえば、とテオは眉根を寄せ、ネクタイを締める。

戦場の記憶とともにテオの脳裏によぎるのは、若い兵士の姿だった。

アルカベル戦役の際、テオの属する一三三部隊は陽動作戦を終えた直後、爆撃によって壊滅した。生き残ったのはテオだけだった。そのテオも瓦礫《がれき》に挟まって死の淵《ふち》に追いやられたが、そこに駆け付けた兵士がいたのだ。

武装と中性的な声のせいで、性別や人相は分からなかった。だが兵士は手際《てぎわ》よくテオを瓦礫《がれき》から救い出し、颯爽《さっそう》と肩を貸して歩き出したのだ。小柄で華奢《きゃしゃ》だが、人間を運ぶのに慣れていた。きっと看護学校から従軍した生徒だろう。

だがその兵士はテオを爆撃から庇《かば》い、若い身空で木端《こっぱ》微塵《みじん》になった。

テオも満身創痍《まんしんそうい》だったが、使命感から、そしてあまりの申し訳なさから、頭と胸部だけとなった兵士の遺体を抱え、基地まで走った。兵士には識別票がなく、何より、仲間を全て喪《うしな》ったテオにとって、自分を救った相手まで見捨てることはできなかった。

だが、テオはその後を知らない。テオが病院のベッドで意識を取り戻した時には既に、必要な処理は全て終わっていた。兵士の身元どころか、埋葬場所すら分からない。

記憶は曖昧だ。だが悪夢は、毎晩鮮明に、テオに地獄を思い出させる。

爆撃を受けて吹っ飛ぶ仲間たち。瓦礫《がれき》に埋もれるテオ。そしてテオを救う兵士が必ず現れ、テオを庇《かば》って必ず木端微塵《こっぱみじん》になる。だが奇妙なことに、遺体を抱き上げたテオに向かって、兵士は「撤退してください」と繰り返すのだ。「逃げてください」「私に構わないで」と。

そして悪夢は必ず、その兵士を別のものへとすり替える。ひび割れた防塵《ぼうじん》ヘルメットは黒焦げの頭部へ、焼け焦げた戦闘服は当時流行のワンピースへ。長く伸ばした赤毛は見る影もなく、可憐《かれん》な指は骨すら残らず崩れてなお、テオに縋《すが》りつく。

「兄さん、どうして？　どうして兄さんは生きているの？　私を見殺しにしたのに」

涙で濡《ぬ》れた恨み言が炎に飲まれ、テオの鼓膜を揺らし、眩暈《めまい》を起こす。

気付けばテオは、玄関扉の前で立ち尽くしていた。しん、と静まり返った部屋には当然、誰もいない。全ては悪夢で、過去のことだ。だがテオは、その沈黙に酷《ひど》く責め立てられる心地で、家の外へと逃げ出した。

ヘザー。故郷に残し、両親を任せた妹。自分より少し明るい赤毛と、青い瞳の少女。戦火に巻き込まれ、逃げる間もなく焼け死んだ、可哀想《かわいそう》な、まだ十代半ばの。

テオは全てを振り切るようにして車に乗り込んだ。五年経《た》ってなお惨劇は瞼《まぶた》の裏から離れず、そこに戦場での記憶が重なって、テオの頭はいつもぐちゃぐちゃにされる。

車窓を流れる街並みには、保護者に手を引かれて歩く子供の姿がある。商業施設を見ながら楽しげに笑い合う若者の姿がある。馬鹿なことだと分かっていても、テオはそこに妹の姿を探さずにいられなかった。償う先も恨む先もない現状、テオにできるのは愚かな回想ばかりだ。

それでも時は過ぎ、一日は巡り、犯罪は起きて、テオの仕事が始まる。

テオは深呼吸して意識を切り替え、デルヴェロー市立図書館へ踏み込んだ。空襲を免《まぬが》れた建物は戦前と変わらず、静かに人々を迎え、英知の森へと誘う。暖色でまとめられたロビーには新刊や絵本のコーナーが作られ、家族連れが本を選んでいた。専門書を片手に議論する若者と老人の姿があり、静かに一人の時間を満喫する者もいる。

テオが守るべき、平和な市民の日常がそこにあった。

彼らを微笑《ほほえ》ましく見やり、テオは入場ゲートへ向かった。図書館利用者とは異なる列に並び、職員に捜査局のバッジを見せる。

　職員は笑顔のまま、黙って魔導転送機《トランジット》のレバーを下げた。テオが掌《てのひら》を押し当てて生体認証を終え、一歩踏み出すと、景色は一変する。職員が立っていた場所と同じ場所で、警備員が敬礼してテオを迎えた。

「おはようございます、スターリング捜査官」

「ああ、おはよう。今日もご苦労さん」

　テオが進むロビーは、温《ぬく》もりに溢《あふ》れた図書館から打って変わり、灰色が基調の無機質なビル内に変貌していた。安全保障のため魔導迷彩《ミメシス》によって隠された捜査局デルヴェロー支局には、今日も多くの捜査官が出勤し、同じだけの捜査官が飛び出していく。

　テオは迷いなく歩みを進め、刑事部のオフィスに入った。挨拶を交わした捜査官たちは、最近増えた『山羊《やぎ》面強盗』事件について話しながら、入れ違いにオフィスから出ていく。

　テオはブラインドの隙間からデルヴェロー市の街並みを見やった。人通りと交通量は変わらず、工事の進展も窺《うかが》える。撃墜された戦闘機が突っ込んだ商業ビルも、来月には新装開店できると聞く。市内には、日常が戻ってきつつあった。

　軍の通信施設等があることからデルヴェロー市も攻撃対象になっていたが、豊富な避難経路とシェルターが功を奏し、建物の被害に比べて死亡者は少ない。それでも、市民には癒えない傷が残り、治安の悪化は確実に進んでいる。暴行事件は絶えず、窃盗事件も数えきれない。昨日も少年グループが窃盗の現行犯で捕まったばかりだ。

失ったものを数えながら日々を過ごしているのは、何もテオだけではない。分かっていても、窓ガラスに映った表情があまりに暗く、テオは顔をしかめてブラインドを閉じた。

「……仕事の時間だ」

声に出して切り替え、テオはデスクを振り返った。ちょうどオフィスの扉が開く。

「おはようございます！　はいおはよう！　おはよう！　おっ今日のネクタイいいね！」

賑《にぎ》やかに入ってきた男に向かって、多くの捜査官が笑顔で挨拶を返す。若々しいブラウンの髪を掻《か》き上《あ》げ、明るいグリーンの瞳を輝かせた優男は、軽やかにテオのもとへやって来た。

「やあ、おはようテオ！　今日も辛気臭い顔だね！」

「元からだ。放っておいてくれトビアス」

テオが溜息《ためいき》混じりに応じると、トビアス・ヒルマイナは肩を竦《すく》めてコーヒーを淹《い》れた。

「アカデミーにいた頃から変わらないな、君は。僕の後輩で君ほど仏頂面《ぶっちょうづら》の多い人間はいない。警察犬たちを見習いたまえよ、彼らの愛嬌《あいきょう》は世界一だ」

「余計なお世話だと何度言えば……」

テオは反射的に声を荒らげたが、オフィスに入ってくる新たな人影に気付いて口を噤《つぐ》んだ。

金髪を揺らして出勤したエマ・カナリーは、魔導士協会に認められた証《あかし》であるケープを翻《ひるがえ》し、紫の瞳をテオたちに向けた。トビアスが笑顔で彼女を迎える。

「おはよう、エマ。昨日まで、雪山へ出張だったんだろう？　どうだった？」

「ウェンディゴと派手なダンスパーティーになったわ。雪の夜に花火もいいものね」

そう笑って、エマは腰のホルスターの上から魔導小銃《カタラ》を軽く叩《たた》いた。アダストラ国内では魔導士による犯罪も多く、協会認可を受けた魔導士も刑事部にいる。その中でもエマは銃火器の扱いに長《た》け、テオの頼もしい同僚だった。だがふと、テオは規約を思い出して尋ねる。

「エマ、出張から帰ったばかりなら休暇命令が出るはずじゃ？」

「部長から聞いてない？　私、戻ったらすぐオフィスに来るよう言われたけど……」

覚えがなくてテオが首を傾《かし》げると、オフィスに顔を出した刑事部部長リノ・パロマが手招きをした。有無を言わさず部長室に戻るのを見て、テオは顔をしかめ、エマは苦笑し、トビアスは扉を開けて手で示す。また急な命令か、捜査か、その辺りだろう。

テオたち三人をデスク前に呼び寄せたパロマ部長は、指を組んで真剣な顔をした。

「急に悪いな。捜査局から要請があって、うちで特捜チームを組むことになった。アマルガムの関与する犯罪に集中して対応する特別チームに、君たちを任命する」

アマルガム。その単語にテオは目を見開き、エマは「部長！」と声を上げた。

「アマルガムって、自律型魔導兵器《オートマトン・アーツ》ですよ。管轄は陸軍か、魔導士協会のはずじゃ？」

「そりゃ百も承知だ！　だがアマルガムの関与する犯罪は凶悪化しやすいと、報告が出ていてな。陸軍諜報《ちょうほう》部も動いているが、凶悪事件となると刑事部の管轄でもある。陸軍を始めとした専門機関と協力して、アマルガムに対処しなきゃならん。それに、局長直々の要請だ」

パロマは両手を広げてそう言うと、捜査ファイルを人数分テオに渡した。トビアスが言う。

「……アマルガムはそもそも、戦場限定で運用されているはずですよね。命令に忠実なのが強みのはずです。それがどうしてまた、犯罪に関与するんです？　戦車の攻撃にも耐えて、戦艦主砲を担《かつ》いで進むような巨人ですよ。横流しできるとはとても思えませんがね」

トビアスの言葉ももっともだった。

自律型魔導兵器《オートマトン・アーツ》。魔術と科学の融合によって生まれた戦略兵器群。その中でも、アマルガムというのは画期的な存在だった。泥人形に似た色合いで簡素な人型を取り、戦艦級の主砲を担《かつ》ぎ、どんな地形、どんな攻撃にも耐えて進攻し、一切の補給を必要としない巨大歩兵として、最前線で重宝されている。もう十年以上人間の代わりに主戦力を担《にな》っており、大陸戦争での戦死者減少に貢献してきた。ただ、敵国への情報漏洩《ろうえい》を避けるためか、陸軍の厳重な管理下で情報規制が取られ、詳細は伏せられたままだ。

それだけの代物が、市井《しせい》で犯罪に関与しているとはとても思えなかった。第一、巨大歩兵が街を歩いていたら、市民はすぐさまパニックになるに違いない。

パロマは剃《そ》り上げた頭を撫《な》で、深く溜息《ためいき》を吐《つ》いた。

「……経路は不明だが、アマルガムが秘密裏に流出しているのは確かだそうだ」

エマが「そんな」と短く息を呑《の》んだ。パロマの表情も深刻だ。

「課報部《ちょうほうぶ》でもアマルガムは捜索追跡しているが、彼らにも限度がある。そこで、君たちには特捜班としてチームを組んでもらい、犯罪捜査の面からアマルガムにアプローチする形を取ることになったわけだ。報告がない時は他の事件を担当することもあるかもしれないが、基本はアマルガム犯罪に集中してもらう。リーダーは君だ、スターリング捜査官」

思わぬ指名を受けて、テオはどきりとして顔を上げた。他二人の視線を感じる。

「俺ですか？　捜査官としては、ヒルマイナの方が……」

「確かに君は刑事部じゃ若いが、検挙率は大したものだし、従軍経験があるだけに根性もある。局長からも評価されているよ。まったくノウハウのない捜査になるが、ベテランのヒルマイナ捜査官、魔導士のカナリー捜査官と協力して、真相を明らかにしてもらいたい」

「……ベストは、尽くします」

「捜査の状況次第では、チームの増員も視野に入れている。健闘を祈るよ」

それを最後に、テオたちは部長室から出ることになった。テオは思いもしなかった事態に頭痛を覚える。戦場にいるはずのアマルガムが、一体どうやって民間で事件を起こすというのだ。だが確かに手元には捜査ファイルがあり、テオたちの今日の仕事は決まってしまった。

オフィスに戻ると、トビアスが「ふむ」と腕組みをした。

「しかし、アマルガムか。僕も報道以上のことは知らないんだよね」

「興味を引かないように、ほとんどの情報は伏せているもの。仕方ないわ」

「それよりトビアス、エマ。二人は納得しているのか？　俺がリーダーなんて……」

気になってテオが尋ねると、トビアスとエマは不思議そうな顔をした。

「パロマ部長の言葉が全てじゃないかい？　君の判断は僕も信用しているよ」

「たとえミスしても、そのためにトビアスがいるわけだし、魔術的なアプローチは私ができるもの。あなた、自分でどんどん決めちゃうし、リーダーの方が動きやすいわよ、きっと」

「……簡単に言ってくれるが、そういうものか？」

「そういうものよ。さっ、事件の確認といきましょう。チームの初捜査よ」

気合いを入れ直し、テオたちは捜査ファイルの資料に目を通した。


報告されたのは、デルヴェロー市内にある違法闘技場だった。

違法闘技場そのものは珍しくない。戦禍によって物流は滞り、多くの者が職を失い、金と物資の偏りは未《いま》だ解決が遠く、一部地域ではその日暮らしの者が増加傾向にある。その中でも体力自慢の行きつく場所が、違法闘技場だった。空き地や廃墟《はいきょ》を無断占拠して行われる格闘大会で、選手の勝敗に金銭を賭け、場合によっては多額の賞金が出ることもあって人気だ。

だが件《くだん》の違法闘技場では、出場している選手の様子がおかしいと報告があった。

選手の肉体が一部銀色に変わっている。それだけでも奇妙なのに、銀色の部分は必ず別の生き物の部位に変形しているのだと言う。

化粧や作り物の類とは思えない、と報告書には記載されていた。隠し撮りされた写真では、確かに頭が猪《いのしし》になった選手と、両腕が蟹鋏《かにばさみ》になった選手が戦っている。様々な姿に変貌した選手たちは、人間離れした戦闘を繰り広げ、一方が死ぬまで戦い続けるそうだ。

異形たちによる殺戮《さつりく》ショー。それを見て、観客は興奮し、熱狂する。

この選手たちが、アマルガムではないかと疑惑を持たれていた。


テオは捜査ファイルを閉じ、エマに目を向けた。

「……魔術の専門家として、どうだ。アマルガムの可能性は」

「見た目だけなら、可能性はあると思うけど……精巧な合成義体ってことはない？」

「いやーそれはないだろう。手足ならともかく、この猪の頭なんて無理だ」

トビアスが口を挟み、写真を指で示して言った。ちょうど猪の選手が負けたシーンだ。

「本物の毛皮ですらないし、この蟹鋏《かにばさみ》で粉砕された頭部を見た限り、機械部品や動力源もない。合成義体でこれを作るのは無理だ。合成義体ユーザーとして断言するね」

「……だとしたら、これ、妙だわ」

エマは資料と写真を眺め、難しい顔をした。

「アマルガムは特殊な兵器なの。再生能力が高く、補給要らず。そして何より、死なない」

「……だが、この闘技場だと、選手は死ぬまで戦わされる」

「本物のアマルガムなら死なないわ。正確には、動力源であるコアが破壊されるまで再生できるから、頭が潰れたぐらい平気なはず。それに、見た目も気になる。銀色なのはこの際置いておくとしても、生き物の部位になっているのはなぜ？」

エマの疑問は続く。テオはその勢いに少し怯《ひる》みながら資料をめくった。

「アマルガムなら、本物の人間にも化けられるってことか？」

「いいえ。アマルガムの擬態能力は精々、周囲の環境に紛れる程度よ。負傷状態から再生するために身を隠そうとして、接触している砂利や草に擬態するの。表面の感触まで再現するから、タコやカメレオンよりは上手《うま》いけど、ほら、新聞にも載ってた泥人形みたいな、ああいう簡単な形しか取れないのよ、基本はね。生き物への擬態は難しいの」

「……じゃあ、銀色なのも、生き物の部位を再現しているのも、本来は妙なんだな」

「そう。だから合成義体を疑ったけど、そうじゃないんでしょう？　でもアマルガムとしては、矛盾の塊だわ。……どうなってるのか、見当もつかない」

エマは困り果てた顔で言った。テオは眉根を寄せて唸《うな》る。

「そんな連中を試合に出すメリットは何だ？　違法闘技場だってのに、話題性を求めるのもおかしい。実際、こうして報告されて捜査の対象にもなっているわけだ。……目的が見えん」

「案外、アマルガムがいまーす、っていうアピールに過ぎないんじゃないかい？　調べに来た人間が目当てで、罠《わな》を仕掛けている、とか」

トビアスは明るく言ったが、その目は真剣だった。テオは顎を引いて応じる。

「……管轄の市警と協力して、一気に制圧するしかないな。罠《わな》ならなおさら、潰すに限る」

「ま、本当にアマルガムがいたとしても、だ。指揮官を押さえたら制御できるんだろう？　命令には忠実だって聞くし」

トビアスが言うと、エマはすぐに頷《うなず》いた。

「そうね。強力な兵器の分、自律型とはいえ知能は低く設定されてるもの。……でも、運営側に自棄《やけ》を起こされたら堪《たま》らないし、一応魔導抑制器《アーツ・リジエクター》の使用許可をもらってくる。アマルガム対策の特別チームだもの、融通してくれるに決まってるわ」

エマはそう言い終えるや否《いな》や、部長室に駆けていった。行動の早さはアカデミー時代から変わらない。テオは罠《わな》だった場合の武装を考えていたが、トビアスが呟《つぶや》いた。

「……本当にアマルガムだったとしても、冷静に頼むよ、テオ」

テオは思わず顔を上げた。トビアスは案じる目付きでこちらを見下ろしていたが、保護者ぶったその視線がやけに居心地が悪く、テオは舌打ちする。

「お前こそ油断するなよ。今度は右腕が逝《い》くぞ」

テオが視線でトビアスの右腕を示すと、彼は合成義体の左拳で右肩を叩《たた》いた。

「その時は、ロケット弾を撃てる腕にしてもらうさ。……一人で立ち向かうんじゃないよ」

「……分かってる。甘く見るな」

視界の端で、炎と黒煙の幻がちらつく。テオはそれを振り払って、準備を始めた。

■

闘技場が開くのは、夜九時だった。

春先は、まだ夜風が冷たい。テオはコートの襟を立て、帽子を目深《まぶか》にかぶり、顔を見られることのないように気をつけながら周囲の様子を窺《うかが》った。街灯の少ない方へと、人々が通りを流れていく。老若《ろうにゃく》も貧富も問わず、奇妙な熱気を伴い、ぞろぞろと廃工場へ向かっていた。表通りから離れ、店もない寂れた地域としては、異様な人通りだ。

テオたちは市警と協力し、客として闘技場に潜入することを選んだ。運営スタッフがいると思われる裏口側はトビアスとエマに任せ、テオは単身、正面から会場に入る。

外観こそ朽ちかけた廃工場だが、扉を潜るとそれらしく整えられていた。人気選手のポスターやこの数日間の成績表が掲示される中を歩き、テオは客席へと足を進める。

場内では重低音の目立つ音楽が鳴り響き、ミラーボールが輝き、小規模の売店もあった。客席代わりにリングを囲むのは階段状に組み立てられた簡素な足場で、座り心地は悪い。リングといっても、単に天井まで伸びたフェンスで仕切られた四角い空間だ。フェンスには選手の入場口だけがあり、現在は施錠《せじょう》されている。リングの床では濃淡の異なる血痕が目立っていた。

このリングでどれだけの選手が死に、雑に扱われてきたか、想像に難《かた》くない。

テオは鼻の頭に皺《しわ》を寄せるようにして顔をしかめた。

　会場内は埃《ほこり》っぽく、カビくさい。換気はあまりされていないのか、煙草《たばこ》の煙が溜《た》まって天井付近は白く煙っていた。客席を見ても、テオのように周囲を気にしている人間はいない。葉巻や飲食物などを取り出し、それぞれが好きに時間を潰している。

　混沌《こんとん》とした客席は、やがて誰からともなく始まったコールに合わせて、試合開始に向けて団結していく。今宵《こよい》の殺戮《さつりく》ショーを間近に控え、すでに興奮した様子の観客たちは、早くも異様な盛り上がりを見せていた。

「血だ！　血だ！　殺せ！　殺せ！　やっちまえ！　ぶちのめせ！」

　観客たちは慣れた様子で声を張り上げる。まったく不愉快なことだと、テオは鼻を鳴らした。

　そこへ、場内放送が入る。客席は暗くなり、リングだけが明るく照らされた。

『お集まりの皆さん、今宵《こよい》もご来場まことにありがとうございます！　本日も血沸き肉躍る素手での戦い、その命尽きるまで終わらないデスマッチを開催いたします！　まず始めに対戦しますのはこの二人！　赤コーナー！　北海が生んだ人間兵器、右フックで心臓までぶち抜く男、イエティジャイアントォォォォォォッ！』

　ぱっと照明が向けられ、選手用の通路から大男が現れた。白いガウンを脱ぎ捨てた上半身は傷だらけで、顔面も傷痕で大きく歪《ゆが》んでいる。野太い歓声に応じるように、大男は両手を挙げて歯のない口で笑って見せたが、その拳は銀色に染まり、無数の針に覆われていた。

『青コーナー！　リングを縦横無尽に駆け回り、玉座まで最速で駆け上がる期待の新星、パンツァーパンサァァァァァァッ！』

反対側の通路からは、今度は細身の選手が現れた。こちらも大歓声で迎えられるが、彼には聞こえていないだろう。両耳は重度の火傷《やけど》で塞がっていた。黒いガウンを脱いだ背中にも、痛々しい火傷《やけど》の痕がある。両膝から下は銀色の光沢を帯び、肉食獣を思わせる脚に変形していた。どちらも人気選手のようで、二人が向き合っただけで観客は大声援を送る。

『では賭けを開始します！　イエティジャイアントの勝利に賭ける方は赤のチケットを、パンツァーパンサーの勝利に賭ける方は青のチケットをご購入ください！』

チケットを抱えたスタッフに金を持った手が殺到する。観客たちにとって異形の選手は慣れたものなのだろう。誰も疑問を抱く様子はない。

テオはじっと選手たちを見つめた。やはり、変形は部分的だ。合成義体のカバーをそれらしくしたものとも考えられる。アマルガムだと判断するにはまだ早い。

テオは仲間たちに待機するよう合図を送り、静観することを選んだ。

ここまで勝ち上がってきた選手だ。当然、慣れた動きで、相手を殺すつもりで急所を狙う。そこに体格差やハンディキャップというものはなかった。結局、パンツァーパンサーが隙を突いてイエティジャイアントの目を潰し、喉を蹴り潰し、怯《ひる》んだところで昏倒《こんとう》させた。

だが、それでも試合は終わらない。

観客のコールが鳴り止《や》まない中、パンツァーパンサーが相手の頭を摑《つか》んでコンクリートの床に叩《たた》き付《つ》け、イエティジャイアントの息の根を止めてやっと、試合終了のゴングが鳴った。

歓声に沸く場内で、テオは介入のタイミングを窺《うかが》った。観客たちの異様な興奮を思うと、銃声一つで怯《ひる》むどころか暴徒化しかねない。まず選手が試合を中断できるかどうか。

どうする。テオが悩んでいる間にも、二試合目が始まってしまう。コンクリートの血痕はおざなりに拭われただけで、休憩時間は大変短いものだった。試合展開はとても早い。

（……選手によって、変化の具合に差があるのはどうしてだ）

テオは眉根を寄せて思考を巡らせていたが、そうしているうちに三試合目が始まった。熱の入ったアナウンスが響く。

『続いて第三試合、ここで早くも登場だ！　赤コーナー！　我らのキング、憧れのチャンピオン、現在負けなし三十連勝！　血濡《ぬ》れた仮面、マッドブラッドリィィィィイッ！』

フェンスで仕切られた檻《おり》が狭く見えるほどの巨人が入場する。その姿が現れただけで、場内が揺れるほど観客は盛り上がった。男の背中は銀色に染まり、甲殻類のような表皮と化している。鉄仮面には返り血がこびりつき、赤錆《さ》びのまだら模様を作っていた。

人気選手とはいえ、相手次第では介入のタイミングもあるだろうか。テオは青コーナーに目をやり、そのまま動けなくなった。

『対するは、青コーナー！　闘技場の小さな紅一点、しかし早くも既に三連勝！　美しく可憐《かれん》なルーキー、フラフィーハウンドォォォォォッ！』

下卑た笑い声と歓声、口笛が響く。耳が腐りそうな掛け声まで飛ぶが、そんな中を涼しい顔で、十代半ばにしか見えない少女が進む。素足のまま、血痕も気にせず。

雪のような少女だった。ホワイトブロンドの髪は頬を柔らかく流れ、瞳もまた色素が薄く、陶器に似た白い肌は血の気を感じさせない。整った顔立ちと相まって、精巧な人形のようだ。

ただ、彼女もまた例外なく、異形と化していた。髪の間からは尖《とが》った耳が覗《のぞ》き、腰の辺りでは豊かな毛並みの尻尾が揺れる。耳と尾はやはり銀色で、金属質な光沢を帯びていた。それさえ除けば、柳のようにしなやかで、少年じみた未成熟な肢体だ。舞台で踊るにしても華奢《きゃしゃ》だろう。この闘技場で三連勝した選手の肉体とはとても思えない。

チケットは飛ぶように売れ、予想外の試合に観客は大盛り上がりだった。

テオは動揺のあまり動けなかったが、急いで襟の内側に隠した無線機に触れた。

「……あれだけ小柄なら、彼女も相手に密着しないはずだ。選手同士の距離が開いたところで、トビアスは犬、エマは仮面に魔導抑制器《アーツ・リジェクター》の照射を」

二人が返事をする間もなく、鋭くゴングが鳴らされた。

先に動いたのは巨漢、マッドブラッドリーだった。風を切る拳の音が客席まで届く。少女、フラフィーハウンドは軽やかに拳を回避し、相手と一定距離を保って様子を見ていた。マッドブラッドリーの重い拳が次々と放たれるが、フラフィーハウンドは瞬《まばた》き一つせず避けていく。焦《じ》れたマッドブラッドリーが咆哮《ほうこう》し、鋭く拳を突き出した。

次の瞬間、少女は天井付近まで跳躍していた。

テオは思わず、四メートルを優に超える高さの天井を見上げた。客席もどよめき、マッドブラッドリーも信じられない様子で少女を振り仰ぐ。

少女が天井を蹴ると、滞留していた白煙が一気に散る。彼女は宙返りの要領で小さな踵《かかと》を振り落とした。マッドブラッドリーはすぐさま右腕を盾にし、左腕での反撃に備える。

だが踵《かかと》落としを受け止めた右腕からは鈍く重すぎる音が響き、巨漢の膝は呆気《あっけ》なく折れた。

一握りで折れそうな脚から繰り出された踵《かかと》落とし一つ。たった一撃で、マッドブラッドリーが膝を突いたのだ。

マッドブラッドリーが怯《ひる》んだ隙を逃さず、フラフィーハウンドが肉薄する。彼の膝を突いて前屈した姿勢を利用し、がら空きの胴体に彼女の拳が沈んだ。見た目からは想像もできないほど重い打撃音。波打つ肉鎧《よろい》。マッドブラッドリーの巨体が浮かぶ。

悲鳴、どよめく声。マッドブラッドリーが血を吐く。フラフィーハウンドは追撃せずに後ろへ飛《と》び退《の》き、マッドブラッドリーの拳は宙を殴った。既に、彼に勝者の余裕はない。背中を包む銀の甲殻がめきめきと音を立てて肩に広がり、殺意が漲《みなぎ》る。

一体、何を見せられているのかと、テオは愕然《がくぜん》とした。

折れそうなほどに華奢《きやしや》な少女だ。しかし彼女の一撃は何倍とある体格差を物ともせず、相手を圧倒する。息一つ乱さず、表情一つ変えず、汗一つ搔《か》かずに。

男の咆哮《ほうこう》がびりびりと鼓膜を痺《しび》れさせた。マッドブラッドリーが怒りに任せて突進する。両腕を広げた巨体は今やリングを埋め、壁のようにフラフィーハウンドに迫った。逃げ場はない。

しかしフラフィーハウンドはわずかに髪を揺らしたかと思うと、マッドブラッドリーの肩に手を突くようにして宙返りし、彼を飛び越えた。

虚を衝《つ》かれたマッドブラッドリーが肩越しに振り返る。それよりも速くフラフィーハウンドの回し蹴りが背中に決まった。鞭《むち》のようにしなる脚が、甲殻ごと背骨を折りかねない威力で叩《たた》き込まれる。マッドブラッドリーの巨体はそのままフェンスに突っ込んだ。

フェンスは金具を吹っ飛ばしながら観客席に向かって大きく歪《ゆが》む。悲鳴が上がり、その場からわらわらと客が逃げ出した。歓声とブーイングが入り混じり、観客席は蜂の巣を突《つつ》いたような騒ぎになる。

不意に、がしゃん、とフェンスが音を立てた。

マッドブラッドリーが、金網を握り潰し、引き千切りながら立ち上がる。

その体表は銀色に激しく泡立ち、肉体はさらに膨れ上がっていた。

テオはすぐさま立ち上がり、天井に向かって引き金を引いた。銃声が響く。

「そこまでだ！　全員動くな！　両手を頭にやって膝を突け！　さっさとしろ！」

地元警察の者たちが一斉に飛び出し、観客たちを制圧する。トビアスとエマも魔導抑制器《アーツ・リジェクター》をリングに向けて照射した。紫電の弾丸が飛び、音を立てて弾《はじ》ける。テオは逃げ出そうとした観客を席に突き飛ばし、リングへと目を向けた。

マッドブラッドリーは抑制の魔弾を浴びた瞬間、苦悶《くもん》の悲鳴を上げて崩れ落ちた。能力が制限されたためか、彼の肉体は変形を止め、銀の甲殻は背中へと縮んでいく。

一方、フラフィーハウンドが苦しむ様子は見られなかった。彼女は、獣の特徴を髪と衣服の隙間に仕舞っただけで、動じた様子すらない。だがふと、彼女は顔を上げた。近くにいるトビアスではなく、テオを見上げている。

唇を薄く開き、彼女はわずかに目を丸くした。テオは思わず彼女を見つめ返したが、何か言葉が出るでもなく、彼女は従順に両手を頭にやり、その場に膝を突いた。トビアスが手錠を取り出して彼女に近付く。

瞬間、フラフィーハウンドは素早く身を翻《ひるがえ》し、トビアスの襟元に手をやった。エマとテオはほぼ同時に銃口を彼女に向けたが、無線から中性的な声が聞こえる。

『お話があります。このまま裏口へ』

彼女の声だろう。トビアスと何を話したのか、少女は大人しく手錠に両手を預け、他の選手や観客たちと同様に会場を出ていく。テオはトビアスを見やったが、彼も硬い表情で首を横に振るだけだった。その場の対応は市警に任せ、テオも裏口へと向かう。

人の気配も遠い裏手にテオたちが揃《そろ》ったところで、不意に、少女はトビアスからするりと離れた。トビアスが目を見開く。細い手首を拘束していたはずの手錠は、鍵のかかったままトビアスに握られていた。人目のある場所では話せないものですから」

「失礼しました。人目のある場所では話せないものですから」

「……この闘技場の選手じゃないのか？　お前一体――」

少女が素足で踏み出すと、かつりと硬質な靴音が響いた。爪先から溢《あふ》れた黒い布が走り、脚から順に巻き付いていく。それが彼女の首元まで覆う頃には、黒いスカートが膝で揺れ、タンクトップ姿からワンピーススタイプの陸軍制服の姿に変わっていた。

「私は陸軍諜報《ちょうほう》部所属ハウンド、イレブンです。ご協力、ありがとうございました」

テオは一瞬、言葉に詰まった。死んだ妹と歳《とし》の変わらない見た目をして、素早く踵《かかと》を合わせ、美しく敬礼する彼女の仕草は、テオに比べてずっと年季が入っていた。

■

闘技場で逮捕されたのは、選手十七名、主催者を始めとした運営スタッフ十名、違法行為をしていた観客およそ三十名。入院した者は二名。そして、闘技場を含む周辺で遺体として発見された元選手が二十九名。事情聴取に身元確認、移送に保護者の呼び出しなど、テオたちは地元警察と連携しながら慌ただしく夜を徹し、デスクに戻った時には正午を過ぎていた。

ミルクと砂糖に半分以上占められたコーヒーを飲んだエマが、虚《うつ》ろに呟《つぶや》く。

「本当……とんでもない闘技場があったものね……」

テオも「まったくだ」と呻《うめ》き、ボードに張り出して整理した情報を見やった。

闘技場を運営していたのは賭博《とばく》場経営に失敗したギャングの一味で、興行収入をさらに増やすために選手たちにドーピングさせていたと供述した。そのドーピングが問題だった。

運営スタッフは売人から薬を仕入れただけで、スタッフも選手も、薬剤の全貌を把握できておらず、アマルガムのアの字も知らなかった。

しかし運営スタッフは「錠剤を一錠でも摂取した者は異形に化ける」とだけ知っていた。

錠剤を摂取してから日数が経過すればするほどに、身体《からだ》の一部は異形と化す。選手によってその特徴や変化が現れる場所が異なっている理由は明らかになっていない。しかし試合に勝ち残り、長期間活動している選手ほど広範囲に変化が出ていた。

異形化した部分が広がると、好戦的になり、言語は通じにくくなり、簡単には死ななくなる。獣に近付いた選手たちによる常軌を逸した殺し合いを見て、観客は熱狂を増していった。味を占めた運営側はさらに選手を増やし、錠剤を飲ませて化け物を生み出したという。

錠剤を扱った売人は現在捜索中、選手たちの体に起こっている異形化や錠剤については検査中であり、トビアスは記者との打ち合わせで不在。それだけではない。

テオは控え室を振り返った。軍服姿の少女が、身じろぎどころか瞬《まばた》き一つせず、膝と手を揃《そろ》えて行儀よくソファーに腰かけている。彼女の扱いについても、困り果てていた。

「……本当に課《ちょう》報《ほう》部のエージェントなのか？」

「あの変身術を見たでしょう？　課《ちょう》報《ほう》部のエージェントになる必須条件なのよ、変身術って。しゅるしゅるしゅる〜って服が変わるなんて素敵だわ。私も習得したい」

「あのなエマ、真面目な話をしてんだよ俺は。手錠をすり抜けた件を無視するなよ……」

課《ちょう》報《ほう》部から確認のために人が来るそうだが、一体いつになるのか。テオは溜《ため》息《いき》を吐《つ》いた。

「魔術が使えるとしても、あの体格と戦い方は説明できないだろ。ありゃバケモンだ」

「確かに肉体強化の魔術を超えた動きだったけど、魔術以外どう説明できるのよ」

ふとオフィスの入り口がざわめき、テオはそちらに目をやった。トビアスの案内で、コートを腕にかけた男が入ってくる。その顔に、テオも見覚えがあった。新聞でしか見たことのない、眼鏡をかけた優しげな顔立ち。陸軍課《ちょう》報《ほう》部長官、ベネディクト・グインその人だ。

「おいおい、課《ちょう》報《ほう》部の最高責任者が来るなんて聞いてないぞ」

「あの闘技場って、そんなに重要な捜査対象だったの？」

戸惑いながらも、テオとエマは戻ってきたトビアスとともに来客を迎えた。

オフィスに入ると、グインは眼鏡越しに温厚な笑みを浮かべた。陸軍課《ちょう》報《ほう》部といえば、国内外の危険因子を監視し、日夜活動している情報収集専門機関。魔導士協会を上回る秘密主義の組織だ。そのトップとは思えない、人好きのする笑顔だった。

「勤務中に失礼。うちのものが世話になったね」

「では彼女は本当に、諜報部《ちょうほう》のエージェントなんですか……」

「ああ、アマルガムの真偽判定のために潜入させていた。聞いたよ。君たちが、アマルガム犯罪対策チームだそうだね。是非、話をしよう。こちらも伝えたいことがある」

グインの言葉に異論はなく、全員で控え室に向かった。少女は素早く立ち上がり、グインに敬礼する。グインは笑顔で頷《うなず》き、テオたちを振り返った。

「改めて紹介しよう。これは、ナンバー・イレブン。現在は、流出アマルガムを追跡し、破壊することを任務とした兵器だ。最も安定して運用できる、立派なアマルガムだよ」

「アマルガム？　彼女が？」

「――――そんなはずありません！」

テオが目を丸くした矢先に、エマが声を荒らげた。グインは穏やかに応じる。

「君は魔導士協会の捜査官だね。どうしてそう断言できる？」

「ここまで人間と遜色ないアマルガムなんて、ありえません。能力が高いほどコアは巨大化するものです。だからアマルガムは、能力に見合ったコアを積むためにあのサイズで妥協されたと聞いています。人間の見た目に擬態できるレベルのコアなんて、普通のアマルガムよりもずっと大きなものが必要なのに……こんな、小さな肉体に積むなんて、無理よ。ありえない。錬金術師たちが卒倒しちゃうわ。魔導士と言われた方がまだ納得できるのに……」

言い募るうちに、エマの視線はグインから少女へと移っていた。少女は灰色の瞳でエマの視線を受け止めたが、小さく唇を結び、何も言わない。代わりにグインが答えた。

「君の疑問ももっともだ。これの仕組みは機密情報に該当し、関係者しか全貌を知らない。存在すら、軍内部でも将軍以上にしか通達されていないんだ。特別な兵器なんだよ」

「……こんな、子供の姿なのに」

「見た目だけだとも。これは人間の姿で、人間には困難な任務に就くため、特別に製造された兵器だ。我々は『ハウンド』と呼称し、他アマルガムと区別している」

「ああ、それでか！」

グインの説明を受けて、トビアスは明るく声を上げた。彼は少女に向けて微笑《ほほえ》む。

「ハウンドってモデルの、十一番って自己紹介したんだね。ハウンド・イレブンって」

「暢気《のんき》ねえ、どこに引っかかってるのよ！　そんな特別製の秘密兵器を、どうして闘技場に？あそこには化け物と化した人間とドラッグ、それ以外にも重要な何かがあるんですか？」

エマはトビアスの背中を叩《たた》き、グインに食ってかかった。グインは笑顔で答える。

「無論、君たちだ。アマルガムの関与が疑われる事件は他にもある。だがあの闘技場で問題になるのは錠剤の正体とその流通ルートだ。だから、刑事部にもアマルガム対策チームを作ると聞いた時に、最初の事件として相応《ふさわ》しいのはこれだろうと我々は判断した。薬物取締部《とりしまり》ほどではないが、刑事部も薬物捜査には詳しいし、実際何人も死亡者が出ている。刑事部の捜査官が主導するのであれば、闘技場の制圧も容易だろう。そこで、潜入捜査には人間ではなくナンバー・イレブンを投入した。そのままスムーズに君たちと合流してもらうためにね」

「――ちょっと待ってくれ」

テオは思わず口を挟んだ。脳裏にパロマ部長の言葉がよぎる。彼はチーム増員も視野に入れていると言っていた。その増員がつまり。

「アマルガムと一緒に捜査しろって言うんですか？」

「この個体についてなら、捜査の実績は十分だ。人間に紛れて稼働《かどう》する目的で製造されているし、ナンバー・イレブンであれば君たちの要求にも柔軟に応じる。私が保証しよう」

「冗談じゃない。アマルガムだぞ。命令されれば何でもやる殺戮《さつりく》兵器を、捜査になんて」

テオは低く呻《うめ》いた。気付けば半歩後ろに下がっていた。

瞼《まぶた》の裏に過去の光が蘇《よみがえ》る。

山の表層を舐《な》め広がる炎は、七日七晩消えなかった。山間にある小さな集落はすぐさま燃え上がり、熱風の吹く端から建築物は溶け、家々は脆《もろ》く崩れ去り、住人は逃げる間もなく炎と瓦礫《がれき》に飲まれていた。そんな中をテオは進んだ。肺まで焼けるような熱風に咳《せ》き込みながら、家族の名前を呼んで走り、瓦礫《がれき》の山となった実家に辿《たど》り着《つ》いて、そして。瓦礫《がれき》の隙間から垂れる、焼け焦げた腕には、誕生日に妹に贈ったブレスレットがあって。

今なお、忘れることのない地獄絵図。

炎と破壊の渦巻く中心にいたのが、巨大化して荒れ狂い、熱線を吐くアマルガムだった。燃え上がる熱塊の怪物は、敵部隊ごと、無慈悲にテオの故郷を焼き払ったのだ。

トビアスが仲裁に入ろうとしたが、グインはそれを制してテオに顔を向けた。

「よく理解しているようだ。そう、これは命令さえあれば何でもやるし、何にでも化ける」

「っそれなら、なおさら――」

「だから君が、命令権を握ればいい。……どうかね？」

思わぬ提案を受けて、テオの理解は遅れた。トビアスが「長官」と間に入る。

「秘密兵器の命令権を個人に預けるなんて……せめて刑事部単位とかに」

「現場責任者に命令権がなければ意味がない。これはね、ヒルマイナ捜査官。刑事部にアマルガム対策兵器を配備するに過ぎないんだ。民間だと、アマルガムへの対抗手段は魔導抑制器《アーツ・リジエクター》ぐらいだったが、ハウンドがいれば大抵の脅威には対処できる。君たちもどんな犯罪と闘うことになるか分からないんだ、使える武器は多い方がいい。無論、普段は武器庫にでも入れて、緊急時だけ使用するのもいいだろう。君の好きに使いたまえ」

「……それを俺が悪用するとは考えないんですか？　特別な兵器なんでしょう」

「何を言うんだ、スターリング捜査官。君らしくもない」

テオの言葉に、グインは苦笑した。眼鏡の奥で、柔和な垂れ目が冷たく光る。

「一般人を殺すよう命令するのか？　君が？　家族がどう死んだか知った上で？」

「——知ってて、っ知った上で俺に、任せようなんてアンタ……！」

声を荒らげたその時、テオの携帯端末から通知音が聞こえた。グインも腕時計に目をやり、

「おっと」と眉を上げる。

「次の予定が迫っているな。すまない、私も仕事を抜け出してきたものでね、もう行かなくては。スターリング捜査官、あまり重く考えなくていい。今回は試験的なものだ。ハウンドとの共同捜査を人間側が受け入れられるか、テストするに過ぎない。ナンバー・イレブンも、君の望む姿形で協力する。理想的な捜査官、銃火器、日用品、使いやすいものに変えて運用してみたまえ。本格的に捜査協力することが決まったら、運用マニュアルも届けよう」

「本気ですか、グイン長官。本気で、アマルガムをうちのチームに？」

「ああ、本気だとも。これは優秀なハウンドだし、君はアマルガムの脅威を知っている。刑事部からの推薦も判断材料にしたが、一番の理由はそこだ。恐れを知る者でなければ、アマルガムは扱えない。とはいえ、使うも使わないも君の自由だ。……では、私はこれで」

言い終えるや否や、グインは足早にオフィスを去ってしまった。テオは頭を掻《か》きむしり、直

立不動のまま黙っている少女を振り返る。

「お前も何か言ったらどうなんだ！　こんな素人《しろうと》に預けられて！」

「特に発言はありません、捜査官。指示に従うだけです」

愛想《あいそ》の欠片《かけら》もない、無機質な返答だった。エマが軽く手を挙げる。

「ごめんね、少し確認させてちょうだい。……まず、あなたのことはなんて呼べばいい？　ハウンドっていうのは、あなたたちの総称よね。あなた個人の名前は？」

「識別上、ナンバー・イレブンと呼ばれることはあります」

「そう……じゃあ、イレブン」

エマは少し言いにくそうに、少女を呼んだ。灰色の瞳は従順に次の言葉を待っている。

「あなたの今の姿は、潜入用に変身したもの？」

「いいえ、捜査官。現在の容姿は初期設定のものであり、服装も、諜報部《ちょうほう》として動く際に指定されたものです。何かの要望を反映したものではありません」

少女の——イレブンの発言を受けて、テオは改めて彼女の頭の先から爪先まで見やった。十代半ばの少女としては、平均より小柄だろう。この国で銀髪は珍しいものではないが、複雑な光沢を帯びるホワイトブロンドと灰色の虹彩《こうさい》という組み合わせは、彼女の整った容姿と相まって目立つ。すれ違っただけでも印象に残るような姿だった。

「……この髪と瞳が初期設定とはな。どういう意図があるんだ？」

「『白は染まりやすい』と、ドクターはおっしゃいました。指揮官の要望に合わせて容姿と人格を変更できる特質から着想し、白を基調に設計されていると聞いています」

少女は淀《よど》みなく答えた。トビアスが軽く少女に向かって身を屈《かが》める。

「失礼な質問になって申し訳ないが、闘技場で身の危険を感じたことは？　ただでさえ小柄で、女性なんだ。怖い目に遭わなかったかい？」

「若い女性の姿については、闘技場スタッフに歓迎されました。選手は全員待機所で鎖に繋《つな》がれ、一定距離を保ちますので、接触はありません。スタッフとの接触も最低限でした」

「そうか……それは、ええと、よかったよ。一応、安全だったんだね」

「はい。お気遣い、ありがとうございます」

テオは思わず「へぇ」と呟《つぶや》いていた。トビアスの気遣いはちゃんと伝わっているらしい。エマに脇腹を殴られてテオが息を詰まらせていると、エマが「イレブン」と明るく声をかけた。

「魔導抑制器《アーツ・リジエクター》を使われても平気そうだったけど、あなたにも効果はあるの？」

「アマルガムとハウンドで比較すると魔導抑制器《アーツ・リジエクター》の効果はハウンドの方が小さいです。一時的に能力は制限されますが、すぐに回復しますし、身体能力までは制限されません」

「つまり、あなたに魔導抑制器《アーツ・リジエクター》を使ったところで、真にあなたを制圧できない。闘技場で戦った時と同じように、人間じゃ相手にならない、そうね？」

「その通りです、捜査官」

「ありがとう、イレブン。さて、重大なことが分かったわよ、テオ」

イレブンの返答を待ってから、エマはくるりとテオを振り返った。

「……何が言いたい？」

「あなたがイレブンに『武器庫から動くな』と命令して私たち三人で捜査に出ても、彼女が本当に武器庫でじっとしているか確認できないし、その間に彼女が暴れたら、刑事部のみんなは魔導抑制器《アーツ・リジエクター》を使っても対抗できない。つまり、あなたがどんな感情を持とうが、イレブンをあなたの見えるところに置いておかないと、あなたは安心できないってこと」

「……お前はどうなんだ。専門家としては」

まだ言ってもいない懸念《けねん》事項を言い当てられた上に、捜査に同行させるよう誘導されては、テオも不愉快だ。テオが顔をしかめると、エマは芝居がかった仕草で頰に手を当てた。

「私としては、国の秘密兵器と捜査できるなんて光栄だわ。色々教えてほしいなぁ」

「まぁ、エマならそう言うよねぇ。……で、どうするんだい、テオ」

トビアスは呆《あき》れ顔《がお》で微笑《ほほえ》み、テオを見ていた。アカデミーでもよく見た顔だった。

「リーダーは君だ。君の決定に従うよ。何か連絡も来たんだろう？」

テオは思わずイレブンに目をやった。彼女は変わらず静かに、指示を待つ犬と同じ顔をしてこちらを見つめている。テオは深く息を吐いてから顔を上げた。

「……らちが明かないから、この四人で動く。ロッキから報告があるらしいから、ひとまず検視室だ。だがな、イレブン。責任者は俺だ。諜報部《ちょうほう》でどんな仕事をしていたか知らんが、俺の指示に従ってもらう。分かったことはすぐに報告しろ。いいな」

「承りました。同行の許可を感謝します」

テオは刺々しい声で言ったが、イレブンは涼しい顔で応じるだけだった。

「捜査官として運用するのでしたら、ご希望の容姿や人格を指定してください」

「……いや『ご希望の』って言われても、とっさには出ないが……」

「イレブンは、今の姿で動くのは嫌なの？」

エマが尋ねると、イレブンはゆっくりと瞼《まぶた》を上下させた。テオが彼女の瞬《まば》きを見たのはこれが初めてだった。

「……私たちに、そういった感情はなく、好悪《こうお》の判断基準はありません。ただ、どの現場でも、容姿や性別、人格の指定がありましたので、慣例として、ご提案しました」

「私は今の姿が可愛《かわい》くて好きだけどな。軍服も似合ってるし、真面目そうだし」

「確かに軍の作戦や潜入捜査だと、こういう姿の方がって注文はあっただろうね。でも刑事部だし、服装の規定もないし。どうだい、テオ。受け入れやすい姿になってもらう？」

トビアスは完全に面白がっている顔で振り返った。テオは舌打ちして歩き出す。

「容姿や性格の何が捜査に影響するんだ。命令に従うならそれでいい。勝手にしろ」

「了解しました。では、現状を維持します」

従順な返事だ。テオは胃の辺りでぐるぐると渦巻く感情に奥歯を噛《か》み締《し》める。あのアマルガムが、妹と同じ年頃の少女の姿で、踵《かかと》を鳴らして後ろをついて歩いていた。その大人しさも、命令を待つ姿勢も、受け答えも、気色悪い。その白い皮膚の下に、どんな化け物を飼っているかテオは知っている。なのに。なのに。

長身のトビアス、それに次ぐテオ、そしてテオと大して変わらない身長のエマに囲まれると、イレブンは頭一つ分小さかった。そのためか歩幅も小さく、一人だけ足音が速い。

テオがいくら足を速めても、それに合わせて小さな靴音も速まるばかりだった。わずかに息を上げてテオが振り返ると、半歩後ろにいたイレブンがこちらを見上げている。大きな瞳。冬空を映した湖面のようなそれが、無垢《むく》にテオを見つめているのだ。

容赦も躊躇《ちゅうちょ》もなく憎悪《ぞうお》をぶつけるには、あまりにも彼女の外見は幼かった。

行き場のないテオの感情はそのまま動作に反映し、検視室の扉は音を立てて開かれた。椅子に腰かけていたイスコ・ロッキが、億劫《おっくう》そうに立ち上がり、年老いて白髪まみれの頭を掻《か》く。

「もっと落ち着いて入ってこい、坊主《ぼうず》。……おお、どうしたんだ、そのお嬢ちゃんは」

ロッキは痩せた肩に白衣を羽織り、イレブンに目を留めた。テオは一瞬迷ったが、ロッキもまたチームで捜査する上で何度も関わることになる人物だ、隠せる相手ではない。

「……人型の、アマルガムらしい。諜報部《ちょうほうぶ》から派遣された、長官お墨付きだ」

「あのデカブツの仲間に、こんなちっこいお嬢ちゃんがいるのか。よろしく頼むぜ」

ロッキが手を差し出すと、イレブンは何度か瞬《まばた》きをして、彼の手にそっと手を置いた。テオは何をやっているのかと眉を顰《ひそ》めたが、エマが肩を震わせながら優しく言う。

「イレブン、それじゃ『お手』になっちゃうから。ハウンドも握手していいのよ」

「ハウンドたぁ、捜査官らしい名前じゃねえか。そら嬢ちゃん、握手はこうだ」

改めてロッキと握手をしたイレブンは、表情もなく結ばれた手を見下ろした。

『握手』は、挨拶や親愛の情を示すために人が行うことです。私が対象になるとは、とても」

「仕事仲間になるなら、握手が正解じゃねえか？　にしても冷てえ手だな。寒いか」

「いいえ、検視官。血が通っていないだけです」

「それならいい。本物のアマルガムがいるってなら話も早いな。そら、こっちだ」

ロッキはマイペースに話を進め、検視室の奥へ向かった。イレブンは手を浮かせて立ち尽くしている。トビアスは呆《あき》れ顔《がお》で彼を見送り、イレブンの背中を軽く叩《たた》いた。

「気にしないでくれ、イレブン。あの人は生き物と話すの、少し苦手なんだ」

「……にしても、受け入れるのが早すぎるけどな。死人以外どうでもいいのか？」

「もう、そんな風に言わないの。……イレブン、手がどうかした？」

エマはテオを睨《にら》んだが、すぐにイレブンの様子を窺《うかが》った。イレブンはそっと手を下ろす。

「いいえ。握手をしたのは、初めてでしたので……処理に少し時間がかかりました」

「……そうなの。これから握手する機会も増えるだろうから、慣れていこうね」

　そんなやり取りをする二人から、テオは目を逸《そ》らした。イレブンの見た目は厄介だった。物静かで大人しい、十代半ばの少女が、人なら当たり前の行いに困惑する。その様は容易に同情を誘い、テオは「なぜだ」と叫びたくなった。憎たらしく振る舞ってくれたら、どんなに楽か。

　苛立《いらだ》ちを抑えきれないまま検視室の奥へ向かうと、検査台には二人の遺体が並んでいた。イエティジャイアントと、闘技場の敷地《しきち》内で発見された遺体だ。ロッキはピンセットを持つと、イエティジャイアントの銀色の拳を叩《たた》いた。かん、と明らかな金属音が響く。

「見た目と質感は完全に金属だが、構成物はこの人間本人のものだ。だが遺伝子配列として一番近いのは、ハリネズミだった。既に珍妙な構造をしているが、本家よりずいぶん弱体化していると結論付けた。まあ、疑似アマルガムってとこだな」

「正規のアマルガムとはどれぐらい異なる？」

「まず、擬態ではなく、遺伝子情報を参照した変身だ。それに、コアも持っていない」

　ロッキの説明を受けて、エマが「嘘《うそ》！」と声を上げた。

「自律型魔導兵器《オートマトン・アーツ》なら必須のコアがないなんて……どうやって動いていたの？」

　映像機に向かっていたロッキは振り向かず「ああ」と簡単に頷《うなず》く。

「アマルガムのコアといやぁ、希少鉱石フォルトナイトだ。だが成分分析によると、一つも検出されなかった。つまりこいつらは通常のコアではなく、選手たちの肉体、生命エネルギーをコア代わりに動いていたってことになる。あくまで人間がメインなんだ。その証拠に、見ろ」

ロッキは指を振りながら少し興奮した様子で言うと、半月前に亡くなった遺体の足元に回り込んだ。こちらは両足が馬の脚に変化している。だがイエティジャイアントとは異なり、変化した部分は遺体と同程度に朽ち果てていた。

「……つまりこれは、擬態して遺体に化けているんじゃなく、単に死んだ？」

「そんなとこだな。普通のアマルガムなら人間を飲み込んで自分の資材にするところだが、宿主頼りの寄生体なせいで、宿主と一緒に死んじまった。なんでこんな中途半端《ちゅうとはんぱ》なのかってぇと、そもそも成り立ちからして、普通のアマルガムとはちと違う」

ロッキが白いスクリーンに投影したのは、水銀のようなものが赤血球と結びついて蠢《うごめ》く映像だった。見ている限り、どんどん増殖しているようだ。

「証拠品の錠剤だが、これだけじゃ成分上アマルガムとは言えねぇ。ただし人間の血液と結びつくことで、限りなくアマルガムに似た組織を生成する」

「だから『疑似アマルガム』か。どういう仕組みだ？」

「血液中でアマルガムに似た組織を形成し、それが空気に触れることで銀色の金属質になって、事前に得た遺伝子情報に従った生物に化ける。負傷して血液が外に出ることで、傷口周辺を硬くして守ってるつもりだろう。そして宿主が死ぬと逃げもせず一緒に死ぬ。一心同体なわけだ。それと……嬢ちゃん。確認してぇから、手を貸してくれ。片手だけでいい」

イレブンは素直にロッキに手を差し出した。彼は突如メスを取り出し、イレブンの掌《てのひら》を切る。

エマが悲鳴を上げてイレブンの肩を掴《つか》み、ロッキから引き離した。

「ちょっと何してるのよロッキ！」

「確認しただけだろ。……ふむ。出血なし、痛みもなし。これはアマルガム側の特徴か」

手帳にメモするロッキを横目に、テオもイレブンの手を確認した。掌《てのひら》の傷はぱっくりと開いていたが、白くなめらかな断面を晒《さら》すだけで肉も血も見えず、すぐに閉じてしまう。

「……選手たちは負傷したら出血していたな。痛覚は普通にあるようだった」

「そこなんだ。疑似アマルガムはあくまで宿主の肉体を守るだけで、乗っ取らない。現時点で保護された選手はあくまで人間だ。だが別の問題があってな」

ロッキは映像機をオフにしてメスを置き、険しい表情で紙を差し出した。イエティジャイアントの血液中から検出された成分を一覧にしたものだ。見覚えのある名称と異常に高い数値が並ぶのを見て、テオは目を見開き、トビアスは「わお」とおどけた声を上げる。

「すごいな、薬物中毒の末期患者だってもっとマシな数字だよ」

「一体どうなってる？　摂取した錠剤は一粒だけのはずだろう」

「錠剤の成分は、血液と結びつくことでアマルガム化するが、その過程で大量の分泌物を出すんだ。それがドーピング効果になるわけだが、同時に脳細胞を破壊し、凄《すさ》まじい快楽をもたらす。疑似アマルガムになった肉体は錠剤一つも代謝できず、変化が出たら最後、宿主は二度と元の生活には戻れん。街に流通してねえといいが……」

とんでもない仕組みだった。エマは留置場のある辺りに視線をやって呟《つぶや》く。

「だから選手たちがあんなに獰猛《どうもう》になってたのか。薬の影響だったのね」

「ロッキ、成分の検査結果を病院にも送ってくれ。医者の助けになるかも」

「あのレベルの患者を救えるとは思えねぇが……ま、やっとくさ」

ロッキは気乗りしない様子だったが、固定電話へ向かった。トビアスの携帯端末から通知音が聞こえ、メールを確認した彼は笑みを浮かべる。

「やっと朗報だ。薬を闘技場に卸していた売人を見つけたらしい。行くだろう？」

「すぐに向かう。ロッキ、後は頼む」

振り向かないまま手を振る彼をその場に残し、テオはトビアスたちを連れて駐車場へ向かった。一つ分多い、テオたちよりずっと速い歩調の足音。

自分が何に苛立《いらだ》っているのかも分からなくなりながら、テオは舌打ちを堪えた。

CONFIDENTIAL

二章
少女は猟犬につき
CHAPTER 2

AMALGAM HOUND

Special Investigation Unit,
Criminal Investigation Bureau

売人を発見したという住所に向かうと、既に野次馬と警察車両が集まって騒動になっていた。報道陣が駆けつけるのも時間の問題だろう。好奇の目が集まるのを感じながら、テオは車から降りた。エマが辺りを見回して言う。

「闘技場からは離れた場所ね。車で運んでいたのか、近くで取引していたのか……」

「取引場所が分かれば、情報は増えそうだが……まずは売人を調べよう」

低所得者層の多い住宅街、そのアパートの三階にある角部屋が現場だった。テオは立ち入り禁止テープを潜り、近隣住民が警察から聞き込みを受けているのを横目に、現場に入る。

単身者向けのワンルームは、最低限の家具しかなく、台所はインスタント食品や飲み物のゴミが散乱している。ベッドの寝具は乱れ、サイドデスクには薬物を常用していた痕跡が広がっていた。滅多に窓を開けていなかったのか、部屋は埃《ほこり》っぽく、生臭い。テオは鑑識と話すトビアスとすれ違いバスルームへ向かった。エマがテオに手招きして、入り口で片膝を突く。

売人として追われていた男は、腹から血を流し、壁にもたれて座り込んでいた。

「彼の死亡推定時刻は、今から三時間ほど前。所持品はなく、身元不明よ。部屋にも身元特定に繋がるものはなし。死因は腹部重傷による失血のようだけど……見て、この傷」

エマに指で示されるまま、テオもしゃがんで遺体の腹部を覗《のぞ》き込んだ。男は洗面台の正面にある壁に背中をぶつけて座り込んだのか、血痕はまっすぐに壁から男へ続いている。懐中電灯で腹部を照らすと、ぽっかりと大穴ができているのが確認できた。何が貫通したのか、と目を凝らしたが、すぐに否定する。傷口から見て、内側から外へ破裂するような形だった。

「……凶器は何だ？　爆弾の類なら、血痕だけじゃ済まないはずだな」

「壁と洗面台の汚れ方からして、被害者は洗面台の正面に立っていて、そのまま勢いよく出血し、足をもつれさせたか何かで壁に背中をぶつけ、座り込んだことになるわ。でも変なのよ。洗面台の周りじゃ奇襲もできないし、背後から近付いても鏡ですぐバレるはず。意味が分からないわ。イレブンに聞いても『体内から食い破られたのでは』なんて言うし……」

「……たちの悪い冗談だ。そのイレブンは？」

「奥のシャワーブースよ」

　床は傾斜が付いているのか、男の遺体からシャワーブースに向かって血の流れた形跡があった。テオが視線を巡らせると、確かにイレブンはその先で立ち止まっている。何を熱心に見ているのかと隣に立ったテオは、青いタイルの壁を見て顔をしかめた。

　そこには、黒いインクで絵が描かれていた。月桂冠《げっけいかん》をかぶり、髑髏《どくろ》の山を踏みにじって剣を掲げる女だ。線が細く、目を閉じて俯《うつむ》きがちにしている横顔は、少女めいている。少女だけならば美しく清廉ですらあったが、恐ろしい密度で壁を埋める髑髏《どくろ》に恐怖を覚えた。

「……悪趣味だな。あの男が描いたのか？」

「図柄の意図は不明ですが、文字を隠しているようです」

　イレブンは静かに呟《つぶや》き、ゴム手袋に包まれた指先で絵の一部を示した。

「絵の中で、何度も繰り返し描かれて太くなっている線があります。一見、髑髏《どくろ》の陰影のようですが、シャワーブースの入り口に立つと文字のように見えるので、意図的かと」

テオはイレブンに指摘されるまま、奇妙な絵を眺めた。確かに絵から少し距離を取って濃い陰影だけに集中すると、隠れていた文字が浮かび上がる。

「……だとすると、『ローレムクラッドに栄光あれ』か。刑事部じゃ聞いたことないが、諜報《ちょうほう》部はどうだ」

「不明です。文言としては神を讃《たた》える表現に類似していますが、新興宗教でしょうか」

「ヤク中を祝福する聖人がいるならお会いしたいね。……ん？」

シャワーブースを見ると、排水口の蓋が開いていた。内側にゴミ取り用のネットか何かを張っていたようだが、今は赤く濡《ぬ》れた繊維だけがぷらぷらと揺れている。

ふと、イレブンが屈《かが》み、排水口から何か拾った。テオは流石《さすが》に吐き気を覚え、口元を手で押さえる。ゴム手袋の指先が摘まみ上げたのは、内臓の一部だった。

「……逃げましたね。ここから」

「まさか本気で言ったのか？　体内から食い破られたってやつは」

「遺体からここまで血痕が続くのは不自然です。何かが這《は》いずって移動した痕跡かと」

「……人間に寄生するアマルガムを見た後じゃ、馬鹿馬鹿しいとも言い切れんな……」

テオは咳払《せきばら》いし、その場を離れた。遺体が運び出され、鑑識も撤収する中、部屋にはトビアスとエマが残っていた。テオに気付くと、トビアスが片手を挙げる。

「アパートの住人から話を聞いてきたよ。入居した当初から警戒されていたらしくってね。騒音に異臭、ゴミの不法投棄と、入居当初はかなりの頻度で警察沙汰になったそうだ。ただ、警察は何度か部屋まで立ち入って捜査しているが、商品の在庫は見つかっていない。あくまでここは寝泊まりして、個人的に楽しむための部屋にしていたようだね」

トビアスが報告を終えて手帳を閉じると、エマも頷《うなず》いて続けた。

「この男、売人たちの間では売り物を横領することで有名で、相当マークされていたそうよ。だからこそこの家を見つけることができたわけだけど……それにしては室内にある薬の量が少ないのよ。横領の頻度、闘技場に卸していた薬物の量を考慮すると、明らかにどこか別の場所で在庫を保管しているはずなんだけど……」

「確か男の所持品はなかったそうだな。どうやって顧客と連絡を取る？」

「固定電話を使っていたみたい。通話履歴を調べてもらってるわ」

手詰まりか、何か見落としていないかと巡り始めたテオの思考を、ブラインドの音が遮った。

見れば、部屋に一つしかない窓のブラインドをイレブンが動かしている。

「……今度は何だ、イレブン」

「ブラインドが一部だけ歪《ゆが》んでいます。頻繁に隙間から外を見ていたようです」

「単なる経年劣化じゃないのか？」

「歪《ゆが》んでいる部分だけ埃《ほこり》が積もっていません。今日まで触っていたと推測できます」

イレブンの指摘を受けて、テオは改めて部屋を見渡した。確かに床には埃《ほこり》が目立ち、ろくに掃除した様子がない。その状態で、ブラインドだけ綺麗《きれい》にするはずもないだろう。興味を持った様子のトビアスがイレブンに一言断り、指摘された隙間から外を見やる。

「……向かいの通りにある建物が見えるな。裏側だから、車が出入りするのを見るのが精一杯だけど……あれが保管場所なのかな？　人が住んでいるようにも見えない」

「あるいは、単なる取引場所か。人目もなくていい場所だ。……調べる価値はあるな」

「きっと手がかりになるわ。イレブンもよく気付くわね。ありがとう」

エマが声をかけると、イレブンは少しだけ目を丸くした。テオはてっきり「これぐらい当然です」とでも言うのかと思っていたが、イレブンは灰色の瞳を右に左に揺らし、やがて極めて小さな声で「いいえ」とだけ呟《つぶや》く。トビアスが微笑《ほほえ》ましそうに目を細めた。

「そう照れなくていいじゃないか、イレブン。諜報部《ちょうほうぶ》に勤めていたし、長官にも認められた秘密兵器なんだ、褒められる機会は多かったんじゃない？」

「いえ、『褒める』は人を対象とした行為であって、私は兵器で、物です。対象外です」

イレブンは静かに断言したが、トビアスは笑顔で肩を竦《すく》めた。

「そんなことないさ。僕はよく走ってくれた車は褒めるし、綺麗《きれい》に咲いた花は口説くね」

「それもどうかと思うが……イレブンも細かいことを気にするな。『ありがとう』の返事は

『どういたしまして』でいい。コミュニケーションを円滑化するには必要なやり取りだ」

「……はい。記憶しました」

イレブンは短く応じた。だが、少し呆然《ぼうぜん》とした表情は、道に迷って立ち尽くす子供そのものだった。テオは余計に彼女のことが分からなくなり、短く息を吐く。

詳細不明の兵器、人の形をした化け物だというのに、指示を待つ顔は「ハウンド」の名の通り忠実な犬そのもので、揺らぐ姿は年頃の少女に見える。軍上層部以外には知られていない秘密兵器の割には、妙に人間らしい。容姿や人格を指定されていないからか。それとも、それが彼女の戦略なのか。だとしたら、エマとトビアスには効果覿面《てきめん》だ。

自分がおかしいのだろうか。テオは眉根を寄せた。頑《かたく》なに受け入れない自分の方が。

イレブンがテオを見やる。透徹とした灰色の瞳。その内側にアマルガムがいるのだと思うと、途端に薄気味悪く感じて、テオはすぐに彼女から目を逸《そ》らした。

「俺はあの建物を見てくる。エマは一緒に来てくれ。トビアスは、イレブンと配管を調べられるか。シャワーブースの排水口から何か逃げたと、そいつが言うから。一緒に確認してくれ」

「了解。となると、排水マスを調べるのが確実かな？　行こうか、イレブン」

「……はい。同行します」

イレブンの返事は、一拍遅れた。不服なのかと思ったが、彼女の表情は変わらず、トビアスとともに部屋を出ていく。テオはエマから「行きましょう」と言われやっと歩き出した。

野次馬たちを避けて現場から出ると、エマが苦笑した。

「嫌ってるんだか、気にかけてるんだか。どっちかにしたら?」

「……別に気にかけてなんかいない。化け物相手に気遣ったって意味ないだろ」

「そう? あの見た目だし、反応も素直で可愛《かわい》いし、いい子そうだけどな」

「……お前、なんでそう受け入れられるんだ? 魔導士なら色々知ってる分、余計に……」

鑑識とすれ違い、テオは言《い》い淀《よど》んだ。横断歩道を渡りながらエマが答える。

「疑問点はたくさんあるし、正直研究させてほしいぐらいよ。でも、私たちの言動に対する反応はとても自然だし、自分から適応しようとしてる。その時点で、『ああ、これは私の手に負えるレベルじゃないわ』と思ったの。高性能すぎるわ、あの子」

「……どういう意味だ? 確かにアマルガムが人型の時点で、すごいことなんだろうが……」

理解が及ばず、テオは首をひねった。戦場に出る泥人形たちと比べたら、イレブンの姿はあまりにも精巧に人間を模している。だがエマは難しい顔をして、首を横に振った。

「見た目もだけど、彼女の反応よ。自律型魔導兵器《オートマトン・アーツ》は、ある程度自己判断で任務を遂行するわ。でもそれは目的地までの最短ルートを算出したり、護衛対象を効率よく守るために最適な動きを分析して実行したり、そのレベルなの。戦場に出てるアマルガムだって、砲撃歩兵として最適な動きをするだけ。進んで味方部隊の盾になった件が美談として報道されていたけど、それも任務遂行効率を考えた末の、合理的な動きよ。彼らに、感情は備わっていないの」

「……でもイレブンは、結構……表情に出ないなりに、困ったり戸惑ったりしてるぞ」

通りの端で、エマはくるりと振り返って足を止めた。

「そこなのよ。自律型魔導兵器《オートマトン・アーツ》は普通、命令を超えた動きはできないの。でもイレブンは違う。あんなの人型兵器どころじゃないわ。人間の感情的な反応を全て把握して動いてる」

「それは、『感情が備わっている』ことを示してるんじゃないのか？」

「兵器に感情は持たせない。そんなの魔導士協会が許さないわ。絶対に守るべき一線なの」

テオがどきりとするほどに、エマは厳しい表情で、強く断言した。一瞬、肌がひりつくほどの緊張感が走り、テオの喉は急に乾く。

「た、例えばだが……知能が高くて、偶発的に感情を持ったとか」

「ありえないわね。現状分析から最適解を引き出して実行するのが異常に早いから、自然な反応をしているように見えるのかな。……うーん、訓練された犬って言った方が分かる？」

「人間がこういう動きをしたら、こういう反応をすると設定されただけってか」

「たぶんだけど。だから『猟犬《ハウンド》』って呼ばれてるのかも。……どう？」

「いや、どうと言われてもな……つまりよくできた人形ってことだろ」

テオは困惑しながらも、窓から見えた建物に足を向けた。通りから家を二軒挟んだ先に、件《くだん》の建物はある。二階建てで、今は使われていない事務所のようだった。

「そうじゃないわ、テオ。そんな次元じゃないの。あの子はね、あなたが何も言わなくたって、あなたが望む反応をするよう訓練されてるってことよ」

テオは思わず足を止め、エマを振り返った。彼女は深刻な表情をしている。

「人格を設定されていないから余計に、あの子はあなたが自覚してないレベルの要求にまで、対応しようとするかもしれないの。あくまで例えばだけど、あなたが彼女を挑発して、攻撃に対する正当防衛として彼女を破壊しようとした時、あなたの内心に自殺願望があったら、あの子は容赦なくあなたを殺すわ。だからこうして、二人だけの時に話してるのよ」

「俺に自殺願望なんてない」

「じゃあ聞くけど、あの子を見て、こう考えたことはない？　故郷を焼いたアマルガムと同じアマルガムのくせにどうしてこんなに人間みたいなんだ、いっそあの時のアマルガムと同じぐらい暴れてくれたら素直に憎むことができるのに……」

ぎょっとして、テオはすぐに答えられなかった。脳裏によぎるのはグイン長官の言葉だった。恐れを知る者でなければ、アマルガムは扱えない。その意味はまさか、こちらの恐怖心を察知したハウンドが自分の行動を律するためか。

エマは真剣な表情でテオと向かい合い、やがて静かに口を開いた。

「あなたの感情は、あなたのものよ。アマルガムを憎んでも仕方ない、それだけ酷《ひど》い経験をしてる。……でもあの子を、気晴らしに使ってはだめよ。あなたの何を感じ取って、どんな行動に移すか、予測できないもの。……仕事に関わる命令だけに留《とど》めて。いい？」

「……どうも。ご忠告、痛み入るよ」

　エマはまだ何か言おうとしていたが、テオは構わず先へ進んだ。テオがイレブンに個人的な命令をするなんて、ありえない。仕事以外で関わりたくなんかない。

　だがイレブンは希望の容姿や人格を確認した。テオが望めば、存分に憎たらしい姿で悪辣に振る舞うだろう。テオも遠慮なく彼女を撃てる。それで、テオの気は晴れるだろうか。

（……撃ったところで、あいつは死にやしないのに？）

　テオが振り返ると、アパートの敷地《しきち》内をトビアスとイレブンが歩いているのが見えた。軍服のスカートが揺れる。軽やかな足取りは、妹が新しい服を見せてくれた時と似ていた。

■

　トビアスはイレブンとともに、アパートの排水マスを探して敷地《しきち》内を歩いた。さくさくと草を踏みしめる足音が、従順に半歩後ろをついてくる。

「イレブンのそれは、癖なのかい？」

「どれのことでしょうか」

「人と並んで歩かないようにしているだろう？　必ず少し後ろを歩いてる」

　トビアスが振り向くと、イレブンは丸い瞳でこちらを見上げていた。

「ここからであれば三百六十度全て警戒し、護衛できます」

「ああ、なるほど。後ろに引っ張れるし前に突き飛ばせるし、確かに合理的だ」

「距離感等について、不快な点がありましたか」

「いやいや、大丈夫だよ。優しいね、イレブン」

イレブンは、ただ瞼《まぶた》を何度か上下させるだけだった。見た目だけなら、大人しく可憐《かれん》な少女だ。これが、大の男を一人で圧倒し、息一つ乱さなかったとはとても思えない。アマルガムという兵器についてトビアスは詳しくないが、頼もしい味方なだけに気になることがあった。

「あー……テオの態度に、気を悪くしていないかい？」

「私たちが『不愉快』になることはありませんし、彼の態度は、失礼に当たりません」

イレブンは単調に答えるだけだった。だが、明らかに視線をトビアスから外し、小さく唇を結ぶ。それが言いたいことを我慢する子供に見えて、トビアスは頬を緩めた。

「なんだい、言ってごらんよ」

「……彼は、アマルガムに対して悪感情を抱いています。私が一緒に行動すると、捜査に悪影響が出るのではないかと、推測しました」

「彼、案外子供っぽいよねぇ。捜査に私情は挟まない！　って顔してるのに」

灰色の瞳がトビアスを映し、何度か瞬《まばた》きをした。

「顔立ちと行動に、関連性はありません」

「うん、ないよ。ただ……君、火炎放射はできる？　山ぐらい体を大きくするとか」

「火炎放射はすぐにでも可能ですが、山ほど巨大化するには資材と準備期間が必要です」

「じゃあスクランブル出撃しても、巨人化して火炎放射で敵機撃墜、とはいかないか」

「命令には従いますが、航空機を撃墜するなら鳥に変身して飛ぶ方が現実的です」

「あはは、それもそうだ。気にしないでくれ、ちょっと安心したかっただけだから」

イレブンは話の意味を考えている様子だったが、トビアスは露骨に話題を変えた。

「シャワーブースの排水口から何か出たなら、必ず排水マスで引っかかるはずだ。でも、どれぐらいの大きさだと思う？　金網をすり抜けるぐらい小さかったら困るな」

「被害者の傷跡から、少なくとも成人男性の掌《てのひら》ほどのサイズはあると推測します」

「じゃあ、問題ないか。……ああ、あった。これが蓋だ。鍵とかはないね」

排水マスの蓋は、単なる鉄蓋だった。トビアスは道具を探したが、地面に片膝を突いたイレブンが躊躇《ちゅうちょ》なく鉄蓋を持ち上げる。ぎょっとして身構えたトビアスに反し、排水マスは静かなもので、油の浮いた水が溜《た》まっているだけだった。トビアスもしゃがんで覗《のぞ》き込む。

「本当に力が強いな君は……頼もしすぎて心臓が口から出るかと思ったよ……」

「この金属カゴは、元から排水マスにあるものですか」

「清掃用にね。ここにゴミを溜《た》めて、一気に捨てるんだ。だから、何か出たならここに……」

手袋をして清掃用カゴを引き上げたトビアスは、言葉を失った。カゴには溜まっているはずのゴミはなく、代わりに排水管に近い側面には外に向かって突き破った痕跡がある。千切れたカゴの一部には、内臓の欠片《かけら》が引っかかっていた。イレブンもカゴを見て言う。

「食べるだけ食べて、逃げたのですね」

「生き物とはあまり思いたくないな……イレブン、何か心当たりはある？」

「痕跡から見て、小型です。現時点ではアマルガムの特徴と合致しないため、魔法生物、あるいは小型の自律型魔導兵器《オートマトン・アーツ》に類似するものを探した方が……」

「だよねぇ。下水道まで流れると探すのは難しいし、一旦管理人にこの破損を……」

トビアスは顔を上げ、固まった。瞬《まばた》きする間に、イレブンが姿を消していた。

■

テオとエマは、建物の裏にあるガレージから中に入った。一階は家具や照明などは撤去され、資材だけ積まれている。だが改装作業に入らないまま時間が経《た》っているのか、雨漏りも部屋の傷みも放置されていた。懐中電灯で照らしながら歩いていたテオは、表の玄関口を見る。ガラスが割れ、鍵も壊されていた。屋内の足跡は二人分だ。

（……建物の持ち主以外の奴《やつ》が、何度も出入りしてやがるな）

テオはエマに呼ばれ、手招きされるまま歩み寄った。資材の山に隠されていたのは、鍵付きの収納箱だ。箱は見た目ほど重くないのか、特別鍛えていないエマでも持ち上げられる。

「……商品の在庫量とは思えないな。横領した分か？」

「重さ的には、現金の可能性もあるわね。危険物もないし、一応鑑識を呼んで――――」

突然、玄関扉の開く音がした。驚いて振り返ったテオは、フードをかぶった男と目が合う。男はテオにバレたと気付くや否《いな》や逃げ出し、テオは急いで外に飛び出して後を追った。

男は路地に逃げ込み、転がった空き缶を蹴飛ばし、ゴミ箱を引き倒しながら走っていく。テオは必死に追いかけたが、男はずいぶん足が速かった。合成義体を応用した肉体強化でも使っているのか。逃がしてなるものかとテオは歯を食いしばり、男を追って古いアパートの非常階段を上る。

扉の開閉音を頼りに屋上へ飛び出したテオは、素早く視線を走らせた。追いつくかと思ったが、男の姿はない。一体どこに、と首を巡らせた瞬間、死角から衝撃を受けて体勢を崩した。室外機の陰に隠れていた男がテオを突き飛ばす。踏ん張ろうとした足が宙を蹴る。

しまったと思う間にもテオの体は傾き、屋上から投げ出された。男の口元に勝ち誇った笑みが浮かぶ。踵《きびす》を返《かえ》す男、屋上の淵《ふち》から足を踏み外すテオ。全てがコマ送りで認識される中、テオは目を見開いた。

黒い帯だ。それが男に殺到し、ぐるぐる巻きにして男を屋上から引きずり落とす。かと思うと、テオは両腕で抱き留められた。肩が何か硬いものにぶつかって痛い。

テオが顔を上げると、存外近い距離で灰色の瞳がテオを見つめていた。柔らかなホワイトブロンドが風に揺れる。イレブンは細い両腕でテオを横抱きにして、薄い唇を開いた。

「お怪我《けが》はありませんか、捜査官」

「……ない……ないが、どういう状況だ……？」

「屋上から転落したあなたを、私が受け止めました。同時に、逃亡した男は捕縛しました」

テオは慎重に視線を巡らせた。古いベランダの柵に立っているイレブンは、危なげない様子でテオを抱え、そしてそのベランダの柵には黒い布の塊がぶらさがり、もごもごと男の呻《うめ》く声が聞こえてくる。肩と膝裏を支える腕は恐ろしく細く、そしてびくともしない。イレブンがベランダから飛び降り、テオをそっと地面に立たせるまで、テオは欠片《かけら》も動けなかった。

「……お前、とんだ規格外だな……」

「いえ、ハウンドの要求規格はクリアしています」

いまいち会話が嚙《か》み合《あ》わないまま、イレブンは男を布から解放する。黒い布はするすると縮まり、軍服のジャケットへと戻っていった。男はすっかり腰を抜かし、呆然《ぼうぜん》としている。テオは男の両手に手錠をはめ、駆け付けた警察に引き渡した。遠く元の事務所に視線を戻すと、目を白黒させたトビアスにエマが説明しているのが見える。

酷《ひど》く疲れた心地でテオは息を吐き、エマのところへ戻ろうと一歩踏み出した。だが不意にイレブンが「捜査官」と声を漏らす。豪胆な救出・逮捕劇を済ませたとは思えないほど遠慮がちな、小さな声に驚いて、テオは振り返る。振り返ってしまう。

「私は、お役に立ちましたか」

自律型魔導兵器《オートマトン・アーツ》アマルガム、その中でも特別製で、陸軍秘密兵器ともあろうハウンドからの質問にしては、あまりにもいじらしい。テオは冗談かと疑ったが、イレブンの表情は真剣で、ひたむきな眼差《まなざ》しは無視できず、彼女にとっては大切な質問のようだった。

答えようとした口内は乾いていて、テオの声は空回る。イレブンの助けがなければ、テオは今頃道路に激突して生死を彷徨《さまよ》っていただろう。素直に礼を言うのも、今までの態度を思うと虫がいい。結局テオは咳払《せきばら》いをして踵《きびす》を返《かえ》した。

「……お前は、よくやったよ」

我ながら残念な一言だった。なのにイレブンは「はい」と短く返事をする。平坦《へいたん》な声から感情を窺《うかが》えず、しかし彼女は小走りでテオに追いつき、すぐに半歩後ろをついてきた。

テオはばつの悪さを覚えたが、イレブンを連れてエマたちのもとへ戻った。ちょうど収納箱の鍵が外されたところだった。中身はよく流通している薬物と現金だけだ。闘技場に卸されていた錠剤はなく、テオは嘆息する。

「大した発見はなかったか。……あの男から何か聞き出せたらいいが」

「最近まで建物に出入りしていた車はあるようだし、手がかりがあっただけよしとしよう」

トビアスは前向きに言うと、周囲に撤収の声をかけた。

■

地元警察に話を聞くと、刑事はうんざりした顔で答えた。

「奴《やつ》の名前はヤッカス・ギレン。前科者で、普段は借金の取り立てをしている男だ。薬物検査は陽性、今は自宅を調べさせている。被害者との関係は不明だ」

「お疲れさん。被害者についての進展はあったか」

「ああ、データベースに指紋が残っていた。名前はボブ・デリー、違法な薬物売買で捕まった前科がある。ギレンは遺体の写真を見て動揺した様子だったが、『知らない』の一点張りで、何も話さない。だが、弁護士も呼んでいない。……殺しの犯人だと思うか」

「そこは、聞いてみないとな。検視の結果は？」

テオが尋ねると、刑事は顔を曇らせて捜査ファイルを差し出した。

「……胃袋から、何かが外に食い破ったような傷だ。唾液なんかは検出されていない。何か道具を使ったとは思うが、溶け残ったカプセルが見つかったぐらいで、詳細は不明だ」

「了解した。こちらでも調べるから、遺体を支局に送ってくれ。結果は追って知らせる」

刑事と礼を言い合ってその場を離れ、テオはトビアスたちのところに戻った。イレブンの手元を見ていたエマが顔を上げ、心配そうな表情を浮かべる。

「結局、取り調べができるだけマシって感じね」

「ああ。身元が判明して、一歩前進だが……こいつは何してるんだ」

テオもイレブンの手元を見下ろした。どうやら、収納箱から工具を使って外されたダイヤル式の南京錠《なんきんじよう》を握り、黙々と四桁の数字を試しているらしい。

「あの建物に二人が出入りしてたとしたら、四桁の数字は二人と縁深いものなんじゃないかって、ずっと試してるのよ。音と感触で数字は当てられるらしいけど……」

そう話している間に、かちりと音を立てて鍵が外れた。トビアスが数字を読み上げる。

「〇九二六……日付かな。テオ、二人の誕生日は？」

「被害者のボブ・デリーは十二月八日、容疑者のヤッカス・ギレンは七月十五日だが」

「では、二人の誕生日の、ちょうど中央の日付です」

イレブンが端的に答えた。だから何だとテオは顔をしかめたが、エマが手を合わせる。

「真ん中バースデーってやつじゃない？　二人は相当親しい間柄だったのかも」

「親しい関係なら、遺体の写真を見たらもっと狼狽《ろうばい》しそうなもんだけどな。……彼が死ぬと分かっていて、箱を回収しに来たとか？　遺品代わりだったのかな」

トビアスは不思議そうな顔で首を傾《かし》げた。テオも少し考え、一つ頷《うなず》く。

「二人は同時期に釈放されているから、刑務所で知り合った可能性もある。同情的にアプローチしてくれ。イレブンは視界に入るな、無駄に刺激する」

「じゃあ、僕が話を聞いてみよう」

トビアスたちが取調室に入っていくのを見送り、テオはイレブンとともにマジックミラー越しに取調室内を見守った。刑事から受け取った捜査ファイルを開き、改めて目を通す。

通話履歴を調べた結果、ボブ・デリーが生前最後に連絡を取ったのは実家の母親だった。近々大金が手に入る予定があり、それを手に故郷に戻ると話していたらしいが、詳細は不明だ。闘技場に卸す錠剤だけでそこまで稼ぐことができていたとしたら、何か裏があるに違いない。闘技場が警察に押さえられ、口封じのために殺されたと見るのが自然か。

テオは黙って考え込んでいたが、携帯端末の通知音を聞いて部屋を出た。電話だ。

「どうした、ロッキ。何か進展が？」

『坊主《ぼうず》、今アマルガムの嬢ちゃんと一緒か。病院まで連れてきてほしい』

「……構わないが、何か役に立つのか」

『一人だけ肉体に変化の出てねえ奴《やつ》がいたろ。そいつの様子がおかしいんだ。こっちじゃ手出しできねえから、同じアマルガムなら何か働きかけられるんじゃねえかと期待してんだが』

ロッキの背後では、苦しむ男の声とそれを宥《なだ》める看護師たちの声がする。テオは「すぐ行く」と短く応じて通話を終え、イレブンを振り返った。

「体内に留《とど》まったままの疑似アマルガムに対して、お前ができることは？」

「まだ傷を負っていないのでしたら、はい。除去できる可能性はあります」

頼もしいことだとテオは息を吐き、トビアスたちにはメールだけ残した。慌ただしくもイレブンを連れて病院へ向かう。一睡もしないまま、日が暮れようとしていた。

■

トビアスが取調室に入ると、ヤッカス・ギレンはうんざりとした顔を上げた。

「今度は誰だよ」

「やあ、はじめまして。捜査官のヒルマイナだ。手荒な逮捕となってしまって、すまなかったね。君の気持ちも考えずに、失礼なことをした」

「……何言ってんだテメェ」

「まずはお悔やみ申し上げるよ。ボブ・デリーとは親しい関係だったんだろう？　あんなことになってしまって、とても残念だね」

トビアスが穏やかな調子で言うと、ギレンの肩から上が強張《こわば》った。息を詰めた気配が遠ざかると、ギレンはあからさまにトビアスから目を逸《そ》らし、椅子にもたれる。

「グロい写真の奴《やつ》だろ。デカにはもう言ったぜ。知らねえ奴《やつ》だって」

「……鍵の番号を、二人の誕生日の真ん中になる日付にする程度には親しかったんだろう？　彼が誰に殺されたのか、君には心当たりがあるんじゃないか？」

ギレンはトビアスから頑《かたく》なに目を逸《そ》らしていた。トビアスは細く息を吐き、資料をめくる。

「……君とデリーは、ずいぶん歳《とし》が離れちゃいるが、同じ刑務所から同時期に釈放されているね。その後、二人して定職に就いたが、デリーだけヤクの売人に戻った。悪事から足を洗って立ち直ろうとしていた君にとっては、関係があったと言いたくはないか」

「そんなことはねえ」

ギレンは強い声で否定した。トビアスが次の言葉を待っていると、彼は鼻をすすり、充血した目をトビアスに向ける。かと思うと、彼はデスクに身を乗り出した。

「……ムショで、俺を助けてくれたのはボブだけだった。合成義体を取り上げられて、義足と松葉杖《まつばづえ》で過ごすことになった俺を、先輩のあいつだけが助けてくれたんだ。俺にとって、あいつは……命の恩人なんだ。兄貴みたいに思ってたし、あいつも、弟分だと思ってくれた」

「では、釈放後は？」

「……俺は両脚、ボブは腎臓の合成義体が必要だった。でも合成義体は、しかも内臓の奴《やつ》は金がかかる。俺は借金の取り立てで足りたが、ボブは足りなくて、前のツテで売人に戻った。相変わらず商売は上手《うま》くて、ボブはすぐに金を稼いで合成義体を手に入れたよ。でも……」

ギレンは周囲を見回してから、声を潜めて言った。

「俺が借金を取り立ててた賭博《とばく》会社が、闘技場を始めたんだが、しばらくすると奴《やつ》が来た」

「奴《やつ》、というのは？　君の知り合い？　それともボブの？」

「知らない奴《やつ》だった。俺が取り立て相手をボブの客として斡旋《あっせん》することが多くて、いつもの流れのはずだったんだ。なのに急に、男が『商品を任せたい』と割り込んできた」

ギレンは乾いた唇を舐《な》め、落ち着かない様子で続けた。

「……男は、まだ試作段階のドラッグで、市場には出回ってないと言ってた。俺たちは、安易にその話を受けた。それで、その試作品を闘技場の連中に売り付けたんだ。どんな取引だったか知らねえけど、ボブはめちゃくちゃ稼いだし、俺も相当な分け前をもらった。昨夜の取引でまとまった金ができたから、行きつけの店で一番高い酒を飲んだよ。本当に、昨夜……」

ギレンの声が揺れる。彼は袖で乱暴に目元を拭い、鼻をすする。トビアスは彼に箱ティッシュを渡しながら「それじゃあ」と尋ねた。

「今日、君はボブに会ったかい？」

ギレンの目に涙が浮かぶ。彼は盛大に鼻をかみ、雑に拭いながら呻《うめ》いた。

「……ボブのアパートに行ったら、あの男が表で電話してたんだ。俺はとっさに隠れたし、男もすぐに移動したからよく聞こえなかったが、あいつは『売人は片付いた』と言ったんだ。『あとは仲介人を片付けたらいい』と。ただごとじゃねえと思って、すぐにボブに会いに行ったよ。でももう、その時にはボブは、腹から血を流して、息も……」

ギレンの言葉は、嗚咽《おえつ》に紛れて歪《ゆが》んでいく。思わぬ事情にトビアスも眉根を寄せ、資料を閉じて尋ねた。

「君はその場で、通報はしなかったね。ボブの遺体を見た後は何を？」

「……逃げ回ってた。職場にも行けなかった。次は俺なんだと思うと怖くて……でも、ボブはあの建物に、稼いだ金も隠してたんだ。その金は、故郷の親に渡してやりてえと言ってた。昔から親不孝だったからって……だから、せめて俺が運ぼうと思って……」

「そしてテオたちと鉢合わせして、急いで逃げたのか。尾行や、身の危険を感じたことは？」

「誰が敵か分からなくて逃げ回ってたから、よく分からねぇ」

「……ありがとう。じゃあ、その例の男について似顔絵を作るから、手伝ってくれるかい？」

トビアスが頼むと、ギレンは泣きながら何度も頷《うなず》いた。

ギレンの身柄を地元警察に預け、完成した似顔絵を眺めたトビアスは、深刻な顔でエマと合流した。エマも似顔絵を見て表情を曇らせる。この事件はただで終わりそうになかった。

■

病院の受付カウンターまで向かうと、ロッキが駆け寄ってきた。彼は「お疲れさん」と短くテオと言葉を交わすと、すぐにイレブンを個室へと案内する。

選手たちの中で一人だけ出場経験がなく無傷だった男、フレッド・ウッド。ベッドに横たわった彼は、シーツを握りしめて呻《うめ》いていた。その体表では、ぼこぼこと血管が波打っているのが見える。ロッキがイレブンを振り返って言った。

「検査入院だけの予定だったが、見ての通りでな。息苦しさと痛みを訴えて一時間ってとこだ。外傷を与えるわけにはいかないんで、注射も点滴もできなくて、病院側では対処できねぇ」

「原因は解明されていますか」

「俺の推測だが、血液と結びついたアマルガムが表に出れねえってんで、一つ飛ばして増殖の段階に入ったんだと思ってる。宿主を守る性質のおかげで、出血はない」

「……現状を理解しました。すぐに除去します。シャーレと縫合の用意を」

医者たちは半信半疑といった様子だったが、すぐに準備に駆け出した。イレブンは袖をまくり、白い手で男の腕に触れる。縋《すが》るように軍服の袖を握りしめる彼に「大丈夫」と短く声をかけ、イレブンはそっと男の腕に掌《てのひら》を滑らせた。

男に触れている右手だけが、淡く赤い光を放つ。その瞬間、あれだけ波打っていた血管が静まり返った。男の全身が、正しくは血管の中で蠢《うごめ》く疑似アマルガムが同じように赤く光を放ち、イレブンの掌《てのひら》の下へと集まっていく。

「ど、どうなってるんだ？　何の仕組みなんだこれは」

「統制信号を送り、アマルガムの習性を利用しています」

狼狽《ろうばい》するテオとは対照的に、イレブンの横顔は極めて冷静なものだった。

「アマルガムは他の個体から信号を受信すると、それに同調するようにできています。宿主に寄生するよりも、私の指示を優先するでしょう」

イレブンはそれだけ答えると、苦しむウッドの瞳を覗《のぞ》き込むようにして言った。

「ミスター。注射針による傷では小さすぎて、血管が破裂する恐れがあります。麻酔なしで皮膚を切り開き、アマルガムを取り出します。傷の治療は必要となりますが、全身の苦痛は取り除かれることをお約束します。施術に同意していただけますか、ミスター」

「……なんでも……なんでもいい、助けて……」

灰色の瞳はどこまでも冷徹に、必死で縋《すが》りつくウッドを見つめていた。イレブンはすぐに医師を振り返る。

「同意をいただきました。今から対処しますので、すぐに止血し、縫合を」

「あ、あぁ、分かった……」

医師たちの用意ができたところで、イレブンはウッドの腕に触れていた指を鋭利なナイフに変えた。少女の指のまま細く華奢《きゃしゃ》なナイフは、赤い光が集まっている皮膚を容易に切り裂く。ぱくりと開いた傷口から滲《にじ》んだのは、血ではなく赤い光だった。ずろ、と音を立てて傷口から飛び出した粘液は、すぐさまイレブンの右手に殺到する。だがそれだけだ。テオは呆気《あっけ》に取《と》られながら、銃に置いていた手を慎重に外した。

ウッドは痛みに苦悶の声を上げていたが、医師たちは冷静に対処していた。イレブンは彼らからゆっくり距離を取り、右手に絡《から》みつく不定のものを見据える。どろどろと、赤く光りながら手にまとわりつく粘液に向かって、イレブンは冷静に言った。

「私が指揮を執る。聞け、私を知り恐れ、ひれ伏せ。速やかに稼働《かどう》を停止せよ」

疑似アマルガムから急速に光が失われる。イレブンがシャーレに手を伸ばすと、さらさらと銀砂のようになった疑似アマルガムがこぼれ落ちていった。ロッキはそれを興味深そうに見ながら、シャーレの蓋を閉める。

「他の、アマルガムが表に出た奴《やつ》も同じように対処できるか？」

「いいえ。今回は体外への脱出方法を求めていたから誘導できただけです。既に皮膚組織と結合して増殖している場合は、私の指示よりも宿主の肉体保護を優先し、除去できません」

「そうかい。……いや、お見事だった。頼りになるお嬢さんだ」

ロッキはシャーレを保護ケースに入れると、イレブンの頭を撫《な》でた。イレブンはされるがままになっていたが、ロッキの手が離れると乱れた髪を少し整えて尋ねる。

「検視官、私の髪に何か付いていましたか」

「何言ってんだ。犬が仕事できたら、よしゃしゃーっと頭撫《な》でて褒めてやるもんだろう」

「犬って、アンタなぁ……」

「ハウンドって言うぐらいだから、犬に例えた方がお嬢さんには分かりやすいだろ？」

ロッキは当たり前の顔をして言うと、ウッドの治療に当たった医師と話しに行った。ウッドは看護師たちの隙間からイレブンを見やると、目だけで礼を言う。イレブンは彼に向けて丁寧に頭を下げ、テオを振り返った。

「治療が終了するまで待ちますか」

「……いや、オフィスに戻ろう。トビアスたちの取り調べも終わったはずだ」

痛みを訴え始めている額を押さえ、テオは息を吐《つ》いた。被害者を一人救えたはいいが、犯人を追いつめるには、まだ時間が必要なようだ。

■

オフィスでテオたちが揃《そろ》う頃には、日が沈んでいた。深刻な表情をしたトビアスとエマが差し出した容疑者の似顔絵を見て、テオも眉根を寄せる。

短い髪。吊《つ》り上《あ》がった眉と目。鼻と顎の目立つ、厳《いか》つい顔立ち。そして額の特徴的な傷。

ジム・ケント。大陸統一主義の過激派で、国内外で指名手配されている犯罪コンサルタントに間違いなかった。この男は反体制派の破壊工作に加担することが多く、各国の捜査機関で危険人物としてマークされているが、一度も逮捕には至っていない。

大陸統一主義。端的に言えば「この大陸は一国が支配下に置くべきである」という思想ではあるものの、誰が支配すべきと定義するか、何に対して怒りを抱いているかによって行動は大きく異なる。ジム・ケントがどのような考えに基づいて行動しているか、予想はできない。

「……ただ一つ、現時点で言えるとしたら」

テオは溜息《ためいき》混じりで呟《つぶや》いた。

「アマルガムを使ってデルヴェローで何かを成し遂げるつもりでいる、だな」

「そうだね。人間をコアにした疑似アマルガムの次は、捕食行動を繰り返しながら移動する何かを生み出した。……どう転ぶにしろ、ただでは済まないだろうなぁ」

トビアスも険しい表情で言った。エマも頷《うなず》く。

「何かを攻撃するつもりなら、それが個人なのか団体なのか、国なのかで大きく変わるわ。どんな思想の下で動いているか分かればいいけど……」

「国内統計的に最も危険なのは、宗教的な思想の下での犯行です」

イレブンが言った。三人分の視線を受けても、彼女は静かに続ける。

「単なる過激派、破壊衝動に由来する犯行であれば、裏切りなどによる内部分裂を誘導し、弱体化できますし、説得の余地があります。しかし宗教的な思想に従って動いていれば、裏切りの可能性は極めて低下し、攻撃性は増します」

「……壁にあった『ローレムクラッドに栄光あれ』って文言の時も言ってたな。宗教か」

テオが呟《つぶや》くと、トビアスはうんざりした顔で言った。

「そんな新興宗教があったよ。統一支配した大陸を神に捧《ささ》げれば、その報酬として楽園の住人になることができ、異教徒は地獄に落ちる、だったかな。ジム・ケントの誘導でそこに過激派が加わったら、確かに楽園のためにどんな犠牲も払う、凶悪犯も生まれるだろうね」

「……想像しただけで震えちゃうわ。でもギレンの話だと、取引は現金払いでジム・ケントの居場所は追えず、取引場所もあの建物だけ。……手詰まりね」

エマも深く溜息《ためいき》を吐《つ》いた。テオはボードを振り返る。

「……時系列順に整理しよう。まず、ボブ・デリーとヤッカス・ギレンは薬物売買コンビだ。

ギレンが客を集め、デリーが薬を売る。闘技場経営者と最初に繋《つな》がりがあったのはギレンで、その繋《つな》がりを使えると考えたジム・ケントがドラッグ商人として二人に接触した」

「ギレンの話だと、僕たちが闘技場を取り締まる前日に薬を卸したのが最後の取引らしい。代金を受け取ってそのまま飲みに行き、ギレンがデリーと話したのはそれが最後になった」

「その後、普段姿を出さないはずのジム・ケントがわざわざ売人を始末し、ギレンも片付けようとしていた。確実に単独犯ではないし、今までとは違う理由で動いているわ」

テオの視線は、自然とボブ・デリーの遺体を記録した写真に移っていた。

「……ジム・ケントは、自分の手は汚していない。ボブ・デリーの死因は外傷ではなく、腹部を内側から突き破った傷だ。だがこの正体は不明で、類似の生物、兵器も見当たらない」

「イレブン経由でアマルガム研究所に連絡したけど、情報不足で判断できないとのことだった。できれば実物を確保したいけど、下水道を探すのは無理だからなぁ……」

トビアスの言った内容にぎょっとして、テオは振り返った。

「研究所？　よく連絡が取れたな」

「イレブンは陸軍内だとほぼフリーパスだからね。何せ本人が機密情報の塊だ。……ただ、研究所を頼るのはもっと情報が集まってからになりそうだなぁ」

思わずテオはイレブンを見やったが、彼女はただボードを見ているだけだった。証拠品として押収《おうしゅう》された薬物を見比べてエマが言う。

「今のところ、闘技場に卸していた錠剤とボブ・デリーが飲んだカプセルが見つかっているわけだけど……錠剤が疑似アマルガムなら、カプセルもアマルガム関係になるはず」

「そこが問題だね。イレブン曰《いわ》く、デリーを殺害したと思われる個体は特徴がアマルガムに一致しないらしいんだ。疑似アマルガム同様、独自に作られたものなのか、それとも別物なのか。ジム・ケントの捜索と同時に、この正体も摑《つか》まないといけないってのがね……」

トビアスは溜息《ためいき》を吐《つ》いた。山積みの課題を前に、テオたちの発言は減る。続いた沈黙を破ったのは、オフィスの仕切りを叩《たた》く音だった。見れば、パロマ部長が歩み寄ってくる。

「課報部《ちょうほう》から書類が届いたぞ。……彼女か、試験的にチームに入っているというのは」

「パロマ部長は、何か聞いていますか」

「ああ……一応な。信じられんが……アマルガムの、もっと上位の個体だとか……」

パロマはそう言いながら、イレブンとは対角線上に立ち、できるだけ距離を取っていた。イレブンは表情を変えず、静かにパロマに礼をする。パロマは戸惑った様子で片手を挙げて応じ、すぐに咳払《せきばら》いをしてテオたちを見やった。

「それで……どうするか、君たちの間で結論は出ているのか。捜査官として扱うのか、兵器として武器庫に格納しておくのか。グイン長官は、スターリング捜査官に判断を任せると言っていたが……一緒に捜査して、その……どうかね」

「……俺は――」

「私たちハウンドは」

イレブンの怜悧《れいり》な声がテオの発言を遮った。彼女は両手を揃《そろ》え、姿勢を正して言う。

「通常のアマルガムと異なり、単独での任務遂行を前提として設計されています。武器庫で待機し、犯罪に関与したアマルガムを発見した時のみ出動する方針での運用を推奨します」

「……でもイレブン、それじゃ、あなたが人型である意味がないじゃない？」

エマが優しく言ったが、イレブンは彼女に顔を向けて「いいえ」と静かに応じた。

「人型は擬態能力の高さの証明に過ぎません。人間として動く必要もまた、ありません。捜査関係者の感情と捜査効率を優先してください。あなた方は人間で、感情で動く生物です」

テオは、頭を殴られたような心地になり、小さく息を呑《の》んだ。痛いほどエマの視線を感じる。イレブンに対するテオの態度は悪かった。俺はアマルガムが嫌いだと、全身で訴えているように見えただろう。だからといって、この場面で、自ら発言するとは思わなかった。命令に忠実な兵器なら、黙って命令を待てばいい。だがイレブンは、そうしなかった。

なぜか。テオがイレブンの存在を厭《いと》っていると、察知したからではないか。

自律型魔導兵器《オートマトン・アーツ》の運用経験なんて、刑事部にはない。その張本人から推奨運用方針が出れば、それに従うのが自然な図だろう。だがトビアスが言う。

「イレブンの提案も分かるんだけど、それ現実には難しいよね？」

「そうなのか、ヒルマイナ捜査官」

驚いた顔のパロマに向けて、トビアスは「ええ」と笑顔で頷《うなず》いた。

「確かに彼女は単独で、うちの魔導抑制器《アーツ・リジエクター》を全て集めたよりも遥《はる》かに高い制圧力を持ちます。ですが、出動命令が出て現場に着いたとして、相手が戦場で運用されているサイズのアマルガムだったら、この体格で対処しなきゃいけないわけです。彼女は自由自在に変身できても、さすがにそこまで巨大化するには準備時間が必要らしく、場合によっては僕たちで彼女を支援しなきゃいけない。となると、武器庫にいてもらうより、一緒に現場に出て臨機応変に対処してもらう方が、僕は現実的で、効率もいいと思うんですよね」

「一緒に捜査する上での支障は？　言葉は普通に話せるようだが」

「もちろん、問題なしです。容疑者を追って負傷しかけたテオを助けたぐらいですから」

「トビアス、それは――」

　思わずテオは反論しようとしたが、トビアスの笑顔の圧に口を閉ざしてしまった。アカデミー時代にこの顔で説教された記憶が蘇《よみがえ》る。テオは居心地悪くデスクに腰かけた。

　パロマは呆《あき》れ顔《がお》をしたが、溜息《ためいき》とともに切り替え「それで」とエマの方を向いた。

「カナリー捜査官の意見はどうかね。チーム増員は、メリットがあるようだが」

「……どんなアマルガムに対処するか分からない以上、彼女ほど有効な戦力は、私も歓迎です。ただ、イレブンの言うことも分かりますから。チームリーダーの決断に従います」

　エマはテオを一瞥《いちべつ》して、そう答えるに留《とど》めた。イレブンは、じっとテオを見ている。他意のない、ただこちらの発言を待っている顔だった。見かねたパロマが口を開く。

「スターリング捜査官、部屋で話そう。渡す書類もある」

テオは黙ってそれに従った。エマだけでなく、他捜査官の視線を感じながら、部長室に入る。

ブラインドを下げて他捜査官の視線を遮ったパロマは、息を吐いた。

「……ご家族が亡《な》くなってから、もう五年か。君は、よくやっているよ」

「ありがとうございます、パロマ部長」

「ご家族や故郷に起きたことを思うと、君がアマルガムを受け入れるのは難しいだろう。だがアマルガム犯罪という、未知の捜査に関わる以上、彼女は明確な戦力に違いない」

「……おっしゃる通りです」

パロマはテオを振り返り、厳しい表情を浮かべた。

「うちに、アマルガムの運用経験はない。本人から運用方針は提案されているが、ヒルマイナ捜査官の指摘ももっともだ。それらを考慮し、チームリーダーとして、君はどう判断するんだ。どうしたら、彼女を使って、市民をアマルガムから守ることができると思う？」

テオは深く息を吐いた。頭から無駄なものを追い出し、事実だけに集中する。

自律型魔導兵器《オートマトン・アーツ》は、命令に忠実だ。命令権はテオにある。彼女を制御するのはテオだ。

現在捜査中の事件は、犯罪コンサルタントであるジム・ケントと、詳細不明のアマルガムが関わっている。何を相手にするか分からない以上、ハウンドという戦力は必要不可欠だ。

テオは、捜査局刑事部の捜査官で、アマルガム犯罪特捜チームのリーダーだ。危険犯罪に関わるアマルガムから市民を守り、一刻も早く真相を明らかにすることが使命だ。

私情は挟まない。頭を冷やし、合理的な判断を下す。テオの脳裏に、長い赤毛がよぎる。

歳《とし》の離れた妹は、テオが捜査局勤務になると知った時、青い瞳を無邪気に輝かせた。

すごい！　じゃあ今日から兄さんは、みんなのヒーローになるんだね――

「彼女を、捜査官としてチームに入れます。常に現場に出して、アマルガムを発見し次第、速やかに彼女に対処させる。その方が確実ですし、彼女が妙な動きをしないか監視できる」

「……一人にさせるよりは、色々安全だろうな。分かった、書類を渡そう」

デスクに向かうパロマを見送り、テオは拳を握りしめた。これでいい。合理的な判断だ。

（……ヘザー、これで……正しいよな……）

胃が痛い。奥歯を嚙《か》み締《し》めたテオは次の瞬間、渡された書類の量と重さに怯《ひる》んだ。

「パ、パロマ部長、本当にこれ全部ですか」

「そうだ。刑事部に転属するための転属届と、捜査官として人間の身分が必要になるから、身元引受人として必要な申請書に記入してくれ。諜報部《ちょうほうぶ》では備品扱いだった」

「備品⁈　銃火器とかですらなく備品⁈」

「書類は全て私に提出してくれ。この分厚いのはアマルガム・ハウンド運用マニュアル。困った時はこれを参照するようにと、グイン長官が。マニュアルの表紙にハウンド研究チームの連絡先が記載されているから、彼女に何か問題が起こった時はそこに連絡するように」

「……了解しました……」

「残りはこちらで処理しておくから、行っていいぞ。今夜は休め。徹夜続きはまずい」

予想だにしなかった重さによろめきながら、テオは部長室から出た。オフィスに戻るとトビアスが驚いた顔をする。

「部長と話していたと思ったら、どうしたんだいそれ」

「……そいつをうちのチームに入れると言ったら、転属届やら身元引受人としての書類やら渡された。マニュアルが異常に分厚いだけだ」

「ああ、そっか。自律型魔導兵器《オートマトン・アーツ》だから身分証明してあげないといけないのね」

エマは納得した顔で「それで」と首を傾《かし》げた。

「誰がイレブンの身元引受人になるの？　魔導士だし、私にしておく？」

「でも命令権はテオにあるんだから、イレブンの管理責任者はテオじゃないのかい？」

エマとトビアスが顔を見合わせる。テオは書類を取り、さっさとペンを走らせた。

「どうせ書類上なんだ、俺でいい。年齢や収入面ではトビアスが適任だろうが……お前のパートナーが変に勘違いしたら申し訳ないしな」

「……お気遣い、ありがとうね。助かるよ。じゃあ住所も、テオのところでいいかな」

トビアスが苦笑してデスクにもたれた。ボードの前で立っていたイレブンが尋ねる。

「デルヴェロー支局の住所では、いけないのですか」

「そんなので書類が通るわけないだろう。大体、どこに住むつもりなんだ」

「掃除用具箱や、備品倉庫がありました。勤務時間外はそこで待機可能です」

当たり前のような顔をして彼女は言う。諜報部《ちょうほう》では備品扱いだったのだからイレブンがそう発想するのも無理はないが、テオは額を押さえ、エマはイレブンの肩をそっと抱きしめた。

「あのねイレブン。あなたは捜査官としてうちのチームに入るのよ。備品じゃなくて」

「……それは、待機場所と何の関係があるのですか」

「関係あるでしょう！　備品倉庫から出勤する捜査官いないわよ！」

「まぁまぁ……。イレブン、任務中に待機する時間もあっただろう？　人間と一緒に行動することだって今までにもあったはずだ。その時は、どう過ごしていたんだい？」

トビアスが努めて穏やかに尋ねると、イレブンは瞼《まぶた》を上下させた。

「要望のあった肉体を維持し、人格を記憶した状態で、次の命令まで待機していました。待機場所は輸送車の荷台や物置など、人の気配から遠い場所が多かったです」

「そっか。じゃあ今まで通りにはいかないな。君は刑事部の捜査官として動くわけだから、他捜査官始め民間人との接触も増える。人間の見た目で、できるだけ人間らしく振る舞ってもらわなくちゃいけないんだ。そのためには、人間が暮らす場所で、君も待機しないと」

「私の住所が、他捜査官や一般市民に影響を与えることはありません」

「それでもだよ。本当は寮でもあれば話は違ったんだろうけど、デルヴェロー支局にはないからなぁ……。悪いけど、エマかテオの家に同居してもらう方が自然かもしれないね」

トビアスの言葉は話を逸《そ》らすようなものだったが、イレブンの反論はなかった。

問題は、どちらの家で暮らすかだ。エマは頰に手を当てた。

「女の子なら私と同居してる方が自然かしら。でもハウンドは擬態能力も高いし、男の子になってもらって、テオと同居するとか？　ご近所さんの目って、案外気になるし」

「いえ、人間社会に適合する、最適モデルが既にあります。問題ありません」

「へえ？　見せてみろ」

テオが書類から顔を上げると、イレブンの肉体が黒い帯となって綻んだ。布が糸になっていくようにするすると帯に姿を変えると、ボードの足元に丸く固まる。何が起きるのか三人で見守っていると、その塊は徐々に形を取り、尖《とが》った耳と鼻、そしてふさふさとした毛並みと尻尾を持つ白い犬に変わった。行儀よく座り込んだ中型犬がテオたちを見上げる。

「こちらが、人間社会に溶け込む最適解です」

「いや犬じゃねえか！」

「犬です。人間の傍《かたわ》らに犬がいる状況は、長い歴史の中でも問題視されていません」

口を開いて人間の言葉を話す犬を見ていると、頭が痛くなった。テオは白い犬の姿となったイレブンを持ち上げ、腹や足を確認する。白い毛並みは柔らかく、元の髪色と似ていた。抱き上げた感触や骨格、足の爪、どこを取っても犬だ。

「……犬だな。完全に犬でしかない」

「これでしたら、問題なく人間社会に適合できます」

「いや捜査官としてって話だったろ。なんでそこで犬になるんだよ」

「人間の形だから身分証明が必要なのであって、人間でなければ問題が解決するかと」

突如シャッター音がして、テオは慌てて振り返った。エマが無言で携帯端末を構え、テオが気付いてからもなお写真を撮る。

「おいやめろ、撮るな！　エマ！」

「待って動かないで！　イレブン可愛《かわい》いわよ、こっちに視線ちょうだい！」

テオに抱えられたまま、白い犬は鼻先をエマに向ける。甲高い歓声とともに何回もシャッター音が鳴るのを聞きながら、テオはうんざりとした心地で目を閉じた。両手の中で柔らかい毛並みがもふもふと動いている。体勢を変えているのか時折顎や首にもふりと毛が触れた。

（……犬か。小さい頃は、犬を飼ってる友達が羨ましかったな……）

テオに、動物を飼育した経験はない。仕事はやりがいがあっても、どうしても疲れる。そんな時に、こんな白くてふわふわした犬が家にいたら、癒《いや》されるのではないだろうか。

　意外とありかもしれん、と思った矢先に、柔らかい感触は去っていった。はっとして目を開けると、元の軍服姿の少女に戻ったイレブンが、壁際《かべぎわ》に立ってテオから視線を逸《そ》らす。

「……撤回します。犬よりも人間の方が捜査官として適切です」

「そっ……そっか……そうだな……」

　テオの呟《つぶや》く声は、自覚していた以上に残念そうな響きになっていた。存分に写真を撮って満足したらしいエマは携帯端末をポケットに入れ、微笑《ほほえ》んで言う。

「さて、楽しませてもらったところで、結論ね。私は、管理責任者と身元引受人が一致している以上、テオの家にイレブンを置くのが一番じゃないかと思うわ。諜報部《ちょうほう》も連絡が取りやすくていいでしょうし、私は魔導士とはいえ、アマルガムは専門外だもの。役に立てないわ」

「かと言って……なぁ」

　自分の家に、十代半ばの少女を置くのも、アマルガムを置くのも、テオには抵抗があった。

　イレブンはエマとテオを交互に見ていたが、トビアスが笑顔で尋ねる。

「イレブン、さっきの犬の姿にはいつでもなれるんだよね？　もっと大きな、もふもふした犬にもなれるかい？」

「はい。指揮官の要望があるのでしたら、何にでも」

「アニマルセラピーもできる対アマルガム最強兵器なんて素敵だわ。家にいるといいかも」

　トビアスとエマはにやにやとテオに視線をやった。テオは舌打ちする。

「……分かった。イレブンはうちに置く。安全のためだ。決して、犬のためではなく」

「はいはい、そういうことにしておこうね」

「……発言があるのですが、捜査官」

「なに？」

イレブンの声かけに返事をしたのは、三人ほぼ同時だった。イレブンは瞬《まばた》きを繰り返し、テオたちは思わず顔を見合わせる。最初に口を開いたのはエマだった。

「そういえば、イレブンは人のことを名前で呼ばないわよね。何か理由があるの？」

「単に、ハウンドとしての慣習です。個人の名前より記号を重要視していたので」

「まあ君の名前からして既に、十一番《イレブン》だしなぁ……」

トビアスは納得した様子で頷《うなず》いたが、エマは寂しそうに口を尖《とが》らせた。

「これからはチームメイトとして過ごすわけだし、名前で呼び合いましょうよ。ね、テオ」

「……まあ、外で『捜査官』と呼ばれるとまずい時もあるし、構わんが……」

いまいちエマのノリについていけずにテオが言うと、トビアスも微笑《ほほえ》んで頷《うなず》いた。

「テオもこう言ってることだし、いいかい？　イレブン」

「……了解しました。トビアス、エマ、テオ」

明らかに慣れない様子で名前を呼ぶイレブンを見て、トビアスは苦笑したが、エマは「えらいえらい」と楽しそうにイレブンの頭を撫《な》でた。ふと気付いて、テオはイレブンに尋ねる。

「……諜報部《ちょうほう》では備品扱いだったし、身元不明だよな。私物の類はあるのか？」

「いえ、ありません。指定された服装に擬態し、支給品を使用していました」

「よく今までそれで通ったね。軍の施設だと、出入口に魔導抑制器《アーツ・リジエクター》が設置されていることもあるだろう？　擬態が解除されたことはないのかい？」

トビアスが慌てた様子で尋ねたが、イレブンは瞼《まぶた》を上下させて静かに答えた。

「関係者専用出入口を通るよう指示されていましたので、強制的に擬態を解除されたことはありません。擬態を解除された場合も、研究所で初期設定された服装に戻ります」

「あ、じゃあいきなり全裸とかにはならないんだね。よかった、女の子だからさ……」

「いえ、兵器に性別はなく、諜報部《ちょうほう》から継続して女性の制服に擬態しているだけで――」

イレブンの言葉は唐突に途切れた。エマがきつくイレブンを抱きしめている。テオはトビアスと一緒に何事かと見守ったが、エマは凛々《りり》しい表情で顔を上げた。

「服がないなんて一大事！　どうして最初に言わないの！」

「いえ、私たちは擬態で済みますので――」

「何言ってるの、衣食住を満たしてこその人生よ！　ハウンドなら食は要らないし住は解決したし、残るは衣！」

「それは人間の欲求であって――」

「どんな服がいいかしら！　なんでも似合いそう！　この時間でも開いてるお店は……」

「テオ、エマを止めてください、テオ」

エマの抱き寄せる勢いが強すぎて、イレブンの踵《かかと》が浮いている。細い声で助けを求められても、テオはそっと首を横に振った。

「諦めろ。スイッチの入ったエマは気が済むまで止まらん。ちょうど、部長から今夜は休むように言われているしな。リフレッシュして、捜査の続きは明日にしよう。少しでもジム・ケントの目撃情報が集まることを祈る」

「エマの買い物がすぐに済むことも、祈った方がいいかもしれないなぁ」

トビアスは既に遠い目をしていたが、テオは諦めて書類とマニュアルを鞄《かばん》に突っ込んだ。

自分の家にアマルガムが来るという問題から目を逸《そ》らし、テオはオフィスを出るエマの後を追った。引きずられるように歩いていくイレブンの視線を感じていたが、テオにも、そしてトビアスにも、できることはない。ただ粛々と、車を出すのみだった。

■

市内でも規模の大きい商業施設に着くと、エマはイレブンを連れて一直線に婦人服売り場へ向かった。テオとトビアスは休憩用のベンチに座り、やっと一息《ひといき》吐く。今のうちに概要だけ摑《つか》もうと、テオはハウンド運用マニュアルを開いた。

「……一行目から『ハウンドに与えるのは通常、命令のみ』とあるんだが」

「まぁ、服ぐらい構わないじゃないか。エマも楽しそうだし」

「あいつなりに歓迎してるのか、単なるストレス発散なのか、なんだかなぁ……」

「好みの服を見て楽しむ余裕があるって、素敵じゃないか。ただでさえ、空襲警報を気にしなくてよくなったのもここ一年ぐらいだし……一時的とはいえ、平和になって何よりだよ」

見れば、トビアスは穏やかな横顔でエマとイレブンを見守っていた。そういうものだろうか。テオはベンチにもたれ、フロアを見渡す。

どの売り場でも「新しい服で平和な生活を」「大変な今だからこそ必要なものはこれ！」「平和祈念式典に向けて、フォーマル一式」などなど、今しか見られないであろうキャッチコピーが躍っている。この商業施設が修復を終えて再オープンしたのも、今年に入ってのことだった。やっと生活を立て直し、経済活動が戻りつつあるためか、行きかう客の表情は明るく、店内は活気に満ちている。

「……平和祈念式典か。そういえばもう来月だな」

「正直、火種の多さを思うと、来年どうなるかも分からないからね。……平和になったんだと、みんなが希望を抱いている今、やった方がいいんだろうな。亡《な》くなった人のためにも」

トビアスはしみじみと呟《つぶや》き、合成義体となった左手を握りしめた。

もしもテオが、迫撃砲によって木端微塵《こっぱみじん》になっていたら。もしもトビアスが、空襲で倒壊した建物に押し潰されていたら。ここに、二人は並んで座っていない。特にトビアスは、両親を庇《かば》って倒壊に巻き込まれ、左腕を切断してやっと助かった男だ。もしかしたら、平和祈念式典では彼に花を手向けていたかもしれないと思うと、テオはぞっとする。

トビアスは「さて」と表情を改め、難しい顔をした。

「当面の問題はケントだ。今のところ、彼は錠剤とカプセル、二種類の薬を扱っている」

「……飲むと化け物に寄生される薬と、飲むと化け物に殺される薬か。世も末だな」

「段階を踏んでいるのかもしれないね。専門家の意見が早く聞きたいところだなぁ……。これが単なる実験だとしたら、データをもっと欲しがって、被害はさらに拡大する」

実験という単語を聞いて、テオは何かが引っかかって呟《つぶや》いた。

「……そう考えると、ケントの狙いに近いのは後者の、人間の体内で育ち、腹を食い破って逃げた個体のはずだ。自由に扱えるアマルガムを量産したいのか？」

「制御できるようにはとても見えないけど、いずれはそうなるのかな？　ああやだやだ、薬物売買の流通ルートを使われると、どんどん深く潜っていくからなぁ」

トビアスの懸念《けねん》ももっともで、テオは頭を抱えた。薬を売る側も買う側も、それが違法だと知っていてやめられない。だから人目を避けて深く深く隠れていく。時間との勝負になるのは間違いなかった。そして、もう一つ気になることがある。

「アマルガムに関する技術は、軍も研究所も厳重に守っていたはずだ。イレブンも知らないアマルガムが動いているとしたら、その技術が漏洩《ろうえい》したとしか思えない。本物を知っていないと、それに似せた物は作れないからな。……研究チームの誰かが裏切ったか？」

「この数年以内にチームから抜けた研究者を調べた方がいいね。やっぱり、研究所には一度行っておきたいけど……もし内部犯だとしたら、アクセスが厳しくなりそうだな」

二人で話すと、どうしても表情は店の雰囲気にそぐわなくなる。テオは気乗りしないままマニュアルのページをめくり、エマたちの買い物が早く終わるのを祈った。

■

エマは陳列棚の間を歩き、気になる服を手に取ってはイレブンの肩に当てた。可愛《かわい》らしい顔立ちに、大人びた雰囲気、髪も肌も白く、瞳も灰色。どうせならそれを全部活《い》かしてやりたい。エマは気付けば鼻歌混じりに、店内の服を順番に見ていた。

「イレブン、今まで着たことのある服は？　好きな服や嫌いな服はある？」

「好悪《こうお》はありません。指定された人格を強調する服を着ました」

エマは手に取ったブラウスを棚に戻しながら、イレブンを振り返った。彼女は店内を眺めてこそいるが、服ではなく客の様子を見ている。

「……イレブンの言う『人格』って、何を意味するの？　人となりって、どこまでの範囲？」

「行動パターン、使用する語彙、刺激に対する身体的な反応、関係性に依存して変化する対応です。喜怒哀楽の示し方、対人距離、会話する時の癖が主になるでしょうか」

「それは……イレブンの中に大量の人間を記録したデータベースがあって、そこから条件に合うような特徴をピックアップして、それらしい振る舞いをするって理解でいい？」

「はい。相違ありません」

「ふむふむ。高い擬態能力を支えるのは、分析と記憶、そして再現力ってわけだ」

エマは視線を巡らせ、まったく種類の異なるブラウスを二つ手に取って、自分の肩に当てた。片方は紺の地に白い襟でストレートな袖、もう片方は白地に刺繡《ししゅう》入りのボウタイ襟でバルーン型の袖だ。イレブンはエマとブラウスを見比べている。

「例えば私が買うとしたら、どっちだと思う？　理由と一緒に教えて」

「紺色のものです。空気抵抗が大きく、魔導士協会のケープと競合するものは避けるでしょう。何より、装飾が多く、曲線の多いラインの服……女児を模した人形によく採用されるタイプの服は、自分に似合わないと、あなたは判断しています。……回答は以上です」

無機質な答え方だが、イレブンはじっとエマの顔を見上げ、何か探っているようだった。大方、気分を害していないか、観察しているのだろう。エマは思わず笑った。

「わーお！　あなたすごいわ！　確かに避けがちだけど、どうして分かったの？」

エマはブラウスを戻し、イレブンの服選びを再開した。少し後ろを歩いてイレブンは続ける。

「フロアには複数の婦人服売り場があり、そのうちの三店舗では、店員がエマに挨拶をして、エマもそれに応じていました。あなたが愛用している店とすぐ判断できます。扱っている商品はどれもビジネスシーン向きのデザインで、価格帯も相対的に高く、品質も高い。装飾は襟元や袖口のみなど、最低限でした。刑事部で銃を扱うため、動きやすさと丈夫さ、様々な民間人と接する上で相手を刺激することの少ない衣服を選んでいる証拠です」

「よく見てるわね、感心だわ。続けて？」

「……私の服を選ぶ時、あなたは装飾の多いものを優先していますが、あなたの顔はその時、『寂しい』『切ない』に該当します。短い時間だけですが」

　面白がって聞いていたエマは、驚いてイレブンを振り返った。彼女はエマと目が合うと、そっと目を逸《そ》らし、近くにあったワンピースの袖を摘まむ。誤魔化し方が拙すぎる。

「……私、そんな顔してた？」

「欲しいけれど、自分には手に入らない。……そう考えている時に、そういう顔をする人間は多い。そのため、似合わないと判断している、と分析しました」

　実際、イレブンの言葉はその通りだった。エマはイレブンが触っていたワンピースを手に取る。白とスモーキーブルーのワンピース。ボリュームのある膝丈のスカートはドレープが美しく、裾からはたっぷりのフリルが覗《のぞ》く。幅広の丸襟には濃いブルーのリボンタイ。袖口と裾は華やかな刺繍《ししゅう》が飾り立てる。エマが買わない、可愛《かわい》らしい服。

「……子供の頃は好きだったのよ、こういうの。でも、周りの子よりどんどん身長が伸びて、こういう可愛《かわい》い服はサイズが足りずに着られなくなっちゃってね。そこからは大人ぶって、好きな服より似合う服を優先しちゃったの。今更増やしても手持ちの服に合わないし、クローゼットを圧迫するだけだし、可愛《かわい》い成分はブラウスの襟元にちょっと加えるぐらい」

「……服でしたら、私が擬態すれば場所を取りませんが」

「もう、何言ってるの！　ふふ、あなた面白い子ね。そのままで十分だわ」

思わぬ提案を受けて、エマは笑った。わざわざ人格なんて指定しなくても、イレブンはそのままで十分ではないか。ワンピースを見ていたエマは、ふとサイズ展開の幅広さに気付く。同じデザインのワンピースを二着取り、小さなスモーキーブルーはイレブンに、大きなワインレッドは自分に当てた。彼女には淡い色より濃い色が似合うだろうと思っていたが、イレブンの雲色の髪に空色の服はとても似合って見えた。

「……色違いのお揃《そろ》いで買っちゃおっか。出会った記念に、親しみを込めて」

「あなたのクローゼットは、許しますか」

「一着ぐらい許してくれるわ。この調子でどんどん買いましょう！」

エマは自分では着ないような、イレブンに似合う服を手に取っていく。私用、仕事用、それから部屋用の服も準備してやりたい。靴や小物も必要だ。自律型魔導兵器《オートマトン・アーツ》に服を選ぶ日が来るだなんて、エマは想像もしなかった。それもこんな、とびきり可愛《かわい》い女の子のために。

「あなたが変身するのに邪魔になる素材はある？　服ごと変身してるわよね」

「擬態能力を阻害する素材はありません。どんな物質も、私ごと変化します」

「それならデザインとシルエット重視でいいか。んー、大人っぽくまとめるのもいいな」

「……エマ、今は『楽しい』ですか。『寂しい』『切ない』がありません」

「うん、楽しい。これからこの服を着て、あなたが一緒に働くんだもの！」

エマは心からの笑顔で頷《うなず》いた。たとえ兵器だとしても、同僚として歓迎するために。

■

売り場から戻ってきたエマとイレブンに気付き、テオはマニュアルを閉じて鞄《かばん》に突っ込んだ。

エマは大きな紙袋を二つずつ腕に引っ掛け、満足そうな顔をしている。

「いやー、こんなに服を買ったのなんて久しぶり！　楽しかったわ」

「……多くないか？　イレブン一人分だろう？」

「あ、イレブンのは紙袋三つよ。一つは私の」

テオは呆《あき》れて紙袋を見下ろしたが、何とも言えずに鼻を鳴らすに留《とど》めた。イレブンは相変わらず何を考えているのか分からない表情だが、エマから紙袋を受け取る手付きは丁寧だ。

「捜査の息抜きになって助かったわ。明日は何か進展があればいいけど」

「今まで諜報部《ちょうほうぶ》の捜査さえ掻《か》いくぐってきた相手だからね……目撃情報があれば御の字だよ」

「引き続き調べるしかないな。……お疲れさん。ゆっくり休んでくれ」

いい時間だからとその場で解散し、テオは自分の車に戻った。自分よりテンポの速い足音が離れないことに気付き、テオは思わず「ああ」と声を漏らす。

「お前の部屋だが……」

「服を置くスペースをいただければ、邪魔にならないような位置と大きさで待機します」

「……変に気を回さなくていい。余ってる部屋があるから、そこを使え」

「承りました。ありがとうございます」

気を遣われるのは癪《しゃく》だが、これで当然のような顔をしていても腹を立てただろう。我ながら難儀だとテオは内心舌打ちして、車を発進させた。

テオの家は、捜査局デルヴェロー支局から少し離れている。車で移動する間、二人の会話は一つもなかった。テオは沈黙に気まずさを覚えていたが、マニュアルに軽く目を通してこそいたものの、ハウンドとの会話についての記載はなく、会話の糸口さえ見つからない。

ビルのエントランスを抜けてエレベーターに向かうと、ちょうど夜勤に出る住人と鉢合わせした。警備員をしている彼は気安くテオに片手を挙げる。

「よぉ、テオ。今帰りか、お疲れさん」

「お疲れ。アンタこそ、最近夜勤が増えちゃいないか」

気のいい男は「まあな」と肩を竦《すく》めて見せた。

「ニュースになってたろ、『山羊《やぎ》面強盗』って。そいつらのせいで警備を増やすっつってな、シフトが増えちまったよ。……おっと、連れがいたのか。その子は？」

テオは思わずイレブンに目をやった。彼女は大人しく頭を下げる。歳《とし》は離れているし、到底血縁者には見えないのだ、気になるのは当然だろう。テオは「ああ」と言葉を濁した。

「彼女は……その、戦争で、家族を亡《な》くしてな。遠縁の俺が引き取ることになった」

「へえ、そいつは……いや、すまん。何か手助けできることがあったら言ってくれ」

「ありがとう。アンタも気を付けてな」

テオは礼を言って、男を見送った。イレブンも彼に目礼してから尋ねる。

「住人との会話について、方針はありますか」

「方針というか……下手に避けると、憶測を呼ぶから、それらしく相手すればいい」

「了解。今後の行動方針に追加します」

イレブンの無機質な応答を最後に、会話は途絶える。テオは溜息《ためいき》を堪えきれず、いつもより雑にエレベーターの階数ボタンを押した。居心地の悪いまま、テオの家に到着してしまう。

イレブンは家に入るとすぐに、周囲を見渡した。玄関から入って正面のリビングは、トビアスたちぐらいしか訪れない関係で片付けもおざなりになっており、テオは慌ててゴミ袋を手に取る。放置していた缶ビールや総菜の空容器を放り込んでいると、イレブンが言った。

「掃除でしたら、お手伝いを」

「いいから、買った服をクローゼットに入れてこい。お前の部屋はそっちだ。奥が俺の部屋で、キッチンの隣にある扉はバスルーム。覚えたなら行け」

「了解しました。失礼します」

言われた通り部屋に入っていくイレブンを見送り、テオは目に見える範囲だけ手早く片付けたが、はたと気付いた。兵器相手に、部屋を片付ける必要はなかったのではないか。

「……何してんだかな……」

小さく自嘲し、テオはキッチンの隅にゴミ袋をまとめて置いた。あの少女をどう扱うか、実のところテオが一番、決めることができていないかもしれない。

部屋を覗《のぞ》き込むと、イレブンは紙袋から服を取り出しては丁寧にクローゼットに仕舞っていた。この家の中で唯一綺麗《きれい》に掃除されていたため、埃《ほこり》もなく、カーテンとベッドシーツには清潔感があり、鏡には曇り一つない。経年劣化した花柄の壁紙とロマンチックなレースカーテンで彩《いろど》られた部屋の中では、軍服姿のイレブンはやはり浮いていた。その輪郭に、別の姿が重なる。鏡で長い赤毛を整え、襟や裾が曲がっていないか確認して、妹はくるりとこちらを振り返るのが常だった。

「本当にこの部屋を使ってよろしいのですか。本来の使用者は、いつお帰りになるのですか」

静かな問いに、テオは我に返った。買ったものをクローゼットに入れ終えたイレブンが振り返り、テオを見ている。彼女に他意はないし、質問するのも当然だろう。明らかにテオの趣味ではない内装に加えて、キッチンには二脚の椅子が向かい合うダイニングテーブルもある。元は二人暮らしだったことなんて、見てすぐに分かることだ。テオは首を横に振った。

「……いや、もう使う奴《やつ》はいない。気にするな」

「しかし、私がこの部屋に存在することは、あなたの『不快』に該当します」

「なんだって？　不快？」

急に何を言い出すのかと、テオは動揺した。イレブンは続けて言う。

「この部屋に私が入ったことに対して、あなたの表情には『嫌悪《けんお》』があり、私がここに存在することで『喪失』が強まっています。精神衛生上、対処が必要ではないかと」

「……そんなこと、俺は一言も言ってないだろ」

テオは狼狽《うろた》えて、思わず部屋から出た。心臓の辺りが、しみるように痛む。

イレブンに妹の姿を重ねてしまったテオの落ち度だ。エマにあれだけ言われたのに彼女を侮《あなど》った、ただそれだけの。

なのに、イレブンはテオに続いて部屋から出てきて、また言った。

「ご希望に答えます。容姿と人格を指定してください」

「……だから、そんなものないって言ったろ」

「私は、あなたの望む姿、望む言動を再現可能です。部屋の内装や家具の傷みから、使用者の年齢は推測できますが、具体的なイメージをいただければ、より正確に再現できます」

彼女が胸元に手を押し当てると、その姿が陽炎《かげろう》のように揺らぐ。軍服のスカートは丈が長くなり、柔らかいオレンジ色へ。身長も少し高くなり、髪は腰までの赤毛へ――

「やめてくれ！」

　気付けばテオは叫んでいた。ふっと煙が晴れるようにイレブンの姿が軍服の少女に戻る。彼女は何も言わなかったが、灰色の瞳はテオの知らない心の底まで見透かすように澄んでいた。到底、それを見つめ返すことは、テオにはできない。額を押さえ、彼女から目を逸《そ》らした。

「……怒鳴って、悪い。だが、言いたいことがあれば、ちゃんと口で言う。……昔、その部屋は妹が使ってて……懐《なつ》かしくなっただけだ。お前に対してどうとか、そんなんじゃない」

「ではなぜ、私はここに存在するのですか」

　単調な声だが、語気が強まったのを感じて、テオは顔を上げた。イレブンは、真摯にテオを見つめ続けている。最初からずっと、変わらず。

「私は兵器です、テオ。運用方針を明確にしてください。言いたいことを言ってください。望みがあるのに、どうして言わないのですか」

「……だから、望みなんて――」

　何度も繰り返すやり取りに、さすがに苛立《いらだ》ちを覚える。だがテオは最後まで言い終える前に、天井を見上げていた。唐突な浮遊感に「え？」と声が漏れる。

　次の瞬間、テオは背中からソファーに落下していた。一瞬息が詰まる、その視界の端で白刃《はくじん》が閃《ひらめ》いた。素早く銃を抜いたテオは、どっと冷や汗を掻《か》いて動きを止める。

　テオがイレブンに銃口を突き付けたのとほぼ同時に、イレブンの刃と化した右手がテオの喉笛に迫っていた。イレブンは異様に凪《な》いだ瞳でテオを見下ろしている。

「急に何のつもりだ！　意味の分からんことを繰り返して、挙句にこれか！」

「最初からそうしたらよいのです。言葉を収めて、自身の感情をコントロールできずにいるぐらいなら、さっさと武器を構えたらよろしい」

「いい加減にしろ！　お前が何を察知したんだか知らないがな――――」

「『アマルガム』という単語が出る度に、あなたの表情には『恐怖』『憎悪《ぞうお》』が出ます。排除対象を見る人間がよくする表情です。自覚がないのですか」

テオは銃を握り直した。イレブンの意図は分からないが、喉元に突き付けられた刃はぴくりとも動かない。慎重に対応しなければ、とテオは息を呑《の》んだが
「撃たないのですか。見事なものですね」

彼女の言葉を受けて、手元に動揺が滲《にじ》む。銃口が確かに揺れ、彼女はそれを見て続けた。

「あなたのご立派な正義感は、人の形をした相手全てに適応されるらしい。……ああ、だからですか。あなたの妹さんは人間の形ではなくなったから、正義の対象から外れたのですね」

刃は消え、少女らしい華奢《きゃしゃ》な手が自らの胸元を押さえた。イレブンは冷淡に言う。

「哀れな妹さん。アマルガムと関わったばかりに命を落とし、兄から見捨てられ、仇《かたき》も取ってもらえない。彼女の最後の言葉は何ですか。神への祈りか、命乞いか。それとも自分を守ってすらくれない愚かな兄への恨み言か――――」

激情が脊髄を駆け上がる。気付けばテオはイレブンの胸倉を摑《つか》み、喉元に銃口を押し込んでいた。食いしばった歯の間から、荒い呼吸が漏れる。

「……何も知らない兵器風情《ふぜい》が、死者を愚弄するなよ」

「死者が今更何を言うのですか。彼女が何も語らないのをいいことに、正義感の礎《いしずえ》に沈めたのはあなた自身ですよ、テオ。あなたが、自身の正義感に、妹さんを磔《はりつけ》にしている」

氷のような言葉の一つ一つに、腸《はらわた》の底が煮える。ぐらぐらと燃え滾《たぎ》る怒りが脳天から噴き上がりそうだった。奥歯を噛《か》み締《し》めた顎が軋《きし》む。妹がどんな風に死んだかも知らないで、テオがどうやって家族の死を受け入れたかも知らないで、表情と言動を分析しただけで分かった気になって、この女は何様のつもりで言っているんだ。

(何が兵器だ、死ねない人形に何が分かる、あの子の、家族の何が――――)

下顎から吹っ飛ばしてやろうかと引き金に指をかけたテオは、灰色の瞳越しに、鬼の形相をした自分と目が合った。それだけだ。イレブンの瞳は静かで、変わらない。

頭から冷水を浴びた気分だった。テオは荒く上下する肩をそのままに、浅い呼吸を繰り返し、強張《こわば》った手を震わせて銃口をイレブンの喉から離した。

血の気を失うほど握りしめていた拳は、解くと小さく震えていた。テオは額を押さえ、ソファーに座り込む。視界の端で、イレブンの靴先が一歩、二歩と近付いていた。

「……お前、『アマルガム』と『妹』しか手札がない状態で、俺を挑発したな」

テオが呻《うめ》くと、イレブンが動きを止めた。

「『怒り』を誘発する表現を、優先的に選択しました。ご期待に添えませんでしたか」

彼女の言葉に、先ほどまでの冷たさはない。テオは深く息を吐き出した。この調子では、彼女はテオの家族がなぜ亡《な》くなったのか知らないのだろう。それでも、テオがイレブンを撃つよう誘導したのだ。心の奥底に片付けた「要望」をすくい取って。

「……下手な挑発をしてまで、言ってもない要求を叶《かな》えようとするな。迷惑だ」

「言ってもない、ではなく、言えない、の方が正確なのではありませんか。あなたは明言していませんが……あなたの大切な人が、アマルガムに関わったために亡《な》くなっていることは、オフィスでお会いした時から把握しています」

テオは思わず顔を上げ、彼女の瞳を見た。澄み切った冬の湖面を覗《のぞ》き込む心地だった。

「あなたの表情には高い頻度で『哀惜』が出る。あなたは身内を殺された遺族が犯人に向けるのと同じ目をして、私を見ているのです。その『憎悪《ぞうお》』と『哀惜』から、結論を出すのは容易でした。あなたは『憎悪《ぞうお》』の解消と『喪失』の補塡を求めていると、分析します。ずっと長い間、あなたは復讐《ふくしゅう》を果たして気を晴らしたかったのではありませんか」

まっすぐに向けられる瞳が、今は恐ろしい。後ずさるテオに合わせて、イレブンはソファーに膝で乗り上げ、テオの手ごと拳銃を握りしめた。決して銃口が胸元から外れないように。

「確かに私は死ねません。でもあなたの気が済むまで死んで見せることはできます。どのように死にますか。どうしたら、あなたの気は晴れますか」

イレブンは静かに、淡々と迫る。気付けばテオは、拳銃を握る手にほとんど力を入れていなかった。その分、イレブンが両手できつく、テオの右手ごと拳銃を握りしめている。

「望んでください。命じてください。……あなたの役に、立ててください」

彼女の表情は真剣だった。必死にさえ見える。陸軍の秘密兵器とは、なんて難儀な存在なのだと、テオは哀れみを覚えた。彼女はずっとそうして、人の要求を汲《く》みながら、運用されてきたのだろう。戦うための兵器として、消耗されない備品として。

テオはイレブンの手を軽く押しやるようにして銃を手放させ、ホルスターに戻した。ロッキが指摘したように、冷たい指先だ。テオよりずっと小さい、少女の手だった。

「……お前の性質は、理解した。でも、俺はそれを望まない。妹が誇りに思ってくれた捜査官のままでいたいんだ。……今更復讐《ふくしゅう》も、しない。妹も、きっと望んでいない」

「それでは、あなたの『苦しい』が終わりません」

「終わったところで、死人は戻らないだろ。……それなら、家族に胸を張れる人間でいたい」

テオは率直に伝えたが、イレブンは瞼《まぶた》を上下させ、一拍ほど遅れて応じた。

「……では、私はお役に、立てないのですか」

「お前はあくまで、刑事部捜査官で、アマルガム対策の秘密兵器だ。俺の私的な要望を叶《かな》えるのは、任務内容に入っていない。……シャワーでも浴びてこい。あとは、好きに過ごせ」

テオはそう言って、彼女の肩を押してバスルームに向かわせた。華奢《きゃしゃ》な肩だった。

■

エマが買ってくれた紺色のワンピースに着替えて、イレブンはテオの言葉を反芻《はんすう》した。

（……テオの要望を叶《かな》えるのは、任務内容に入っていない……）

指揮官にそう言われるのは初めてのケースだった。彼は運用マニュアルに目を通したのだろうか。意図を再確認しようとイレブンはリビングに戻ったが、テオの姿はなかった。イレブンは薄く開いた扉とカーペットの足跡から判断し、テオの部屋に足を踏み入れる。

見れば、テオはベッドで仰向けになっていた。倒れてそのまま眠ってしまったのか、靴は片方しか脱げておらず、襟元を緩めただけの姿だ。人間は眠る時、楽な服装と姿勢で布をかぶるものだと、イレブンも知っている。ちょうどいい布がないか辺りを見回したイレブンは、壁に飾られた写真に目を留めた。

緑の鮮やかな山で撮られた家族写真。捜査局アカデミーの正門前で撮られた兄妹《きょうだい》の写真。そして、真新しい戦闘服姿で、それぞれの表情で並ぶ新兵たちの集合写真。どれも、今より若いテオの姿が写っている。家族写真は一番古く、兄妹《きょうだい》はまだ幼い姿だ。その写真だけ色褪《いろあ》せ、ところどころに濡《ぬ》れた跡があり、一度千切ってから貼り合わせた形跡がある。

デスクからもベッドからも見える場所に飾られた写真。

これは傷だ、とイレブンは理解した。この写真はどれも、彼の傷跡だ。

傷には触れない方がいい。治っていない傷は特に。

イレブンは椅子にかけられていた膝掛けを手に取り、テオの腹部を覆った。

「……おやすみなさい、テオ」

安らかとは形容しがたい寝顔に声をかける。彼を起こさないようにと抑えた声は、イレブンが想定したものよりも小さかった。

CONFIDENTIAL

三章
ヒトならざるものの流儀

CHAPTER 3

AMALGAM HOUND

Special Investigation Unit,
Criminal Investigation Bureau

高校を出たら捜査局アカデミーに進学する、と両親に話した時は、生まれて初めての大喧嘩《げんか》になった。家を飛び出したテオを夕飯時に迎えに来たのは、妹のヘザーだ。

「兄さん。父さんも母さんも、心配してるだけだよ。捜査局は危ない仕事が多いから」

不貞腐《ふてくさ》れるテオに「もう」と溜息《ためいき》を吐《つ》いて、ヘザーは笑った。オレンジのスカートが汚れるのも構わず、彼女はテオの隣に座って言ったのだ。

「ねえ、兄さん。もしアカデミーを卒業できなくても、捜査局に入れなくても、学校の先生が言うような『優秀な人』じゃなくても、私の自慢の兄さんなのは変わらないよ」

夕焼けに照らされた彼女の姿を、今でも鮮明に覚えている。ヘザーは照れくさそうに笑った。

「だって兄さんは、ずっと昔から私の――」


ふと、テオは目を開けた。見慣れた天井から視線を巡らせると、起床予定よりずっと早い時刻を表示した時計が目に入る。ベッドに倒れてそのまま眠ったらしい。

テオは深く息を吐いて、目元を拭った。悪夢を見ずに目を覚ましたのは、久々だった。起き上がると、使った覚えのない膝掛けがずり落ちる。イレブンの仕業だろう。テオは昨日の今日でなんとも複雑な心地になりながら、膝掛けを畳み、部屋を出た。

扉を開けた途端、テオは目を丸くして固まった。昨夜、雑にまとめただけのゴミは、綺麗《きれい》に分類されてゴミ袋に入れられ、リビングには埃《ほこり》一つなく、本棚の書籍もジャンル別に並べられている。キッチンも隅々まで磨き上げられ、コーヒーの香りが漂っていた。

「おはようございます、テオ」

キッチンから出てきたのは、買ってもらったばかりの服に身を包み、エプロンを着けたイレブンだった。テオは目を閉じて十を数えて、目を開けて幻覚ではないことに困惑する。

「……どういうことだ、これは。どうなってるんだ」

「新聞を取りに出ましたら、三つ隣にお住まいのレディと鉢合わせしまして」

イレブンは「おかけください」と椅子を引いた。テオはあまりの動揺に頭が回らないのを自覚しつつ、大人しく椅子に腰かける。イレブンはキッチンに戻りながら続けた。

「食事は人間の基礎であり大切にすべきと教わりましたので、本日から実践したところです」

「……俺より近所付き合いが上手くないか？」

「十代のお孫さんが遠方にお暮らしだそうで、孫に会えたみたいで嬉《うれ》しいとお喜びでした」

テオが言葉の出ない口を開閉させている間にも、手際《てぎわ》よく皿とカップが並べられた。

香ばしい匂いのコーヒーと、エナジーバー。朝食としては見ない図だった。

「本日はひとまず、家にあるもので朝食をご用意しました。召し上がってください」

イレブンはエプロンを外し、テオの視線に気付くと動きを止めた。灰色の瞳は、窓から差し込む朝日を反射して、明るく輝いて見える。そんなところまで湖面のようだった。

「コーヒー派とお見受けしましたが、来客用でしたか」

「いや、まさか、ハウンドに朝食を用意されると思わなくて。掃除も、してくれたようだし」

「掃除は夜の間に済ませました。後程、家電や調理器具の損傷についてもご報告します」

「それは……そうか。助かった」

時間に追われずにエナジーバーを食べるのは初めてな気がした。テオはエナジーバーを手で摘まみ、普段と味の変わらないそれを咀嚼《そしゃく》する。乾いた食感に、唾液が失われていった。

「こういう形でお役に立つのであれば、問題ありませんか」

飲み込んだエナジーバーが、鉛のように重くなり、ずしりと胃に落ちていく。ハウンドは、眠らない。テオが昨夜、気絶するように眠ってから今朝まで、どうやったらテオの役に立つのか考え続けた結果、イレブンがこんな行動に出ていたら、テオは。

「……テオ。どうしましたか。エナジーバーに何か問題がありましたか」

「いや……俺は、間違っているか。ハウンドの、なんだ、指揮官としては」

思わず、テオは尋ねていた。イレブンは瞼《まぶた》を上下させ、少しの沈黙を経て答える。

「運用方針は、指揮官が決めるものです。間違いなどは、決してありません」

イレブンは穏やかにそう言って「ただ」と緩慢に瞬《まばた》きをした。

「私が適応するのに、少し時間をいただきます。それだけのことです」

「……それは、まあ、お互い様だろう。俺もまだ慣れん」

　結局、テオはあの分厚いマニュアルの全てに目を通すこともできていない。胸を張れることではなかったが正直にテオが言うと、イレブンは「はい」と相変わらず静かに返事をするだけだった。だが、その表情は常と同じ無表情ながらも、少し穏やかに見えた。いや、テオの願望だったかもしれない。テオは咳払《せきばら》いをして話を切り上げ、朝食を平らげた。

■

　自律型魔導兵器《オートマトン・アーツ》アマルガム、その中でも特別製であるハウンドが配属されたところで、捜査局刑事部の様子は特に変わらない。テオがオフィスに入ると、既にエマとトビアスがいた。エマは「おはよう」と明るく挨拶するとともに、イレブンの服を見て目を輝かせる。

「よかった、やっぱり似合うわ。どう？　動きやすい？」

「はい。通常動作、擬態にも支障ありません。ありがとうございます、エマ」

　そのイレブンは、朝食時の服の上から、カジュアルなジャケットを羽織っただけだ。全体的に彼女の線の細さを活かした印象だ。

「私の見立ては間違ってなかったわ。動きやすさと大人っぽさを両立したかったのよね」

　満足そうに頷《うなず》くエマの隣で、トビアスも「よかったねぇ」と目を細めた。

「軍服も似合っていたけど、やっぱり刑事部だからさ。ラフすぎず堅すぎず、いいバランスだと思うよ。テオもスーツばかりじゃなくて、こういうカジュアルな服も着たらどうだい？」

「……俺はそういう服は分からん。スーツの方が楽だ」

「テオの好みっていつも時代遅れなのよ。スーツ姿はまだマシ」

「時代遅れってなんだよ。定番の、トラディショナルなスタイルだろうが」

「スターリング捜査官！」

大声で呼ばれ、テオは飛び上がりそうになりながら振り返った。部長室から顔を出したパロマが手招きをしている。テオは急いで鞄《かばん》から書類を取り出した。

「書類を渡してくる。悪いが、イレブンに刑事部の仕事を教えてやってくれ。昨夜はあのまま寝ちまって、ろくに説明できてない」

「お任せあれ！　おいで、イレブン。うちって、書類仕事も結構あるのよ」

エマが嬉《うれ》しそうに資料棚へ向かう。イレブンはテオに目をやったが、頷《うなず》いてやるとすぐに彼女の方へと駆け寄っていった。テオの命令や許可が、彼女にはどうしても必要なようだ。

「……無事でよかったよ」

トビアスが言った。思わず手を止めると、彼はデスクにもたれたまま言う。

「片方、あるいは両方とも、出勤して来ない可能性も考えていてね」

「……馬鹿にしてるのかよ」

「心配してるんだよ。君たち、二人ともね」

トビアスはキザったらしく片目を閉じて微笑《ほほえ》むと「早く行きなよ」とテオを急《せ》かし、自身は捜査ファイルをめくった。テオは釈然としないが、パロマにまた呼ばれる前に急いで部長室へ向かう。確かにトビアスは先輩だし、アカデミー時代は教育係だった時期もあるが、ここまで心配される筋合いはあるだろうか。

（……いや。そうか、あるのか）

イレブンが、テオの憎悪《ぞうお》や哀惜に気付いていたように、トビアスもまたよく人を見ている。

昨夜のことについて、テオが話題に出さなかったためか、テオとイレブンは相当危うく見えただろう。チーム内では年長である彼にとって、イレブンも口にしなかった。テオはいつも思っている。妹と両親に恥じない選択をしたいと、テオがイレブンに向けて言ったことは嘘《うそ》ではない。そのために仕舞い込んだ憎悪《ぞうお》の存在も、否定できない。

テオが部長室に入ると、ちょうど電話が入ったらしいパロマは「少し待ってくれ」と保留にしてまでテオの対応を優先した。彼は、テオから書類を受け取って尋ねる。

「昨夜は、よく休めたか。どうも変な顔をしていたが」

「ああ、いえ……大したことじゃないんです。少し、思うところがあって」

「なんだ？　アマルガムについてか、それとも捜査についてか」

「……両方かもしれません」

パロマは眉根を寄せ、書類を端に置いてテオに向き直った。

「ジム・ケントの関与が疑われる以上、彼の発見は急務です。しかし、諜報部《ちょうほう》の追跡も逃れるような男ですから、目撃情報が得られるかどうかは気がかりです」

「ふむ……ジム・ケントか。確かに足取りを摑《つか》むのは難儀だな。それと？」

「……その……パロマ部長は、復讐《ふくしゅう》を考えたことはありますか」

我ながら変な質問だと、テオは自覚していた。しかしパロマは「復讐《ふくしゅう》か」と呟《つぶや》き、窓の外を見やる。彼の視線の先には、復興を急ぐデルヴェロー市の景色があった。

「……否定はせんよ。こんな部署にいるんだ、色んな被害者と会う。犯人が憎いと思うことはあるし、ただの人間を殺人鬼になるまで追い込んだ原因に腹を立てたこともある。だが、復《ふく》讐《しゅう》はしない。復讐《ふくしゅう》するのは、私ではない。たとえ自分の家族に、何が起こっても」

パロマは深く溜息《ためいき》を吐《つ》き、写真立てを手に取った。テオはその時初めて、それが三世代ほどの大家族を撮影したものだと気付く。田舎の、大きな家の前で撮られた写真だった。

「人間の行いには、必ず報いがあると、信じているのさ。そのために神がいる」

「……少し、意外でした。部長はもっと……その、ドライなものかと」

「仕事と割り切れば、大概のことはどうとでもなるんだ。特に私の年齢ともなるとな」

パロマは少しだけ笑うと、写真立てを置いて、真新しい捜査官バッジと拳銃を取り出した。

彼はそこで改めて、テオと視線を合わせた。

「捜査局刑事部の仕事は、地元警察の手に負えないような強行犯、特殊犯を逮捕し、市民の安全を守ることだ。人間を守ることがどれだけ難しいか、君もよく理解しているだろう。その上で君は、アマルガムを現場に出すことを選んだ。人型とはいえ、軍の戦略兵器を、だ。彼女の行いについて、君は常に責任を求められる。……構わないんだな」

これが最終確認だ。テオはすぐに理解したが、それでも、バッジと拳銃を手に取った。

「……俺は、捜査官として、正しい判断をしました」

「分かっているならいい。……ほら、早く行け。私も人を待たせている」

それを最後に、パロマは電話を手に取り、テオも部長室から出た。オフィスに戻ると、ファイルを片手にエマが熱心に説明し、イレブンは時折質問を挟みながら勉強している。だがテオに気付くと、イレブンはすぐに立ち上がって駆け寄ってきた。

「……イレブン用の、捜査官バッジと拳銃の支給だ。失《な》くすなよ」

「はい。ありがとうございます、テオ」

細い首に捜査官バッジをさげてやると、イレブンは興味を持った様子で捜査官バッジに指先で触れた。トビアスが微笑《ほほえ》んで尋ねる。

「これで、一人前の捜査官だ。純粋な興味なんだけど、ハウンドも拳銃は使うのかい？」

「時折。拳銃に変身することも可能ですが、性能と威力を考えると実銃の方が安定します」

「はーん、なるほどね。まあそうか、アマルガムも主砲は軍隊支給の実物だったもんね」

穏やかな朝だった。午前中はジム・ケントの目撃情報を探ったが、殺害されたボブ・デリーのアパート前からどこへ移動したのか掴《つか》むことはできなかった。保護したヤッカス・ギレンが襲撃されることもなく、平和な、そして進展のない時間が過ぎていく。

午後になり、地元警察からの報告を待ちながら書類作業をしていると、オフィスの電話が鳴った。ちょうど近くにいたトビアスが対応する。

「はいよ、こちらデルヴェロー支局刑事部」

にこやかに対応したトビアスは表情を一転させ、緊迫した様子でメモにペンを走らせた。彼は「急行する」と相手に短く伝えて通話を切る。

「協力要請だ。パロネン銀行で、例の『山羊《やぎ》面強盗』が人質を多数取って立てこもっている。武装しており、警備員二名の安否不明」

「パロネン銀行？」

テオは上着を手に早速動き出したが、エマが怪訝《けげん》な顔で立ち止まった。

「ボブ・デリーの口座もそこだったわ。あのアパートから最寄りの銀行よ」

「話は移動しながらだ。向かうぞ」

テオは三人を連れて、すぐにオフィスから出た。人質がいる以上、時間との勝負になる。

トビアスたちとは別の車に乗り込み、テオはパロネン銀行へと車を走らせた。

「パロネン銀行で、ジム・ケントの目撃情報は？」

『なかったわ。似た背格好の人物は何人かいたんだけど、顔が分からなかったの』

『妙な感じだ。パロネン銀行は小規模だし、金目当てなら他の銀行の方がよさそうなのに』

「これでジム・ケントと『山羊《やぎ》面強盗』も関連性があったら、頭がおかしくなりそうだな」

「刑事部では、有名な事件なのですか。今回の銀行強盗は」

やっとシートベルトを締めたイレブンが尋ねた。トビアスが声を上げる。

『そうだった。ごめんよイレブン、説明がまだだったね』

「大した事件じゃないが、最近、山羊《やぎ》のマスクをかぶった銀行強盗が全国で多発していてな。話題になっちゃいるが、諜報部《ちょうほう》まで届くような事件でもない」

『でもさ、山羊《やぎ》のマスクで銀行強盗しようって連中が打ち合わせもなく多発するなんて、ありえないだろう？　何か目的と共通点があるはずだと疑ってるんだけど、取り調べでもあまり成果が出なくてね。共通点は、みんな金に困っているぐらいだったかな』

「……確かに奇妙です。目出し帽の方が準備も簡単で没個性なのに、目立つ特徴なんて」

サイレンを鳴らしながらテオたちが急行したパロネン銀行は、小規模な会社や商店の立ち並ぶ通りにある、小さな銀行だった。元は個人の金貸しから始まったという控えめな店構えに比べて、集まった警察車両は物々しい雰囲気が強い。現場は立ち入り禁止テープで囲まれ、既に多くの野次馬が集まっており、辺り一帯が騒然としていた。

テオは群衆から少し離れたところに覆面パトカーを停《と》め、野次馬を掻《か》き分《わ》けて現場の警察官に駆け寄った。捜査官バッジを見せると、市警の刑事は悔しげな顔をする。

「状況に変化は」

「変わらない。連中は人質を盾にして動かず、こちらの交渉にも応じないままだ。救急隊員だけでも入れてほしいが、返事がない。銀行は特殊部隊が既に包囲している」

「犯人の数は」

「三人。通報内容と、こちらから確認できた人数は一致している」

テオは刑事から双眼鏡を借りてパロネン銀行を確認した。銃を持った男たちが三人、人質を盾にしてこちらを見ている。犯人は同じ山羊《やぎ》のマスクをかぶり、盾にされていない人質は犯人の背後に集められているようだ。犯人を狙撃すれば、人質は必ず犠牲になる。

「……制圧しますか。私だけでしたら、現場にも侵入可能です」

イレブンがテオにだけ聞こえるように囁《ささや》いた。テオは双眼鏡で犯人と人質の様子を見ながらそれを手で制する。

「……集められた人質は、銃を向けられちゃいないが怯《おび》えた様子がある。これだけ時間が経《た》っていて、負傷者もいる、そして犯人は背中を向けていて隙がある、なのに誰も反撃しないってことは、他に脅威があるってことだ。下手に刺激するとかえって危険だな」

「……しかし、四人目がいる感じでもないいね。人質はみんな俯《うつむ》いて動かないし、犯人も互いを見ない」

トビアスが指摘した。確かに妙だと、テオは人質の様子をよく見ようと双眼鏡を下げ、そして犯人たちの足元を見た。

よく磨かれた革の靴先と有名ブランドの印字。それを認識した瞬間、テオは駆け出した。

エマや刑事の慌てた声を背後に群衆を掻《か》き分《わ》け、テオは急いで車に戻った。先回りしていたイレブンがドアを開けたのを見て、礼を言うのも省いて無線機をむしり取る。

「こちら銀行正面！　特殊部隊、銀行から出た車両は確認できたか！」

『こちらシールド突入班、車両確認できません！』

『こちら狙撃班、同じく車両確認なし』

「テオ！　どうしたんだ一体！」

トビアスがエマを連れて駆け付けた。テオは「奴《やつ》ら逃げるぞ！」と二人を怒鳴りつける。

「高級革靴で強盗する奴《やつ》がいるかよ！　奴《やつ》ら、人質と入れ替わりやがった！」

「そんな、じゃあまさか、人質が怯《おび》えていたのは――」

エマが目を見開いた矢先に爆発音が響いた。その衝撃は易々《やすやす》と越えてテオたちまで届く。銀行のガラスは吹っ飛ばされ、黒煙と炎が立ち上った。無線が飛び込む。

『至急、全車両に連絡！　犯人と思われる車両が包囲網を突破！　緊急手配を要請！』

その場にいた全員が目の色を変え、急いで車に飛び乗った。テオはおざなりにシートベルトを締めながら覆面パトカーを発進させる。

『車両、黒のカルメン！　ナンバーはアルファ、マイク、ファイブ、セブン、ロミオ、ヨットト！　銀行裏口からアルデルタ通りを北上中！』

「了解！　車両六の二、追跡する！」

テオは思い切りアクセルを踏み込んだ。ようやくシートベルトを装着したイレブンが言う。

「アルデルタ通りを北上したのであれば、標的はメインストリートへ向かうでしょうか」

「いや、この時間帯だと交通量が多すぎる。逃げるならイエローヒル通りだな」

パトランプを光らせ、けたたましくサイレンを鳴らしながら、覆面パトカーが走る。一般車両を追い抜き、信号が変わる寸前の交差点を無理に右折すると、無線から悲鳴が上がった。

『テオ！　無理な追跡はやめろ！』

「やかましい、さっさと追え！　逃げられたらどうする！」

無線では途切れることなく連絡が飛び交う。銀行の状況も気になったが、テオはとにかく車を急がせた。焦《あせ》るテオをよそに、イレブンが冷静に言う。

「テオ。緊急手配されたナンバーの車両を確認。距離、前方二百メートル。青と赤の車両の間、今曲がった黒の車両です」

「よく見つけた。逃走車両確認、イエローヒル通りを西に走行中だ！」

『了解、先回りする』

テオが前方に目を凝らすと、青と赤の一般車両、その間で無茶な車線変更を繰り返しながら走る黒のカルメンを視認できた。テオは歯噛《はが》みし、タクシーを追い抜いて徐々に黒のカルメンへと迫り寄る。平日の昼下がり、交通量は既に多い。テオは舌打ちした。

「このまま逃げられるとまずいな。セーレ川通りと合流されると危険だ」

「セーレ川通りでしたら、路面電車の通行ルートに該当します」

「ああ。事故ったらどんな被害が出るか……」

黒のカルメンはふらふらと左右に揺れながら走っている。運転手に何か問題があったのだろうか。テオがさらにアクセルを踏み込もうとした瞬間、イレブンが声を張り上げる。

「テオ！　ブレーキ！」

彼女が大声を出したのはこれが初めてだった。それに一瞬気を取られたテオは、目の前の光景に理解が及ばなくなる。

逃走車両が無理に車を追い抜いて走っていったところへ、トラックが突っ込んでいく。

黒のカルメンとトラックは、すんでのところでハンドルを切り、衝突はしなかった。

だがトラックはそのまま、テオの方へと向かってくる。

トラック運転手の顔が青ざめる。それが見えるほどの距離に迫っていた。

テオは反射的にブレーキをべた踏みしてハンドルを切った。助手席のドアを開けたイレブンが、車のフレームを摑《つか》んで思い切り体を外に出して天井を引っ張る。車体が傾き、パトカーは凄《すさ》まじい角度で急カーブする。すれ違うトラックとパトカーの車体。ドアミラーの擦れる音。一瞬体が浮く。次に息を吸い込んだ時には、既にパトカーは歩道の植木に頭を突っ込んでいた。ハンドルから飛び出したエアバッグに息を詰まらせていると、イレブンが素早く運転席のシートベルトを外した。テオは彼女に引っ張られるまま、助手席の扉から抜け出す。

「くっそ……すまん、イレブン」

「いいえ。お怪我《けが》は」

「ああ……問題ない。黒のカルメンは」

「引き続き走行しています」

テオは「ちくしょうめ」と呻《うめ》き、鈍く痛む肋骨《ろっこつ》辺りを庇《かば》いながら無線機を引き出した。

「こちら車両六の二。事故により追跡不能。他全車両は逃走車両を追跡、犯人を確保しろ」

「了解、追跡します」

無線ではなく涼しい声が聞こえる。はっとしてテオが振り返った時にはもう遅かった。イレブンはパトカーのボンネットだけを足場にトラックを飛び越え、偶然通りかかった一般車両の天井に飛び移った。線の細い後ろ姿が飛ぶように遠ざかっていく。

「おいイレブン！　お前に言ったんじゃないってのに……っ！」

テオは後続のパトカーにその場を任せ、イエローヒル通りの歩道を駆け出した。

■

車の天井から天井へ飛び移りながら、イレブンは逃走車両までの距離を目で測った。標的の動きは不安定で、接近に気付かれれば発砲され、一般市民に命中する可能性がある。イレブンは素早く計算を終えた。反撃を許す前に接近するためにはミラーにも映れない。周囲に目を走らせ、イレブンは即座に跳躍した。走行車両を視認したまま街灯から街灯へ跳び、車両の速度と距離を計算した上で最善のポイントへ到達する。

全力で踏み切る。靴底が歩道橋の欄干と衝突し、けたたましい音を残した。

歩道橋の真下を通過する車両、その加速に勝る跳躍は小柄な体軀《たいく》を軽々と宙に舞わせる。

そして、全体重を乗せた着地が、轟音《ごうおん》を立てて車両の天井を凹《へこ》ませた。

ガラスと金属フレーム越しに、イレブンの耳には男たちの声が届いていた。動揺、混乱を示す声から予想される通り、ハンドル操作は乱れ、車体は不安定に揺れる。イレブンは構わず天井に寝そべり、運転席側の窓に顔を出した。捜査官バッジと一緒に窓ガラスを叩《たた》く。

車には、マスクを外し、軽装になった男三人が乗っていた。

「捜査局です。ただちに停車してください」

「な、なんだこいつ！　バケモンかよ！」

男の声は裏返り、頬の筋肉は過度な緊張で引《ひ》き攣《つ》っていた。イレブンは再度窓を叩《たた》く。

「これ以上の運転は危険です。ただちに停車を――――」

「うるせえ！　くたばれバケモノ！」

助手席にいた男が唾を飛ばしながら拳銃を構えた。運転手が仰《の》け反《ぞ》るのも待たずに発砲される。イレブンは手をかざし、立て続けに撃たれた三発の銃弾を握りしめた。

「繰り返します。これ以上の運転は危険です。ただちに停車してください」

「お、おい！　おいおいおい！　さっさとこいつを振り落とせよ！」

後部座席の男が運転席を何度も蹴り飛ばす。運転手は助手席とイレブンを交互に見ながら、真っ青な顔でハンドルを握りしめていた。彼がブレーキを踏む気配はない。

イレブンは車の進行方向を確認した。現在、時速九十キロ。脇道から合流する車と衝突する可能性は七十二パーセント。路面電車の時刻表と法定速度から算定し、駅から発車したばかりの路面電車と衝突する確率は六十四パーセント。後続車両との車間距離は百メートル超。

イレブンは今しかないと判断し、男たちの喚《わめ》く声を無視して窓から顔を出した。さらに撃ち込まれた弾丸二発を掴み取って、イレブンは言う。

「強制的に停車させます。衝撃に備えてください」

「何言ってんだよこいつ！　おい早く撃ち殺せよ、へたくそ！」

「撃っても撃っても受け止めてんだよコイツが！　見りゃ分かるだろ！」

「衝撃まで残り十秒。防御姿勢を取ってください」

イレブンは進行方向へ跳び、道路に着地した。男たちが顔を大きく歪《ゆが》めて絶叫する。ハンドルを切る隙は与えない。イレブンは姿勢を低くして、全力で腕を前に出した。

金属のひしゃげる轟音《ごうおん》。衝撃が周囲にまで迸《ほとばし》る。

イレブンが両手で受け止めた車両は、バンパーを支点にリアが浮かび上がっていた。男たちがフロントガラスに張り付き、タイヤは虚《むな》しく回転し、やがて停止する。

イレブンは十分に衝撃を殺してから車を下ろした。半壊した黒のカルメンは悲鳴を上げて道路にタイヤを付け、白い煙を上げている。車内の男たちは目を見開いたまま動かない。

イレブンは鍵のかかったドアを力尽くで開け放ち、男たちを見据えた。握り潰された銃弾が手からこぼれ落ち、からからと音を立てる。

「銀行強盗、傷害、器物損壊、その他犯罪行為の容疑者として、ご同行願います」

車内からは、すすり泣く声と、歯の根が合わずかちかちと鳴る音が聞こえていた。運転手のカーゴパンツはすっかり変色し、アンモニア臭が漂う。戦意喪失し、呆然《ぼうぜん》とした三人は、イレブンから少しでも逃れようと車内の奥へと縮こまり、テオが到着するまで動こうとしなかった。

■

テオを見た途端猛烈な勢いで保護を求めてきた容疑者たちは、全員留置場に入れられ、順番に取り調べを受けることになった。テオはトビアスたちに取り調べを任せ、イレブンをオフィスに引っ張り込み、扉を閉めてから彼女に向き直った。

「やり過ぎだ」

端的に一言だけテオが言うと、イレブンはゆっくりと瞼《まぶた》を上下させてから応じた。

「問題がありましたか」

「そりゃそうだろう。お前の追跡で、成人男性が漏らすぐらい怯《おび》えたんだぞ」

「それが、問題なのですか」

見上げてくる灰色の瞳があまりにもまっすぐで、テオの方が怯《ひる》んでしまった。

「彼らは運転手を除き、攻撃的で、暴走状態にありました。速やかに制圧すべき対象でした。事実、恐怖と怯《おび》えの状態にある間、彼らは従順で、大人しかった」

イレブンは淀《よど》みなく言った。確かに彼女は、犯人を無傷で逮捕し、銀行爆破以外の被害は防いだ。だが乗用車と街灯を飛び回り力尽くで停車させた件については看過できない。

テオは溜息《ためいき》を吐《つ》きながら額を撫《な》で、「じゃあ聞くが」と続けた。

「もっと安全に確保するつもりはなかったのか？　わざわざ恐怖を与えた理由は？」

「それが私たちの設計コンセプトです。人の姿をして、人には到底できないことをする。人はそれを見て恐怖し、戦意を失う。コンセプト通りの結果を得ました」

イレブンは当然のような顔をして——実際にはいつもの無表情で——冷静に断言した。テオから目を逸《そ》らさず、彼女は一つの躊躇《ちゅうちょ》もなく、言い切ったのだ。

テオは思わず呻《うめ》く。「これが兵器か」と思い知らされた心地だった。

彼女の、命令に従順で、よく気が付き、冷静に分析して判断し、目的を遂行する能力は、全て敵部隊を殲滅《せんめつ》、制圧、支配するために造られた機能の一部に過ぎないのだ。

戦場から離れようとも、目的遂行のためならば、そしてそれが最速で最善の手段であれば、彼女は兵器としてその性能を発揮してしまう。

テオは目元を歪《ゆが》めた。距離感に気を付ければ、上手《うま》くやっていけると思った。だが違う。たとえ彼女が、テオの言葉を従順に待ち、あどけない少女の顔で立っていたとしてもだ。テオが、家族と故郷に起こったことを忘れられないように。イレブンもまた、結局は、兵器としての在り方を変えられない。

薄い皮膚の下で化け物を飼っていることに、変わりはないのだ。

テオは喉の奥で空回りした言葉を無理やり飲み込み、しばらくしてから口を開いた。

「……イレブン。ここは戦場じゃない。俺たちの仕事は、一般市民を守り、犯罪者を生きたまま逮捕することだ。そりゃ、お前の今までの任務に比べたら、ぬるい仕事だが」

「仕事に温度はありません」

「あるんだよ。……今日の加害者は、昨日までは一般人で、犯罪が起こるまでは全員、守るべき市民だ。恐怖で凍えさせるのも、殺意で燃やすのも、俺たちの仕事じゃない。被害者やその遺族の無念を晴らすために、加害者を生きたまま逮捕して、ちゃんと罪を償わせることだ。人と、敵対するな。……寄り添ってやれ」

テオは思いつく限りの言葉を尽くしたが、イレブンはただ、緩慢に瞬《まばた》きをしただけだった。灰色の瞳はゆっくりとテオから逸《そ》らされ、やがて彼女は静かに言う。

「……兵器に『寄り添う』をされて、安らぐ人間はいません」

テオは一瞬言葉に詰まったが、イレブンは小さな声で続けた。

「どのような精神状態か分析し、適切な『寄り添う』を模倣して実行することは可能です。しかしそこに、共感、同情はありません。動作だけです。それが私たちの、限度です。人に寄り添うことは、設計コンセプトに含まれません。だから……できません」

「できるよ」

テオは一言告げて、膝に手を突くようにして背中を丸めた。イレブンが目を上げ、テオを見つめ返す。テオは、その灰色の瞳を初めて、まっすぐに覗《のぞ》き込んだ。

「あのなぁ。お前の挑発で俺があっさり銃まで抜いたのを忘れたのか？　俺に朝食を用意したのは？　事前に警告して、俺をトラックとの衝突から救ったのは誰だ？　お前はちゃんと相手を見て、それに合わせた対応をしてる。できてる。……違うか？」

氷の張った瞳が、淡く見開かれ、少しだけ緩む。イレブンはそれを隠すように瞼《まぶた》を閉じたが、やがてゆっくり目を開けて、テオをまっすぐに見つめ返した。

「……人に『寄り添う』を、学習項目に追加します。ご指導ください」

「ああ。……分かった」

テオは姿勢を戻し、細く息を吐いた。マニュアルに軽く目を通しただけでは、やはり上手《うま》く扱うことはできそうにない。難しすぎる、ハウンドという兵器は。

テオは取調室の方を眺め、憂鬱に眉を顰めた。銀行で使用された爆弾は、裏口と正面扉を破壊したが、人質たちは爆弾から距離があったため命に別状はない。しかし警備員は二人とも銃で撃たれ、救急隊員が駆けつけた時には既に息を引き取っていた。

「……今回逮捕した三人は、初犯だった。だが、妙に手慣れている」

「銀行強盗がマニュアル化されているのでしょうか」

「そうだな……監視カメラの記録を調べたらもう少し――」

突如、白い残像がテオの視界を駆け抜け、オフィスの扉が乱暴に開かれた。

■

逮捕された銀行強盗犯のうち、最も大人しく、びくびくと周囲を見回していた運転担当の男を取調室に入れ、トビアスはエマと顔を見合わせた。最年少の彼は若く、あまりに小心者で、こんな犯罪行為に手を出すようにはとても見えなかった。

　視線と片手だけでやり取りを終え、トビアスは壁にもたれ、エマが男の向かいに腰掛けた。男は椅子が擦れる音にさえびくりと肩を震わせ、怯《おび》え切った様子だった。

「……そんなに怖がらないで。少し話を聞かせてほしいだけなの。……グレイ」

　エマが名前で呼びかけると、男は——グレイは恐る恐る顔を上げた。

「他の二人は銃を持っていたけど、あなたは何も持っていなかった。でも、銀行には一緒に入っているし、身代わりにした人はみんな銃を持っていたわよね？　自分の銃はどうしたの？」

「……お、俺だけ、モデルガン一つで……銃、使えるわけ、ないって……」

「そうだったの。じゃあ、驚いたでしょう。二人が警備員を撃った時は」

　グレイは何度も頷《うなず》くと、手錠したままの手で髪を掻《か》きむしった。

「しら、知らなかった、殺しはなしだって言、言ったのに、二人とも……っ」

「そうなの、知らなかったのね。強盗しようと言い出したのは誰？　作戦を考えたのは？」

「……だ、だめだ、言えない、言ったらい、いけないって、先生が……」

　エマが「先生？」と尋ねると、グレイはぴたりと動きを止めた。額には脂汗が浮かび、がたがたと震えながら小さく縮こまる。かと思うと、ぎしぎしと椅子が鳴るほどに激しく体を前後に揺らし「俺はだからだめなんだ」と自責を繰り返し始めた。エマが慌てて立ち上がる。

「グレイ、落ち着いて。誰もあなたを責めやしないわ。今日だけで、色んなことが起こったんだもの。そうでしょう？　逃げる時も、とても怖い思いをしたのよね？」

「こわ、こわかった。あいつは？　空から降ってきた、あいつ……」

「いないわ。あなたを害する人は誰もいない。ここは安全よ、グレイ。安心して」

エマが手で制しながら優しく言うと、グレイは深呼吸を繰り返して動きを緩めた。椅子と手錠の音が落ち着いていくにしたがって、彼はエマに視線を合わせ始める。

「……いい子ね、グレイ。もう少し話を聞かせてくれる？　裏口を爆破して銀行から逃走するなんて、とても派手な手段ね。どうして隠れて逃げなかったの？」

「……は、派手、好きなんだ。……お、俺じゃない、ミケが……」

「あなたは運転メインよね。大型免許も持ってるなんてすごいわ。だから頼まれたの？」

「いや、俺、車の運転は、褒められてた……だから俺がやるって、自分で」

「逃走経路を確保するのって一番緊張するポジションよ？　怖くなかった？」

「怖いとは、思わなかった。アクセルを踏んで飛び出したら、大丈夫と思って……」

トビアスはエマと会話するグレイを観察し、目を細めた。自信のある分野では流暢《りゅうちょう》になり、態度も落ち着く。この調子で聞き出したいと思ったのはエマも同じか、トビアスと目を合わせると一つ頷《うなず》き、「ねえグレイ」と優しく声をかけた。

「銀行強盗をすることは怖くなかったの？　人を殺すと思わなくて驚いたのよね」

「……こ、怖いとは、思わない……思わないように、した。必要なことだって……」

「必要？　なんのために、あなたはそこまで勇気を振り絞ったの？　先生が言ったから？」

「……そう、先生が……天使様をお迎えするんだ。だから怖くない、こ、怖くない！」

グレイは突如目を見開き、椅子を蹴倒して立ち上がった。トビアスはエマと一緒に即座に銃を構える。グレイは拳を握りしめ、全身を震わせながら言った。

「これは、せ、せせ聖戦だ！　全ての、と富を、神に返せ、楽園の前には、全て無意味！　わわ我らは楽園のい、礎《いしずえ》となり、天使を、迎える！　ローレムクラッドに、栄光あれ！」

グレイが叫んだ瞬間、彼は自身の喉から飛び出した口に頭を食われた。

噴き上がった血液が、壁から天井までを赤く染め上げる。

目の前で起こったことが到底現実のものと思えず、トビアスは呆気《あっけ》に取《と》られた。ばき、ごり、と酷《ひど》い音を立てながら、グレイの頭が噛《か》み砕《くだ》かれ、その形を失っていく。代わりに虚《うつ》ろな首の上に現れたのは、鈍く光沢を帯びた、銀色の物質だった。

不定形のそれは、ずろずろと音を立ててグレイの首から伸び上がると、銀色の鱗《うろこ》をまとい、やがてトビアスたちを見下ろす蛇の姿を取った。赤い瞳が無機質にこちらを睨《にら》む。

「……グレイ？　一体、どうなってるの……？」

エマが真っ青な顔で呟《つぶや》いた。グレイの体は動かないまま蛇だけが突進してくる。反射的に引き金を引くが蛇の勢いは止まらない。がぱりと開いた口腔《こうこう》の、虚《うつ》ろな闇が迫る。

トビアスは咄嗟《とっさ》に左腕でエマを庇《かば》ったが、その前に細い腕が蛇の口に突っ込まれた。

イレブンが、異形の蛇に腕を突っ込み、トビアスとエマの前に立っていた。
口腔《こうこう》内から下顎を掴《つか》まれた蛇が苛立《いらだ》ったように身をよじる。だがイレブンは一歩も退かず、蛇の顎を強く掴《つか》んだ。ごきりと、蛇の顎が音を立てる。

「——私が指揮を執る。聞け、私を知り恐れ、ひれ伏せ。私を恐れて下がれ」

静謐《せいひつ》がそのまま音になったような声だった。怖気《おぞけ》立《だ》つほど静かに、彼女は告げる。だが蛇は怯《ひる》みもせず、グレイの首からみちみちと音を立ててもう一つ頭を出した。

風もないのに、イレブンの髪がぶわりと広がる。灰色の瞳が赤く燃え上がった。

「————下がれ」

蛇は二つの頭で奇声を上げ、二対の双眸《そうぼう》を赤く光らせた。蛇に引く気はない。だがイレブンが握りしめた顎から一気に腐食し、蛇の頭が一つ腐り落ちる。残りの頭が絶叫を上げて襲い掛かった次の瞬間、魔弾が放たれた。蛇はギャッと声を上げて怯《ひる》むと、鱗《うろこ》の隙間から白煙を吐いて萎《しほ》んでいく。イレブンが即座に間合いを詰め、刃と化した右手でグレイの喉を貫いた。薄く鋭い刃の先には、赤い玉が刺さっている。やがてその玉が砕けると、銀色の蛇は黒ずんだ灰に変わり、倒れ伏したグレイの首元に散って静かになった。

トビアスは知らず知らず止めていた息を吐き出し、やっとの思いで振り返った。肩で息をしたテオが、魔導抑制器《アーツ・リジエクター》を下げて深く溜息《ためいき》を吐《つ》く。

「……怪我《けが》は、ないな」

「ああ……ありがとう、テオ。イレブンも、よく駆け付けてくれたね」

トビアスが声をかけると、グレイの傍《かたわ》らに膝を突いていたイレブンが顔を上げた。瞳は既に元の灰色に戻り、彼女は「いえ」と静かに応じる。

「……鑑識を呼ぶ。三人ともここで待機してくれ」

テオは銃器を肩に担《かつ》ぐようにして取調室を出ていった。イレブンはそれを見送っていたが、ふと立ち上がり、エマに駆け寄る。

「エマ、どうしましたか。気分が悪いのですか」

トビアスも振り返ったが、エマは真っ青な顔で壁にもたれ、胸元を押さえていた。イレブンが遠慮がちに腕に触れてやっと、エマは我に返った様子でイレブンに応じる。

「ごめんなさい、少し気が動転して。……話している時、確かにグレイ本人だと思ったわ。でも、彼は喉から食われて……アマルガムの姿を出した。あれは……擬態で済むレベルなの？それとも、ハウンドと同じように、人型を取ったアマルガムなの……？」

「あれは、私たちとは違い、首から下は人間の肉体でした。エマと話していたのは、確かに彼本人です。アマルガムは何かを合図に、彼の肉体を破って外に出たのでしょう」

「なるほど……。この距離でも、分からないものなのね。魔導士失格だわ」

「いいえ、エマの責任ではありません。私も直前まで察知できませんでした」

「ちょ、ちょっと待ってくれ」

　トビアスは慌てて会話に割り込んだ。

「グレイが頭を食われるその時まで、イレブンにとって彼は、人間だったのかい？　アマルガム……同類だと、察知できなかった。そういう意味？」

「直前までアマルガムは休眠状態だったのではないかと推測します。それでしたら、私も感知できませんので」

「つまり彼の喉にアマルガムが潜伏していて……何かの拍子に、現れただけ……？」

　エマは口元を手で覆い、呆然《ぼうぜん》と呟《つぶや》いた。

「そんなことがありえるの？　だってアマルガムよ……自律型魔導兵器《オートマトン・アーツ》よ。ハウンド……イレブンぐらいのサイズにするのも難しいのに、それを、体内に潜むレベルまで小型化した？」

　トビアスは額を手で押さえた。さすがに、頭がおかしくなりそうだった。

■

　オフィスで四人集まったところで、テオは「それで」と眉をひそめた。

「外見的な変化はないまま、『ローレムクラッドに栄光あれ』と発言した瞬間、アマルガムが体内から出現し、グレイは死亡した。……そういうことでいいのか」

「見たまま話せばね。喉に何か仕掛けがあったんだろうな……」

「肉体の方に何か仕掛けがあれば、ロッキが見つけるだろう。取り調べの結果は」

エマは何か考え込んでいる様子で答えなかった。トビアスが手帳を開く。

「少なくとも、グレイは主犯じゃないな。犯罪にまず乗り気ではなかった。だが彼には『先生』という指導役がいて、銀行強盗は必要なことだと自分に言い聞かせていた。『聖戦』『楽園』という単語を使っていることから、当初懸念《けねん》していた通り、宗教絡《がら》みだね。ローレムクラッドというのは、宗教団体の名前か、彼の信じる神の名前なのか、分からないけど」

「……新興宗教か、カルト団体か。まずい流れだ」

テオは息を吐いた。薬物、殺人、銀行強盗を許容する宗教団体が、一体どんな楽園に行けるというのか。ここからさらに過激な行動に出る可能性もある以上、油断できない。

「残り二人には、慎重に話を聞くべきだな」

「そうだね。グレイは大人しいタイプだったから、まさかあんなに強く反応するとは……」

テオとトビアスはしばらく考え込んでいたが、ふとエマが口を開いた。

「彼、銀行強盗には協力したけど、仲間二人が警備員を殺すと思っていなかった。あれだけ動揺していたもの、演技とは思えない。そんな人が、仮に『先生』から説得されたとしても、自殺行為を受け入れられるメンタルは、していないと思うの」

「……じゃあまさか、今回逮捕した三人は、自分に何を仕掛けられているのか理解していないのか？　あれだけの大きさのアマルガムを生み出しておいて？　冗談じゃないよ」

トビアスは顔をしかめた。テオも低く唸《うな》り、イレブンを振り返る。

「対処したハウンドとしては、どう見る？」

「戦争に投入されたアマルガムと比較すると、極めて初期のタイプだと判断します」

イレブンは証拠保管袋に入った赤い破片を手に取った。彼女が破壊したコアだ。

「これは確かに、アマルガムのコアです。私の感知器が……あなた方で言うところの嗅覚が、そう判断します。しかし、ここまで微弱なコアは研究段階の代物で、実戦投入されていない」

「……確かにとても小さいわ。戦場で運用されていたアマルガムとは別物ってことね」

エマの言葉を受けて、イレブンは「はい」と短く肯定して続けた。

「加えてこのアマルガムは、ハウンドからの信号に従わなかった。通常、ハウンドはアマルガムの上位個体として、指揮権を握ります。安全のためです。しかしこのアマルガムは違う。私たちとは違うルーツで生み出され、ハウンドではなく、別のものを優先しています」

「……自律型魔導兵器《オートマトン・アーツ》にとって、上位個体っていうのはそんなに重要なものなのか？」

テオが尋ねると、エマが強く頷《うなず》いた。

「絶対に指揮官が最優先だけど、いつも指揮官が指示できるとは限らないでしょう？　だから、自律型魔導兵器《オートマトン・アーツ》はあらかじめ、指揮官個体を別に用意されてることが多いの。ピラミッド型の指示系統を持つ兵器が一般的で、アマルガムもそうね。リーダーが必ずいるのよ」

「あー……動物の群れ、というよりは、あれか。羊と牧羊犬と飼い主の関係みたいなものか？羊は牧羊犬に誘導されて、牧羊犬は人間の指示に従って動く……」

「そんな感じの理解でいいと思うわ。……でも、変ね。闘技場の選手に寄生していた疑似アマルガムは、イレブンの指示に従ったんでしょう？　あれとは別の個体ってことよね」

エマの指摘に、イレブンは瞼《まぶた》を上下させてコアを見下ろした。

「そこが問題です。錠剤で生まれたアマルガムしかサンプルがないため推測に過ぎませんが、相手の実験は確実に進んでおり、その成果がこの、潜伏していたアマルガムではないかと」

「……コアの出処によっては、軍も研究所も大騒動になるな……」

トビアスが頭を抱えた。アマルガムのコアは、希少鉱石フォルトナイトだ。その採掘から使用まで、全て軍により管理されている。鉱石が外部に流出していたとしたら、内部に裏切り者がいたとしたら。テオは想像しただけで胃痛を覚えて顔をしかめた。

「……研究所には連絡するとしても、現時点で分かる情報を集めるしかないな。何にせよ検視結果が出るまでは、残り二人の話を聞くしかないわけだが……」

「僕が行くよ。その代わり、ちょっとイレブンも一緒に来てほしい」

トビアスが言った。イレブンは緩慢に瞬《まばた》きをして、テオを見上げる。許可を求める目付きだった。テオが頷《うなず》くと、彼女は静かにトビアスの隣に立つ。

「……悪いね、イレブン。詳しい仕掛けはまだ分からないが、たぶん『ローレムクラッドに栄光あれ』と最後まで言わないと発動しないと思うんだ。君なら、言い切る前に相手を黙らせることができる。頼めるかい？」

「問題ありません。速やかに対処します」

「さっすが。じゃ、行ってくるよ。必ず手がかりを絞り出させてくる」

踵《きびす》を返《かえ》したトビアスの表情に、既に笑みはなかった。テオは軽く息を吐く。

「……危ない橋を渡らなきゃいいんだが。エマ、俺たちはギレンに話を聞こう。現状だと、唯一の重要参考人だ。心当たりがあるかもしれん」

「了解。早くジム・ケントを押さえたいわ。このままじゃ、どれだけ被害が拡大するか……」

テオたちは急いで勾留中のギレンを取調室に呼んだ。ギレンは手錠を鳴らしながら椅子に座り、テオたちに向けて身を乗り出す。

「ボブを殺した犯人、分かったのか？」

「その居場所を探してるところだ。それで協力してほしいんだが……ボブ・デリーから『ローレムクラッド』という単語を聞いたことはあるか？」

テオの言葉を受けて、ギレンはすぐに「ああ」と思い出した顔をした。

「病院だろ？　ボブが合成義体の手術受けたとこだ」

「……その病院に行ってから、ボブ・デリーに何か変化はなかったか？」

テオが尋ねると、ギレンは顔をしかめて頷《うなず》いた。

「あんまり気にしないようにしちゃいたが……合成義体を入れて余裕ができたからか知らねえけど、ヤクの量は増えたし、変なことも言うようになって、そこは心配だったぜ。『この街は戦場になるからやべえ』とか、『闘技場の奴《やつ》らは神に選ばれなかった失敗作だ』とか、馬鹿なことさ。でもあいつはマジだった。それで急いで田舎に帰ろうとしてたんだ」

内臓の合成義体は、経過観察のために一定期間の通院を必要とする。デリーはその通院中に病院で話を聞いたらしいとギレンは語った。だが、ギレンも病院の場所は知らない。

しばらく話を聞き、礼を言ってその場を後にした。テオは手帳を見ながら整理する。

「……ボブ・デリーは予定していた病院から手術を断られ、合成義体の店先で揉《も》めていた時に医者を自称する人物と出会い、ローレムクラッドで手術を受け、通院していた。合成義体は未認可の店が違法に出したものだから、普通の病院ならリスクが高すぎて引き受けたくない患者だ。それを積極的に救い、信者にした。デリーの場合は、逃げようとしていたみたいだが」

「ローレムクラッドとしては、それぐらい必要な患者だったってことかしら……」

エマも深刻な顔で捜査資料を見つめた。

「……何か問題があっても、後ろめたくて警察を頼りにできないから？　それとも、内臓の合成義体を必要としていたから？　手術となると、全身麻酔になるわよね。その間に、何か細工をしていた？」

「……そうなると、銀行強盗三人も合成義体の有無を調べた方がいいな」

テオは急いでトビアスにメールを送った。「了解」という短い応答を確認し、携帯端末をポケットに押し込む。

「ローレムクラッドの手がかりはトビアスに任せて、俺たちはジム・ケントの足取りを追うぞ。確か、ボブ・デリーは元々、売人にマークされていたんだったな」

「ええ。誰かがケントとの取引を見ているかも」

テオは「そうだな」と一つ頷《うなず》き、エマとともに駆け足で先を急いだ。

■

テオのメールに短く返事を送ったトビアスは、未《いま》だにイレブンに向かって無実を喚《わめ》き続ける連中の前に腰掛けた。留置場に響いていた声は途端に静かになり、長椅子に座っている男二人――ミケとブッチは、居心地悪そうに座り直す。

「まあ正直ね、君たちがやったやってないはどうでもいいんだ。君たちを導く、素晴らしい先生がいるってことが分かったし、とても高尚な理念を掲げた組織だとも思っているよ」

「……じゃあ、なんでこんなとこで話してんだよ」

「ここでしか話せないだろう？　取調室は常に映像と音声が記録されちゃうんだからさ」

トビアスが微笑《ほほえ》むと、二人は顔を見合わせた。

「僕も感動したんだよ、大陸統一主義。グレイの様子を見た限り、先生から直接教わるのは難しいみたいだからさ、君たちに話を聞いてみたいんだ。……ああ、彼女については安心してくれ。任務に忠実なだけで、真面目ないい子だ。君たちを脅しやしないよ」

「……うさんくせえ」

「仕方ないだろう？　捜査局で勤務してる身だ、ローレムクラッドの理念に感銘を受けて自分も加わろうとしたって、監視がきつい。だからこうして『同志』に会えて嬉《うれ》しいのさ」

トビアスの言葉を聞いて、ブッチはミケを窺《うかが》うように視線をやる。力関係はミケの方が上らしい。トビアスはミケに向かって笑みを深めた。

「今回の銀行強盗だって、聖戦のために必要なことだったんだろう？　勇敢なことだ」

「グレイから聞き出したんだろ！　あいつは気が小せえ臆病者だからな！」

「いいや。……彼はびっくりするほどローレムクラッドに忠実だったよ。彼から全部話を聞けたら、僕がここまで来る必要ないじゃないか。違うかい？」

トビアスは穏やかに言った。ブッチは「なあミケ」と宥《なだ》め、ミケは溜息《ためいき》を吐《つ》く。

「……何が知りてえんだ」

「そうだな……君たちがローレムクラッドと出会った切っ掛けかな。表立った活動はしていないだろう？　僕も直接はコンタクトを取れていないし。どうやって出会ったんだい？」

「……慈善団体として来てくれたんだ。俺たちの命の恩人だ」

ミケは静かに答えた。ブッチが頷《うなず》いて続ける。

「俺たち、三人とも同じ工場で働いてた。でも、工場は急に閉鎖されて、俺たちは放り出されて……次の仕事を探そうにも、みんな喉と肺をやられて、動けなくて」

「……喉と肺？　喋《しゃべ》っているのを聞いた限りでは、健康そうに見えるけどな」

思わずトビアスが言うと、ブッチは肩を竦《すく》め、ミケはうんざりした顔で答えた。

「クソみてえな工場だったんだよ。塗料や熔解弾《ようかいだん》の中身を造ってたくせに、設備ケチりやがって、粉末も排ガスも垂れ流し、浴び通しだった。俺たちは全員、喉から血を出して、毎日咳《せき》して働いたが、咳《せき》する体力の尽きた奴《やつ》から死んでいった」

「俺たちは、運がよかったんだ。死ぬ前に工場を出たから。でも路上生活をしているうちに、一緒に生き残った仲間も死んでいって……そんな時に、ローレムクラッドの先生たちが来てくれた。治療してくれて、飯や新しい服もくれた。その上、先生に事情を話したら、タダで喉と肺を合成義体にしようって言ったんだ。君たちのせいじゃないからって」

ブッチは目を潤ませて語った。ミケは顔を逸《そ》らし、鼻を鳴らして言う。

「……最初は疑ったさ、そんなうまい話があるかよって。……でも本当に、手術したら楽になった。だから、俺たちは先生に、絶対恩を返すって決めたんだ。呼ばれたら必ずな」

トビアスは頷《うなず》いた。いかにも気弱な印象を受けたグレイでさえ銀行強盗に駆り立てられたのはそのためだったかと腑《ふ》に落ちる。

「それで、今回の銀行強盗に発展したんだね」

「聖戦の狼煙《のろし》には相応《ふさわ》しいって先生も言ってたから、俺たちは喜んで協力したんだ」

「ああ、まったくだ！　最高の仕事だったぜ。ローレムクラッド様様だ」

「そうかい。それじゃあ、この写真を見てくれるかな」

トビアスは捜査ファイルを開き、二人に写真を見せた。笑っていた彼らの頬が凍り付く。手で胸を掻《か》きむしった状態で死後硬直した、首を食われたグレイの姿が彼らの目に映る。

「……おい、なんだよこれ、グレイ……グレイが……」

「おいテメエか！　グレイを殺したのかこのバケモンが！　ふざけんなよ！」

ミケが激昂《げきこう》して立ち上がったが、イレブンはそれを片手で制して座らせた。ブッチはがくがくと震えながらグレイの写真から逃れ、鋭く息を吸う。

「神様、天使様助けてくれ！　ローレムクラッドにいいいい──」

絶叫じみた声は、唐突に途切れた。

みしりと、首の骨が軋《きし》んだ音を立てる。

イレブンはブッチの首を片手で絞め上げ、ミケの口を手で覆って、壁に押し付けていた。ミケを制してからブッチの首を絞めるまで、トビアスにもその動作は見えなかった。

「……ミスター。お静かに願います。それ以上口にすれば、あなたも死にます」

イレブンは、カーテンを押さえる程度の仕草で男二人を制圧し、静かに告げた。

ブッチは顔を真っ赤にしてイレブンの腕を叩《たた》き、何度も頷《うなず》いた。彼は解放された途端に激しく咳《せ》き込み、背中を曲げる。ミケは血の気の引いた顔で壁にもたれ、崩れ落ちていた。

トビアスはイレブンに礼を言い、捜査ファイルに写真を戻した。

「『ローレムクラッドに栄光あれ』……それがグレイの最期《さいご》の言葉になった。彼はそう言った途端、喉から飛び出した化け物に、頭を食われて死んだんだよ」

ブッチはがたがたと全身を震わせ、ミケは「嘘《うそ》だ」と力なく首を横に振った。

「あれは、マジで危ねえ時に、天使様が、窮地を救ってくれるって……先生が……」

「知らねえ、知らねえよ……化け物なんて、知らねえ……」

「……映像記録を見せよう。グレイの最期《さいご》の姿を、君たちにも確認してほしい」

二人は真っ青な顔をして震えていたが、イレブンが容赦なく腕を掴《つか》み上げ、取調室まで引きずっていってしまった。トビアスは「本当に強い子だな」と苦笑して後ろを歩く。

取調室で記録された映像を見せると、ミケはふらふらとその場で膝を折り、ブッチはイレブンが持ってきた袋に嘔吐《おうと》した。トビアスはミケの隣にしゃがみ、手帳とペンを渡す。

「仲間の名前と、手術を受けた場所を教えてくれ。彼らにも同じ仕掛けが施されている」

ミケは生気を失った顔でペンと手帳を受け取り、震えながら字を書き連ねた。

■

テオたちが売人の話を順に聞いていく中で、一人が「ボブ・デリーね」と首を傾《かし》げた。

「奴《やつ》が急に羽振りがよくなったんで、金を貸してくれって食い下がる女がいてなぁ」

「二人の関係は分かるか」

「商売仲間ってとこだ。逮捕される前は、女が適当な男を引っかけて酔い潰して、ヤクをやらせて、欲しがってるところに奴《やつ》が出ていって薬を売る、ってやり方をしてたよ。マリーだかメリーだか、名前は忘れたが……でも家は分かるぜ。バーの二階だからよ」

テオたちは男に礼を言って、教えられた店に向かった。店は閉められ、「臨時休業」と書かれた貼り紙だけがある。テオは仕方なく店の二階へ向かった。三部屋のうち、一つだけドアポストが郵便物で溢《あふ》れた扉がある。見れば、督促状の山だ。宛先は全て、モリー・ヤング。

「……金に困ってたようだな」

「そりゃ、昔の仲間に金をせびりもするわね」

エマは苦笑して、呼び鈴を鳴らした。何度か鳴らすが、返事はない。そこへ「あら刑事さん」と声がかかった。驚いて振り返ると、杖《つえ》を突いた老婦人が歩いてきたところだった。

「その家の子に用事かしら」

「……失礼ですが、あなたは？」

「隣に住んでいるの。あの子、また問題を起こしたの？　困った子ねえ」

警察が来るのに慣れているのか、老婦人は呆《あき》れた顔で溜息《ためいき》を吐《つ》いた。エマが尋ねる。

「ヤングさんですが、お留守のようで。失礼ですが、行き先はご存知ですか？」

「うーん、昨日だったかしら。とってもオシャレしててね。素敵ね、どこにお出かけなのって聞いたら、お姉さんが結婚するんですって。お姉さんのお店を貸し切ってパーティーをするって言っていたわ。ご機嫌で、にこにこしてねえ、私も微笑《ほほえ》ましかったのだけど」

「そうなんですね。お店の名前は分かりますか？」

「ケイト・ケイクっていうケーキ屋さんよ。とっても素敵なお店なの」

「……ご協力、感謝します。行ってみますね」

テオは店名をメモし、老婦人に見送られるままアパートを出た。エマに向けて呟《つぶや》く。

「……仲のいい姉妹だと思うか？」

「いやー、だめでしょ。彼女の手法を考えると、姉の結婚式も客を摑《つか》む場だとしか思っていないかも。……何事もなければいいんだけど」

テオたちは件《くだん》の店である「ケイト・ケイク」へ向かったが、果たして事態は予想を超えていた。店先は「貸し切り」という表示とウェルカムボードが出されたままとなっており、施錠《せじょう》されている様子もない。結婚パーティーの日から片付けられていないのだ。

テオとエマは銃を構え、慎重な足取りで店に入った。

花とリボンをふんだんに使った華やかな飾り。新郎新婦を模した人形。延々と流れ続ける流行の音楽。割れたショーケース、ひっくり返った椅子とテーブル、赤く汚れたテーブルクロス。

そして、仰向けに倒れて血を流している男女が、全部で九人。

エマが遺体を確認している間に、テオは銃を構えたまま厨房《ちゅうぼう》へ進んだ。冷蔵庫の扉が開け放たれているだけで、人の姿はない。だが、赤い血痕はずるずると裏口へ続いていた。テオは血痕を踏まないように進み、裏口から出る。見れば、店から続いていた血痕は、開いたままのマンホールで途切れていた。

テオは舌打ちして、鑑識に連絡した。店内に戻ると、エマがメインテーブルに置かれた紙を見ている。彼女はテオに気付くと、紙をひらりと揺らして見せた。

「段取りの紙があったわ。確かにパーティーがあったのは昨夜ね」

「婆《ばあ》さんの言う通りだったか。……しかし、これはまた……」

新郎新婦らしき二人は、手を繋《つな》ぎ、寄り添いあって目を閉じていた。腹部はぽっかりと穴が開き、美しい装飾の衣装は、ほとんどが赤く染まっている。

パーティーの参加者も、男女問わずほとんどが腹部にのみ重傷を負っていた。だが店内には二人だけ、様子の異なる遺体が転がっている。一人は男、一人は女。どちらも首から下は皮と骨を残し、ほとんどを食い散らかされていた。複数の獣が群がったように。

鑑識が到着するまでの間、店内を見て回ったテオは、ふとメッセージボードに目を留めた。参加者たちで、新たな門出を迎えた二人に向けて手書きのメッセージを贈ったらしい。

ありきたりな祝いの言葉が続くが、その中には内蔵型合成義体を使用している者同士で構成される支援会の名前が頻出していた。夫婦が出会う切っ掛けとなった場所らしい。

「……腹部に大穴ができたボブ・デリーも、腎臓が合成義体だったな……」

メッセージを見た限り、支援会のメンバーは七人。腹部に穴のできた遺体と同じ数だ。とても偶然とは思えない。到着した鑑識をエマに任せ、テオはロッキに連絡した。

■

ミケたちから聞き出した住所に到着したトビアスは、険しい表情で建物を見上げた。

「……イレブン、本当にここかい？　本当に？」

「はい、間違いありません。……医療行為が可能な施設には見えませんが」

トビアスたちの前にあるのは、設備のほとんどを撤去された廃工場だった。開かれたままのシャッターから中に入っても、がらんとした広い空間だけが広がっている。

「……工場なら確かに、手術に必要な機材を運び入れても注目されなさそうだ」

「合成義体の埋め込みに必要なものは、機材以外ですと何があるでしょうか」

「ほとんどは一般の外科手術と変わらないよ。ただ一部、合成義体を埋め込む時にだけ使う道具や保管ケースが特別製で、手術の時だけ電力消費が跳ね上がるらしい。そう考えると、工場の契約アンペア的にちょうどいいのかもしれないな」

工場には何も残されておらず、仕方なくトビアスは近隣住民を訪ねて回った。ミケたちが手術を受けた時期の工場について尋ねたが、どの住民も「工場閉鎖に伴う改装工事をする」とだけ聞かされており、物音や機材の移動に関して疑問に思わず、覚えていないと言う。

「……外れだったかぁ。ミケたちの仲間とは連絡が取れないし、無駄足かな」

「彼らが手術をする際、病院ではなく契約電流量の多い建物に移動して行うと分かっただけでも、収穫ではないでしょうか。無許可で行われている手術なのは明らかです」

「……そうだね、前向きに捉えることにするよ」

気を取り直したトビアスはしかし、エマから届いたメールを見て眉を顰《ひそ》めた。

■

製菓店ケイト・ケイクで発見された九人のうち、腹部にのみ重傷を負った七人は、部位こそ違えど全員が内蔵型の合成義体を使用していた。全身を食われた二人は新郎の兄とモリーで、他と違って合成義体は使っていない。

検視によれば、カプセルなどは検出されておらず、七人の傷口はボブ・デリーのものと酷似しているが、新郎の兄とモリーの傷はまったく答えが出ないとのことだった。唾液は変わらず検出されていない。胃の内容物を調べたところ、新郎の兄とモリーを除く七人は同じスパークリングワインを飲んでいる。調査の結果、それを購入したのはモリーだということまでは判明した。

アマルガムに殺害されたと見られる遺体は十一体。カバーに覆われて並ぶ様を見ただけで、テオは背筋に薄く寒気を覚える。ロッキが疲れた顔で口を開いた。

「……不幸中の幸いってもんだが、遺体が増えたことで、分かったこともある」

テオたちが視線を向けると、彼はボブ・デリーの遺体と、新郎の遺体のカバーを外した。

「傷の大きさ、形状、合成義体の損傷、全て一致した」

「……合成義体の損傷は初耳だな」

スクリーンに拡大して表示された合成義体は、確かに砕けていた。トビアスが言う。

「僕の合成義体とは構造が違うね。やっぱり内臓代わりとなると頑丈そうだ」

「ま、そりゃな。外側に着ける合成義体は交換前提で、軽量化優先の構造だ、割と脆《もろ》い。だが内蔵型は、基本交換しない。動力源も、本人の血液を取り込む仕組みになってる。内臓の代わりをするってんで、血液が滞りなく循環できるようにするのも兼ねてな」

「……でも、それがどうして壊されるの？　壊れるような場所にあったから？」

エマが首を傾《かし》げると、ロッキは腕を組んで壁にもたれた。

「被害者の腹を突き破って産まれたのが、アマルガムだからだよ」

「……根拠は？」

「錠剤、カプセル、本物のアマルガムであるお嬢さんの協力。それと、アマルガムに内側から食われて死んだ奴《やつ》のおかげで、判断材料には困らなかった」

そう言って、ロッキは少し離れたところにある遺体を見やった。その遺体だけ、頭部の辺りでべこりとカバーが凹《へこ》んでいる。「グレイ」と書かれた名札が虚《むな》しい。

「闘技場で使われた錠剤。あれが血液と結合する話はしたな？　で、グレイは死ぬ直前、全身の血が首から吸い取られていたと分かった。アマルガムと人間の血は強い関連性がある。問題は血を何に使ってるかだ。そこで、お嬢さんに検証してもらった」

ロッキはスクリーンを一度停止し、四種類の映像を出した。

「どれもお嬢さんが稼働《かどう》命令を出したものだ。左は、錠剤と血液が結合してできたコア。中央は、グレイから回収したコア。そして右二つは、コアに俺の血液を加えたものだ」

「……血を与えられたコアだけ動いてる……細胞を増殖させてる？」

エマが気味悪そうに呟《つぶや》いた。イレブンは緩やかに瞬《まばた》きをする。

「選手から回収したコア、銀行強盗から回収したコア。どちらも機能は停止していました。しかし人間の血液を与えた結果、一時的に機能を回復し、一定数まで細胞を増殖させることが確認できました。粗悪なコアで、元々の機能も低い。しかし……」

イレブンはそこまで言うと、珍しく言い淀《いよど》んだ。テオは眉根を寄せる。

「アマルガムとして復帰できるだけでもまずいが、他にも問題があるのか」

「……アマルガムは、補給と休息を必要とせず、強い再生能力を持つのが最大の強みです。しかし、それらの機能がなくとも、補給ができれば、この程度のコアでも、脅威的な兵器として運用可能です」

「ま、言い換えるとだな」

ロッキは厳しい表情でテオたちに言った。

「アマルガムの細胞一つと、粗悪なコア、そこに人間の血が混ざると、だ。その辺の物を所構わず食い散らかして巨大化する化け物が生まれる。しかも、現在総数が分からねぇと来た」

エマは息を呑《の》み、トビアスは溜息《ためいき》を吐《つ》いた。

「自律型魔導兵器《オートマトン・アーツ》って、そこまでできるの？　研究所は把握してるのかしら」

「補給が必要だから採用しなかったモデルなんだ、今更なんで外にって大騒動になるだろうな。自分たちの研究がどこかに漏洩《ろうえい》してても、自力で見つけ出した超人がいても、研究所の人たちはひっくり返るんじゃないかい？　でも、合成義体がどうして壊れるんだろう」

トビアスの疑問に対して、ロッキは「そこだが」と低く唸《うな》った。

「闘技場の選手が寄生されてた疑似アマルガム。あいつがそもそも、血液を循環させる機能を持っていた。宿主を生かすためにな。その動きが、内蔵型合成義体を参考にしていると分かった。で、この内蔵型合成義体の何が問題かってえと、出力のでけぇパーツなんだ」

「……内臓を代替するぐらいだ、当然のことなんだろうな」

「そこを利用された。アマルガムは人間の体内だと、そこまででかく育たねぇらしい。お嬢さんと議論した結果、一番突き破りやすい腹や喉で待機し、内蔵型合成義体の動力を横取りして、体外へ飛び出したんじゃないかと推測した。全員、合成義体の動力が空になってる」

とんでもない話に、テオたちは三人とも言葉を失った。エマの顔が青ざめる。

「ちょっと待って。お店の遺体からは、カプセルが見つかっていないのよね。人間が気付かないレベルの小ささで摂取させられる形まで、進化してるってこと？」

「そうなる。グラスの破片からワインを採取して、詳しく分析中だ」

検視室に沈黙が降りる中、ふとイレブンがテオを振り返った。

「事態は一刻を争います。研究所で、専門家の意見を聞きましょう」

「ああ……そうか、機密情報だろうが、お前がいれば行けるのか」

「はい。事件に関わるアマルガムについて、私やエマの知識では明らかに不足しています。遺体や検証した情報を送って、ドクターの見解を伺った方がよいかと」

「それは、俺とイレブンで行くか。トビアスたちは……エマ、どうした」

何か考え込んでいる様子のエマにテオが声をかけると、彼女ははたと顔を上げた。

「ちょっと、ロッキの言葉が気になって。ねえイレブン、アマルガムが捕食するとしたら、何を食べるものなの？　有機物だけとか、条件はある？」

「肉体を溶かすような物質でなければ、何でも捕食可能です」

イレブンが端的に答えると、エマは「なるほど」とメモしてから言った。

「もしアマルガムがロッキの言うように『所構わず』捕食していたら、姿は見られていなくても、実害が出てるんじゃないかと思ったの。器物破損とかで被害届が出ているかも」

「……なるほど。今回遺体が出て騒ぎになっただけで、以前から動いていたとしたら」

「まだ可能性の段階だけどね。ちょっと友人のツテを頼ってみるわ。トビアスは？」

トビアスは「そうだね」と少し考えてから、手帳を軽く振った。

「合成義体の線から探ろうかな。ローレムクラッドは無許可で手術しているから、病院関係じゃない場所に卸されている薬の流れを追えないか、薬物取締部《とりしまり》を頼ってみる。あとは、ボブ・デリーが合成義体を入手した店を調べたい」

「確か、揉《も》めていたんだったな。違法で合成義体を売った店か」

ギレンから聞いた話を思い出してテオが言うと、トビアスが頷《うなず》いて続けた。

「合成義体の販売には許可申請が必要だ。なのに未認可の店が出せるってことは、管理機関を通さず直接卸してる技師がいることになる。ローレムクラッドはたぶんその技師と繋《つな》がってて、ボブ・デリーが手術を断られるのを見越して店を張ってたんじゃないかと思うんだ」

「その方が辻褄《つじつま》は合うな。……今夜はもう遅い。今日は帰宅して、リフレッシュを挟んでから捜査の続きだ。夜勤連中に遺体の情報を共有して、連絡するよう頼んでおく」

「はいよ。じゃ、ひとまずお疲れ様だね。ロッキも検視お疲れ様」

トビアスが気安く言うと、ロッキは肩を回しながら溜息《ためいき》を吐《つ》いた。

「こんな数の死体、戦争と災害以外で見ることになるとは。恐ろしいこったな」

「ああ、まったくだ……。死人が増えなきゃ、それが一番だな」

重い疲労を感じながら、テオは車に乗り込んだ。家、と考えたテオはハンドルに突っ伏す。

「……イレブン。うちにある食糧、覚えてるか」

「エナジーバーやゼリー飲料、乾パンはあります。他は酒類、飲料水がいくつか」

「……だよなぁ。買い物して帰るか……お前、どれぐらい運べるんだ？」

「運び方を問わないのであれば、普通乗用車程度までは単独で運搬可能です」

テオは乾いた笑いを漏らして、車を発進させた。つくづく、化け物じみた奴《やつ》だった。

■

イレブンは車から降りて、重量の多い袋から順番に抱き上げた。運ぶには問題ないが、イレブンの現在の体格では視界が塞がる。続いて降車したテオは「やれやれ」と呟《つぶや》いた。

「買《か》い溜《だ》めにしても、ちょっと買いすぎたかな。俺一人しか飲み食いしないってのに」

「二週間に一度買い物に出る想定の購入量ですし、成人男性の平均食事量より少ないです」

「そうかい。……ああ、そうだ。お前、物を食べることってできるのか」

買い物袋を持ち上げようとしていたはずのテオに聞かれ、イレブンは端的に答えた。

「必要がないだけで、可能です」

「じゃあ、そら。お駄賃だ。店のサービスだとさ」

言うや否《いな》や、テオはイレブンの口に棒付き飴《あめ》を突っ込んだ。もご、と舌の上で転がすと、人工的な甘味料と香料を感知できる。レモン味とされるものだ。

「糖分は、テオにこそ必要なものです」

「店員が『お嬢さんに』ってくれたんだから、お前が食えよ。……悪い、先に行ってくれ」

テオの携帯端末が着信を告げる。イレブンは彼の指示に従い、駐車場からエントランスへ向かった。報酬として食べ物を与えられるのは初めてのことで、イレブンは溶けない飴《あめ》を噛《か》み砕《くだ》く。食事は不要でも、食べ方ぐらいは知っている。

いつもであれば、資材を吸収する際、細かく砕いたり構成物を吟味したりはしない。けれど一瞬でできる消化に、イレブンはわざと時間をかけた。これを人は『惜しむ』と呼ぶのか。

考えている間にエレベーターは到着する。イレブンは棒を飲み込み、広くはないエレベーターに乗った。階数ボタンを肘で押したところで「待って！」と男が駆けてくる。

扉が閉まる寸前に無理やり飛び込んできた男は、肩で息をしながら階数を指定し、イレブンに笑顔を向けた。『愛想笑《あいそわら》い』よりも、親しみを目的とした笑顔に分類されるものだった。

「ごめん、助かったよ。見ない顔だけど、ここに住んでる人？」

「はい。最近、引っ越してきたものです」

「そうなんだ。じゃあ、はじめましてだ。よろしくね。僕はジェイミー」

「よろしくお願いします」

イレブンは一言だけ応じた。男は、十代後半から二十代前半。筋肉の付き方を見るに、武道の経験はなく、陸上選手型。危険性はないと判断し、イレブンはエレベーターの出入口に顔を向けた。男は隣で「あー」「その」と呻《うめ》いてから言った。

「君の名前、教えてくれる?」

「イレブンです。……失礼します」

名乗ったところで扉が開き、イレブンは目的の階で降りた。だが男はエレベーターの扉を押さえて「あのさ!」とイレブンに声をかける。イレブンが振り返ると、彼の頬は紅潮し、瞳孔は開いていた。彼の、こちらに対する『興味』『好意』を示すものだった。

「君、すごく綺麗《きれい》な子だからさ、どんな名前か気になったんだ。髪も星みたいにきらきらして、その、天使みたいだと思って。だからその……悪気はなかったんだ、ごめんよ」

「いいえ。何も問題ありません。お気になさらず」

「そう……そっか。それなら、いいんだ。おやすみ、イレブン」

「おやすみなさい」

イレブンが短く返すと、男はようやくエレベーターの扉が閉まることを許し、上階へと去っていった。男の意図が分からず、イレブンはテオの家に戻りながら思考する。

「あら、イレーナ!　まあまあ、そんな大荷物で!　大丈夫?　前は見えているの?」

三つ隣に暮らす婦人が、イレブンを見て声を上げた。その顔には『心配』がある。

「イレブンです、レディ。運ぶのは得意なのです、問題ありません」

「まあ、そうなの？　力持ちなのねえ。呼び止めてしまってごめんなさいね」

「構いません。いってらっしゃいませ」

婦人は杖《つえ》を突きながら、日課の散歩に出かけていく。黙って傍《かたわ》らを歩くのは、彼女を護衛する大型犬だ。主を持つもの同士、イレブンは婦人の騎士と目で挨拶を交わし、家に戻った。

食事の際、テオに「ジェイミー」について尋ねたが、彼も知らなかった。

「今後、どのように対処しますか」

「危険がなければ、世間話で済ませたらいい。お前の方が強いし、いざとなったら怪我《けが》しない程度に思い知らせてやれ。……見た目がいいと、そういうこともあるんだ、たまにな」

テオはそう言って、トマトスープを口に運んだ。その表情には『寂しさ』『懐《なつ》かしさ』がある。イレブンは「はい」とだけ答えた。妹さんの話ですか、とは、聞けなかった。

CONFIDENTIAL

四章
愛知らぬケモノ

CHAPTER 4

AMALGAM HOUND

Special Investigation Unit,
Criminal Investigation Bureau

イレブンは通話を終えると、携帯端末をテオに返した。

「ドクターも危機感を共有してくださいました。私と同行者一名まで、研究所に入れます。時間の指定はありませんので、捜査を優先して構いません」

「そうか、助かる。エマも分かったことがあるらしいし、先にオフィスに行くぞ」

食器は流しに置き、テオは早速家を出た。下りてきたエレベーターには先客がいる。大学生ぐらいの男だろうか、彼はイレブンを見てぱっと笑みを浮かべた。

「おはよう、イヴ」

「おはようございます。イレブンです」

綺麗《きれい》にテオを無視する男に、テオは眉を顰《ひそ》め、イレブンと男の間に立った。この男が、イレブンの話していた「ジェイミー」なのだろう。ジェイミーは構わずイレブンに言う。

「イヴって安直すぎた？　イレブンの愛称が思いつかなくてさ……。エリーとか、イレーナとかレヴィの方がオシャレで好みだったりする？」

「名称に対する好悪《こうお》はありません。ご自由にお呼びください」

「そっか！　じゃあイヴって呼ぶね」

イレブンの返答は実につれないものだったが、ジェイミーは気にせず嬉《うれ》しそうだった。笑顔で手を振りながら駐輪場へ向かうジェイミーを、イレブンは一瞥《いちべつ》もしない。

「……ずいぶん好かれているが、本当に昨夜が初対面なのか？」

「はい。好まれるような理由は、推察できませんが……」

テオはさすがに気になったが、イレブンにも身に覚えがないなら仕方ない。「厄介な女に惚《ほ》れたもんだなあいつも」とテオは呆《あき》れて車に乗り込み、捜査局デルヴェロー支局に向かった。

刑事部の様子は相変わらずだ。だがテオは、オフィスに入って顔を曇らせた。エマとトビアスが深刻な表情でファイルを覗《のぞ》き込んでいる。

「何か分かったらしいな。朗報には見えないが」

「ああ、おはようテオ。……もし無関係じゃなかったらと思うと、気が気じゃなくて」

エマが差し出したのは、デルヴェロー市警の生活安全課に集まった小さな事件集だった。遺失物の届け出や行方不明者の捜索願、暴力の被害届ばかりで、どれも未解決になっている。

暴行事件の被害届は、男女問わず被害に遭っており、夜間のためか誰も犯人を目撃していない。他にも、飼い犬が負傷したという報告もある。

遺失物は、引っ越し準備のために庭先に置いていた絨毯《じゅうたん》や、青い宝石を使った装飾品で、状況からして誰かが持ち去ったとしか思えないが、犯人も遺失物も見つかっていない。

そして捜索願と家族が提供した写真を見比べると、共通しているのは痩せ形で歳《とし》の近い男というだけで、外見の特徴は様々だった。髪の質、肌、瞳、それらの色、全てばらばらだ。

ただ、それらの被害届が提出された時期は、古くて一年前、新しくて一週間前であり、発生地域は大きく三か所に集中していた。

「……確かに問題かもしれんが、これが？」

「今から分類するわ。それをよく見てほしいの」

エマはそう言って、ボードに大雑把な人間のシルエットを描いた紙を張り、被害届を順番に貼っていった。徐々にできあがるそれを見て、テオは顔をしかめる。

頭部に集められたのは、負傷した巻き髪の女と犬が複数、栗色《くりいろ》の巻き毛が特徴的な行方不明者、毛足の長い絨毯《じゆうたん》。その下に集められたのは、青い宝石、青い瞳が特徴の行方不明者。手足にはそれぞれ、ホクロの位置が似通った手足の行方不明者の写真が並ぶ。

被害届のコラージュによって、栗色《くりいろ》の巻き毛と青い瞳の男が浮かび上がった。

トビアスはテオたちを振り返ると、真剣な顔をして言った。

「エマがこれに気付いたんで、改めて被害者に話を聞いたんだよ。そしたら、巻き髪の女性は『突然何かに髪を摑《つか》まれて後ろに引き倒され、頭皮ごと髪を持って行かれた』らしい。長毛の犬たちについては、大型の獣に嚙《か》まれたような跡がある。……で、これだ」

トビアスはボードに改めて写真を並べた。製菓店で見つかった、全身を食われた被害者の写真だ。

「当時の資料と、傷口の形状、唾液の検出されない点が一致した。……偶然とは思えない」

「……この一年、アマルガムはずっと動いていたのか？」

「そこなのよ。……どうかしら、イレブン。アマルガムの捕食だと思う？」

エマが尋ねると、イレブンは薄く口を開いた。

「アマルガムは通常、口がありません。私たちハウンドも、人型を取るために口の形を再現しているだけです。ただそれは、何かを食べられない、という意味ではありません。資材を吸収し、自分の肉体に変換することはできます。丸ごと取り込むのです」

丸ごと、と口に出した声は、テオとエマの二人分だった。どういう図になるのか想像できずにいると、トビアスが「例えば」と空のマグカップを手に取る。

「これをイレブンが取り込む場合は、どうなるんだい？」

「接触面が最大になる腹部に押し込み、そのまま取り込んで、肉体の一部にします」

「……つまり、そもそも嚙《か》まないんだ。咀嚼《そしゃく》もせず、丸呑《まるの》みする……」

「極めて初期のアマルガムであれば、獣と同様に嚙《か》んで、咀嚼《そしゃく》します。ですが一度捕食したものを生きたまま逃がす事例は、記録にもありませんでした」

イレブンの発言は、極めて重要な情報だと思われた。テオはもたれていたデスクから立ち上がり、ボードに歩み寄る。

「つまりこれが、アマルガムによるものだと仮定してだ。連中は食べようとしたわけではなく……この一部分だけが欲しかったのか。毛とか、青いものとか、そういう部分だけが」

テオが言うと、エマは目元を強張らせた。

「じゃあ、まさか……必要なパーツを集めていただけ？　捕食や攻撃のつもりはなく、ただ、この男性を作りたかった？」

「そしたら、事件の時系列にも納得がいくかもしれないな」

トビアスが被害届の一部を指で叩《たた》いた。

「人や動物への襲撃が止まってから、行方不明者が続出した。それっぽい部品を集めるよりも、似たようなパーツを持った人間を丸ごと持って行った方が早いと学習しているのかも」

「……だとしたら、どこかに集めているはずだ。同じような特徴の被害者がいるのは、遺体が腐って長く維持できず、補充が必要だからかもしれん。意図は不明だが」

ふと、イレブンはテオたちを振り返った。

「一人の人間を作ろうとする、その動機とは、どういったものがありますか」

「……そうだな。多くは喪失の穴埋め、かな。死んだ人間の代わりが欲しい、とか」

テオが答えると、トビアスは眉を顰《ひそ》めた。だがエマが「そうねえ」と先に言う。

「連続殺人の犯人にも見られるけど、本当のターゲットがいるのに手出しできないから、代わりの人間で欲求を発散する人もいるわ。憎悪《ぞうお》か、愛情かは人によるけどね」

「……愛憎は強い感情で、容易に対象を変えません。それでも、代替を求めるのですか」

「そうよ。死別してる場合もあるけど、まず似たような人で練習して自信をつけてから、本命の相手に向かうっていう人もいるの。……恋愛でも、殺人でもね。嫌な話だけど」

イレブンは「なるほど」と短く相槌《あいづち》を打つと、ボードに表示された男を見やった。

「では、この男性の代わりを求める人間を探さなければいけません」

「アマルガム自身が、この人を求めているってことはないのかい？」

「その可能性はないでしょう。アマルガムは『執着』ができません」

トビアスの質問を、イレブンはばっさりと切り捨てた。

「アマルガムに、感情はありません。それらしく振る舞うことはできても、模倣の域を出ない。愛も、憎しみも、死を迎える存在の間で生まれるものです。私たちには、存在し得ない」

イレブンの答えを受けてトビアスは悲しそうな顔をしたが、エマは彼の肩を叩《たた》いた。

「兵器だもの。自発的に行動しているように見える時は、誰かの意図を汲《く》んで動いていると考えた方がいいわ。少なくとも、この男性の身元が分かれば手がかりになるはずよ」

「……そうだね。それもそうか」

トビアスは息を吐いて切り替えると、行方不明者の捜索願を手に取った。

「じゃあ、僕とエマで、行方不明者のリストを確認し次第、合成義体の技師から調べてみようか。今回の事件には、合成義体とアマルガム、両方の知識が必要だからね」

「賛成。テオとイレブンは？　研究所には今日行けるものなの？」

「イレブンがアポを取ったからな。今から二人で行ってくる」

　トビアスのケアはエマに任せ、テオは来たばかりのオフィスを早くも後にした。トビアスはイレブンを頼りにしつつ、兵器としてはあまり扱っていない。だから余計に、ショックを受けたのだろう。テオも少し気になり、エレベーターを待つ間に尋ねる。

「なあ、イレブン。俺が死んだら、お前どうなるんだ？」

「死なせません」

　面食《めんく》らうほど強い声だった。意外に思ってテオがイレブンを見やると、彼女の横顔は常と同じ無表情のまま変わっていなかった。だが、彼女は確かに、力強く言う。

「あなたを、死なせません。絶対に」

「……そうか。それは……頼もしいな」

　テオは衝撃を受けて、ありきたりな返事しかできなかった。その言葉こそが、執着ではないか。感情のないアマルガムとは思えないほど、確固とした宣言だった。

■

　デルヴェロー市から車を走らせて二時間。山の中腹、木々の隙間に隠れ潜むようにして、その建物はあった。軍事迷彩と防御障壁により敵の攻撃に一度も晒《さら》されることのなかった、陸軍最高研究施設にして叡智《えいち》の城塞、フォートレイ。魔術と科学が手を結び発展する今日のアダストラ国においては、最大規模の研究都市と言われている。

イレブンに指示されるまま、テオはフォートレイの門前で車を停《と》めた。銃を持った軍人の検問を受け、身分証を提示する。イレブンが手続きを終えると、軍人たちは彼女に敬礼し、門を開けた。金属扉が重々しく開き、テオは慎重に車を発進させる。周囲は緊張感に満ちていた。

「……さすが軍の研究施設、厳重だな」

「これから三回に分けて検査があります。三半規管に自信はありますか」

「三半規管を試される検査って一体何が待ってるんだ？」

規定の場所に車を停《と》めたテオは、すぐにイレブンの言葉を思い知ることになった。

まず車に乗ったまま半球状のシャッターが閉じたかと思ったら、凄《すさ》まじい力でシートに全身を押さえつけられ、そのままどこかに車ごと移動した。やっと静かになって下車すると、今度はエレベーター前のロビーで椅子に座ることになり、椅子ごと球体の中に閉じ込められ、洗濯機に回されるタオルの気分を味わった。なんとかエレベーターに乗り込むと、今度は強烈な重力を感じながら下層階へと連れていかれる。

テオは既に吐きそうになっていたが、イレブンはその全てを無表情に済ませた。

「……必要な検査なのか？　なあ。本当に必要なのか？　嫌がらせでなく？」

「安全保障のため、三百六十度全てから検査しております。ご理解ください」

気圧の変化で頭がどうかしそうだと思いながら、テオは到着した階でエレベーターから降りた。受付カウンターとラウンジがあるだけの、静かな場所だった。壁のモニターにはニュース番組が映し出され、音楽もない空間で小さく音声を出している。

イレブンが進み出るのを見て、テオも後をついていった。カウンターの受付職員はすぐに「いらっしゃいませ」と微笑《ほほえ》む。イレブンは静かに言った。

「認証と、ゲスト登録を」

「かしこまりました。スキャンいたしますので、こちらへお進みください」

職員に示され、イレブンに案内されるまま、テオはイレブンと並んで丸い台座の上に立った。空気の噴出音とともにガラスケースに入れられ、緑色の光が全身を照らしていく。生温かいものが撫《な》で上《あ》げていく奇妙な感覚がして、テオは吐き気を覚えて胸元を押さえた。皮膚、内臓、血管、神経、それら全てを丁寧に丁寧に触診していく光が頭の上まで到達し、やっと自由の身になる。

スキャンデータは声紋と名前に結びつけられ、テオにはゲスト用の入館証が与えられた。

「ゲスト用の入館証ですが、有効期限は日付が変わるまでとなっておりますので、ご了承ください。改めて、ようこそフォートレイへ。どうぞこのままお進みください」

受付職員は微笑《ほほえ》んで、順路を手で示した。自動的に開いた扉を抜けると、すぐに背後は何もない壁となり、青い光に照らされる。筒状の部屋は扉も円形で、窓などはなく、通り抜けようとした途端に細い光線がいくつも照射された。

「……これは?」

「魔導兵器の機能を抑制する検査照明です。最後の安全確認です、ご協力ください」

影響を受けるはずのイレブンが冷静なものだから、テオは光が止まるまで大人しく立ち尽くした。やがて検査が終わったのか、照明が落とされ、扉が開く。

イレブンを追って先に進んだテオは、目の前の光景に圧倒されて言葉を失った。

広大な、円形の吹き抜け。それがどこまでも上下に続く。その吹き抜けの中を、ゴンドラを抱えるようにした青いクラゲが、ゆっくりと移動しているのだ。ゴンドラで人を運んでは、クラゲは吹き抜けを気ままに揺蕩《たゆた》う。

「イレブン、これは……何だ？　さすがに本物のクラゲじゃないよな」

「上下移動に特化したゴンドラです。デザイナーがクラゲ愛好家だったと聞いています」

イレブンの先導で、テオもゴンドラに乗る。人の重みに反応して、クラゲは淡い光をまとった。研究室の番号が入力されると、クラゲは傘を開き、ふわりと舞い上がる。

今までテオの感じた動きが正しければ、地下深くに位置している場所のはずだ。しかしフロアによっては太陽光が溢《あふ》れ、星空が覗《のぞ》き、季節外れのヒマワリが揺れ、通路が一つ違うだけで吹雪と花弁が同時に舞う。でたらめで、そして、美しい空間だった。

「……すごい場所だな。フロアごとに天気も気候も、時間帯も違う」

「最適な環境で研究できるよう設計されています。専用居住区に行くと、外と同じ天候と時間で過ごすことになりますよ。教育機関や商業施設もあり、全てこの場で完結する形です」

目的の場所に着くと、クラゲの発光は収まった。興味本位でクラゲの触腕に手を当てると、想像通りに柔らかいゼリー体だ。これが作り物とは、とテオも感心する。

イレブンがテオを案内したのは、無機質な白い通路だった。ドアプレートには「白兵型アマルガム研究室」と彫刻されている。認証画面にイレブンは掌《てのひら》を押し当て、テオは入館証をかざすことで、白い扉が自動的に開いた。

扉の先は、通路の無機質さが嘘《うそ》のように、緑に溢《あふ》れた温室だった。白い窓枠は凝った装飾があり、ガラス越しに鳥は歌い、燦々《さんさん》と日の光が差し込んでいる。

その中央では、車椅子に腰掛けた小柄な老人が、眼鏡をして書類を見ていた。テオたちの入室に気付くと彼は眼鏡を外し、車椅子にもたれてテオたちに向き直る。

「ようこそ、スターリング捜査官。私はトキノス、この研究室の責任者だ。結論を出すのに時間をかけてしまい、すまないね。情報提供、感謝する」

「こちらこそご協力感謝します、博士。では、今回の事件に関わっているのは……」

「間違いなく、アマルガムだろう。……来なさい。内緒話をしよう」

トキノスは車椅子を回転させると、温室の奥へと続く通路を進んだ。テオはイレブンを連れて、滑るように進む車椅子の後を追う。自動ドアの向こうは一転して、書斎になっていた。どのデスクも片付けられ、人の姿はない。トキノスは溜息《ためいき》を吐《つ》き、奥のデスクに収まった。イレブンに勧められるままテオが椅子に座ると、トキノスが口を開く。

「今回の件で、私以外の研究員は全て隔離されていてね。どこから情報が漏れたのか徹底して解明するようにとのお達しだ。身の潔白を証明するためにも、全面的に協力しよう」

「……ありがとうございます。早速ですが、今回の事件に関わっているアマルガムについて、専門家としてはどう見ていますか」

「雑魚《ざこ》だ。しかしその分、大量生産できる。厄介な相手であることには間違いない」

トキノスはばっさりと言い捨て、手元の機械を操作した。壁のスクリーンに、様々な段階のアマルガムを撮影した写真がいくつも表示される。

「まず前提として、アマルガムはたとえどんな機能があろうと、コアを必要とする。重要な動力源であり、コアを潰されればどんなアマルガムも再起不能になる」

「……では、血液と錠剤の成分を結合させて生まれた寄生アマルガムが、宿主の死と同時に朽ちていったのは、あくまでも動力が失われたからですか」

「そうだ。これは敵勢力による回収を防ぐために、わざと作った習性でもある」

短く説明したトキノスは「それにしても」と表情を険しくした。

「問題は、わざわざ人間の体を蛹《さなぎ》にして生み出されたアマルガムの方だな。私もこのタイプを見たのは久々だ」

彼がスクリーンに映したのは、ずいぶん古い写真だった。解像度は低く、蝶《ちょう》になれないまま蛹《さなぎ》から出てしまった幼虫にしか見えない。

「これは、極めて初期のアマルガムでね。少ない動力で稼働《かどう》するが、捕食を必要とする個体だ。今回の遺体にある傷口は、この羽化後に残された蛹《さなぎ》に酷似している」

スクリーンに次のスライドが表示される。球体から蛹《さなぎ》、そして蛹《さなぎ》から羽化したアマルガムが標本となっている画像だ。トキノスは続けた。

「そして、合成義体に使われる動力源は、元はアマルガムの成長促進剤だった。内蔵型は特に出力も大きいため、これを利用してアマルガムを急速に成長させたんだろう」

「……なるほど。合成義体の動力源を利用したことは推測していましたが、まさか過去に成長促進剤として利用されていたとは、初耳でした。民間や合成義体技師はこのことを？」

「知らないだろう。アマルガムの研究でできた副産物なのだから、その成り立ちを語ればアマルガムの製造方法と紐付《ひもづ》きかねない。軍によって、長らく秘匿されている」

そこまで語ると、トキノスは疲れた様子で軽く咳《せ》き込んだ。

「……このタイプのアマルガムは、素材さえ調達できれば量産できるのが厄介だ。親子として強く結びついた関係がなければ命令に従わないのも難点だな。実に扱いにくい」

「……兵器なのに、蛹《さなぎ》で生まれ、親子関係があるんですか」

テオが気になって呟《つぶや》くと、トキノスは小さく笑った。

「生物の親子とは違うな。安定した個体を親として、そのコアと細胞を分割し、子として成長させて増やす、という増産方法で生まれる、指揮官よりも親を優先する支配関係だ」

「では……我々が探すべきは、その親個体と、それに指示を出している人間、ですね」

テオの言葉に、トキノスは「そうだ」と顎を引くようにして頷《うなず》いた。

「ハウンドは、アマルガムのコアを察知する感覚器を持つ。ただ、今回捜索対象となっているアマルガムは、自分のコアを分割して子供に分け与えているため、反応は大変微弱になっている。ある程度居場所を特定しなければ、イレブンも追跡するのは難しいだろう」

「そんなに……。アマルガムの親個体ですが、どの程度の能力があるでしょうか」

「コアを分割しているぐらいだ、著しく能力は低いと見ていい」

「では、人間に擬態して市民に紛れ込んでいるということは……」

「それはないと断言できる。人間の姿で常に稼働《かどう》できるのは、ハウンドたちだけだ。普通のアマルガムでもできない。問題は、どこにいるのか、そして誰が命令権を持っているのかだ」

トキノスは苦い表情で言いながら、書類の束を引っ張り出した。

「銀行強盗の犯人から回収できたコアは、確かにフォルトナイトを使用したものだった。軍も上層部も、我々研究チーム全員を容疑者だと考えている。……これは、現在所属している研究員、技師、事務員全てのデータだ。使えるだろうか」

「感謝します。……失礼、確認させてもらいます」

テオは急いで顔写真だけ確認した。だが、栗色《くりいろ》の巻き毛に青い瞳という特徴の男は見当たらない。テオはふと思いついて顔を上げた。

「トキノス博士。この中に、退職した者や死亡した者は含まれますか」

「いや、その時点で個人情報は削除されるが……待ちたまえ、写真があるはずだ」

トキノスは眼鏡をかけると、分厚い冊子を取り出した。アルバムだ。彼はいくつかページをめくり、写真をテオに見せる。技師たちの集合写真だ。

「ダニエル・ペンリー。製造ラインの事故で彼だけ亡《な》くなった。唯一の死亡事故だ。まだ若くてこれからの青年だったから、よく覚えている」

「……遺体の確認は誰が？」

「彼と同じラインで働いていた同僚だ。遺体は焼け焦げて人相が分からなくなっていたが、ペンリーの着用していたピアスや眼鏡を根拠に、本人と断定されて死亡報告が出された」

そう語るトキノスが指先で示したのは、栗色《くりいろ》の巻き毛に眼鏡をした男だった。

「ではその遺体が、アマルガムによって偽装されている可能性は？」

「……否定できんな。今となっては」

トキノスは苦虫を嚙《か》み潰したような顔で頷《うなず》き、疲れ果てた様子で車椅子にもたれた。

■

トビアスは既視感とともに車から降りた。どうも最近は運がないらしい。

店から聞き出した住所には、庭付きの戸建てがあった。閑静な住宅街にある家は、窓枠や屋根の装飾が特徴的な可愛《かわい》らしいもので、建て主のこだわりが窺《うかが》えた。

だが庭は雑草まみれになり、植木は伸び放題、花壇は朽ちた草花で埋まり、ポストは郵便物が多すぎて溢《あふ》れている。家主が相当期間帰っていないことは容易に想像できた。

店主によれば、ボブ・デリーが購入した合成義体を作った技師は「ペンリー」という男らしい。取引は二年ほど続いているが、この一年はフードを深くかぶり、ロングスカートを穿《は》いた女が合成義体を届けているそうだ。最後の取引は二週間前だと言う。

「荒れ方はともかく、普通の家ね。とても合成義体を造る場所には見えないわ」

「……これで空振りだったら、僕もさすがに泣いちゃうかもしれないなぁ」

トビアスはエマと一緒に玄関に近づいた。物音はしない。インターホンを鳴らしたが応答はなかった。トビアスはゆっくり銃を抜く。

「ペンリーさん？　捜査局です、いませんか？」

エマが声をかけたが、こちらも返事がなかった。トビアスは蹴破ろうかとドアノブを握り、鍵のかかっていない様子に警戒を強める。エマが代わりにドアノブを握り、素早く開けたのを見てからトビアスが銃を構えて突入した。

部屋には、誰もいなかった。床や家具には埃《ほこり》が積もり、何者かが踏み込んだ跡はない。

家は長く留守にされているだけで、特に事件性はないようだ。部屋の様子にも病的な特徴は見られず、壁に飾られた多くの写真から仲睦《むつ》まじい夫妻の様子が窺《うかが》える。幼い頃から大学卒業までを共にした二人は、結婚式を挙げ、この家に移り住み、そして今どこにいるのだろう。

請求書を見た限り、この一年は何もかもの支払いが滞っている。突然留守にしたわけでもないようで、洗い物や食料品はなく、整理整頓されていた。郵便物の中に手紙などはなく、写真は夫婦のものばかりで、交友関係は見えてこない。請求書の宛名は「ジョー・ペンリー」「ニーナ・ペンリー」の二つだけで、二人暮らしだったことが窺《うかが》える。

リビングとキッチンを見ていたトビアスは、エマに呼ばれて廊下に出た。彼女は銃を腰のホルスターに戻して言う。

「寝室やバスルームを調べたけど、何もなかったわ。身辺整理でもしたのかしら。……ただ、物置には在宅用の医療機材が置かれていたの。夫婦のどちらかが病気だったみたいね」

「なるほど……。奥の部屋は？」

「そこだけ鍵がかかってたわ。開けられる？」

「やってみよう。特殊な鍵じゃないならすぐだ」

トビアスはすぐに袖をまくり、廊下の突き当りにある部屋へ向かった。合成義体のカバーを開き、ピッキング用の工具を取り出す。簡単な構造の鍵は、数秒で開けることができた。二人で警戒しながら扉を開けたが、埃《ほこり》と古い書物の臭いがするだけの書斎だ。

だが、壁は一面、真っ黒になるまで書き込まれたメモで埋め尽くされていた。

「……なんだこれ……」

トビアスは呆然《ぼうぜん》として呟《つぶや》いた。

メモは日に焼け、劣化し、いつ書かれたのか分からなかった。全て手書きの字で、癖は酷《ひど》く、書いた時の精神状態を反映しているのか文法はでたらめで、内容も支離滅裂だった。単語を拾うことはできても、それがラブレターなのか論文なのか、恨み言なのかさえ分からない。

ただ、そこに凄《すさ》まじい執念が宿っていることだけはトビアスにも理解できた。

メモの中身にも統一感はない。覚書に過ぎないようなものもあれば、合成義体の設計図もある。目立つキーワードは「不死」「再生」で、合成義体による全身代替を計画していたようだ。それも文字の上から文字を書く勢いで埋め尽くされているため、凄《すさ》まじい密度となっていた。

だが一か所だけ、ぽかりと、清らかさすら感じる空白がある。

常軌を逸した数のメモ書きの中央には、妙齢の女を描いた肖像画があった。

何度も写真で見た女だ、ペンリー夫人に間違いないだろう。肖像画の端には「ニーナ」と走り書きされ、その下には作者のサインらしきものもあった。背景は柔らかい色を乗せただけの曖昧なものだったが、明るい陽射《ひざ》しを浴びて、作者を振り向いて微笑《ほほえ》む美しい妻が、そこにいた。この肖像画を見ながら、何を考え、何のために書き散らしたのだろう。

肖像画を取り囲む言葉は情熱的だった。彼女と永遠を共にしたいのだという彼の夢想、彼女の病によってそれが叶《かな》わない悔しさ、世界への恨み、何を犠牲にしても添い遂げるという固い決意。ニーナという伴侶に向けた全身全霊の愛が刻み付けられていた。

トビアスの隣で同じく肖像画を見つめていたエマが首を傾《かし》げた。

「……店主の話だと、最初は男が来ていたけど、この一年は女が来るようになった。でもこのメモを見た限り、病気になってあとどれぐらい生きられるか分からない状態になっていたのはニーナ、肖像画の女性だわ。アマルガムがパーツを集めていたのは栗色《くりいろ》の髪に青い瞳の男性。ニーナはブロンドに、緑の瞳。……噛《か》み合《あ》わないわね」

「……筆跡はどれも同じ、全て一人で書いている。肖像画のタイトルやサインとも、一致するようだ。合成義体の知識があるのはジョーか、ニーナか……。卒業アルバムとかあれば出身校も分かりそうなんだけどな。探してみよう」

トビアスはエマと手分けして家の中を捜索したが、ペンリー夫妻の過去が分かるようなものは見つからなかった。だがトビアスはジョー宛に、トム・マッケンジーという人物から何度か手紙が来ていることに気付く。神父として結婚式に立ち会った人物のようで、彼はペンリー夫妻の結婚を祝い、何かあれば頼るよう書いている。最後の手紙は、一年前の日付だ。

一体何者なのか、考えていたトビアスはエマが戻ってくるのに気付いて振り返った。

「『ペンリー木材建材工業』って名前で、工場を持っていたみたい。所有者は、ジョアンナ・ペンリーになってる。現役の工場なら、話を聞けるかも」

「行ってみよう。テオたちとは、工場で合流するといいかもしれないな」

工場の住所をメモして、トビアスたちはペンリー邸を後にした。仲睦《むつ》まじい夫婦の家と、鍵のかかった書斎に詰め込まれた執念の落差に、トビアスの背筋は薄ら寒くなる。

「……ジョアンナの愛称はジョーだ。ジョアンナとニーナの二人暮らしだったと思うかい？」

「写真は男女のペアだったし、部屋や家具からして、他に同居家族がいたとは思えないわ。違法に合成義体を卸して生計を立てていたのなら、『ジョー』は偽名として借りただけね」

トビアスとエマは急いで車に乗り込み、その場を後にした。

■

エマから連絡を受けたテオは、手短に返事をして通話を終えた。すぐにトキノスを振り返る。

「博士。ダニエル・ペンリーですが、結婚していましたか」

「ああ……だが、彼が亡《な》くなる少し前に、奥方は病死されたよ。彼女は難病を抱えていて、フォートレイまでの移動に耐えられなくてね。地元の病院に入院したんだったかな」

「妻が亡《な》くなった時の、彼の様子は覚えていますか？」

テオが続けて尋ねると、トキノスは沈痛に顔をしかめた。

「とても落ち込んでいたが、仕事に打ち込んで忘れようとしていたようだった。奥方が危篤と聞いて彼は急いで病院に向かったが、彼女は既に無菌室に入れられて、ガラス越しに、ただ看《み》取《と》ることしかできなかったそうでね。どんなに無念だったか……想像に難《かた》くない」

「……そうでしたか。夫婦仲は、良好だった？」

「ああ、とても。……せめて奥方の治療が、フォートレイでもできればよかったんだが」

「……参考になりました。ご協力、感謝します」

「いや。また何かあれば、すぐに連絡してくれ」

テオはトキノスと握手を交わした。そのまま研究室から出ようと思っていたが、トキノスがテオの瞳を覗《のぞ》き込むようにしているのに気付いて動きを止めた。痩せ細った手を膝に戻したトキノスは、車椅子を回して「イレブン」と声をかける。イレブンが静かに歩み寄ると、トキノスは軽く彼女の手を取った。そして、彼は小さな子供に語りかけるように優しく言う。

「守るべきものを、お前が間違えることは決してないだろうが……お前の無事を祈る愚かさを、許しておくれ。お前は、私たちの誇る、最も優れたハウンドだよ」

「……ありがとうございます、ドクター。記憶しました」

二人の挨拶は、短いものだった。トキノスは「達者で」とテオたちを見送り、無機質な扉は閉ざされる。フォートレイを後にしたテオは、車に乗り込みながらイレブンに尋ねた。

「博士は、何かあったのか？　なんだか心配していたようだが……」

「……私が一度、肉体を全損して運び入れられているので、『心配』をしています」

「全損？　ハウンドでも？」

「はい。戦場で、一度だけ。コアは無事でしたから修復作業も想定時間内で終わりましたが、ドクターはそのことを……『気に病む』という表現が適切でしょうか」

「だろうな。生みの親にとっちゃ、堪《たま》らないんじゃないか、そんな状況は」

テオは妙に納得して、相槌《あいづち》を打った。特にイレブンは華奢《きゃしゃ》な少女の姿を取っている。娘のような存在が大怪我《けが》をして担《かつ》ぎ込まれたことがあれば、心配するのは道理だろう。

「ドクターは、成功よりも失敗を優先して記憶するタイプの人間ですから」

「……まあ、俺も似たようなものかな。成功した任務は、あまり覚えていない」

任務が成功したという安堵《あんど》と、帰りの輸送機の乗り心地が悪かったことぐらいしか、テオも覚えていなかった。仲間と飲み交わした酒の種類は忘れても、彼らと笑い合った事実は覚えている。その彼らが、どこで死んだかも。胸が痛み、テオは咳払《せきばら》いをしてハンドルを切った。

「とはいえ、俺もよく覚えているのはアルカベル戦役ぐらいだな」

「アルカベル市での大規模戦闘でしたら、成功した任務に分類されるのでは」

「全体で見ればな。だが、あまりにも人が死にすぎた」

「……テオの責任では、ないのではありませんか。撤退支援が遅れたと聞いています」

イレブンは淡々と言ったが、テオは「いや」と苦く笑った。

「陽動作戦が成功して、油断していたのさ。あんな攻撃ぐらい、予想できて当たり前だったのにな。……本当に、悔やまれる。俺を助けてくれた若い奴《やつ》なんて、俺を庇《かば》って木端微塵《こっぱみじん》だ」

山道のカーブに差し掛かり、テオは減速しながら慎重に曲がった。苦虫を噛《か》み潰したような顔でテオはハンドルを握りしめたが、イレブンが言う。

「あなたを助けた兵士は、あなたの仲間が亡《な》くなったことを『悔やむ』はしても、あなたを助けたことは、『誇る』をしたのではないでしょうか」

　まさかそんなことを言われると思わずテオが視線を助手席に移すと、イレブンは窓の方へ顔を向けていて、その表情までは分からなかった。

「……お前、そんなことも言えるんじゃないか」

「模倣に過ぎません。お気に召したのでしたら何よりです」

　常よりもさらに無機質に聞こえるのは、彼女の照れ隠しだろうか。テオは感心したような、わずかに違和感を覚えるような、不思議な感覚になりながらも、アクセルを踏んで先を急いだ。

　トビアスから連絡を受けた工業地帯は、フォートトレイからさらに西の、山の麓に広がっていた。戦前から工場の連なる地区で、再開発の対象ともなっている。少し通りを進むだけでも工事用の大型車両とすれ違い、資材置き場や解体現場がいくつも見えた。

　トビアスとエマは、そんな工業地帯の中でも古い工場の立ち並ぶ通りの入り口で待っていた。一方通行や細い道が多いため、ここからは徒歩での捜査になる。

「『ペンリー木材建材工業』って工場らしい。住所が古すぎて、詳細な場所は分からないけど」

「この辺りは区画整理も多かったからな。……イレブン、コアの位置は探れるか」

「少々お待ちください」

　イレブンは消火栓から街灯まで跳躍し、あっという間に煙突の先まで駆け上がった。彼女はジャケットを翻《ひるがえ》し、風見鶏《かざみどり》のようにくるりと一回転してから飛び降りて来る。

「変わらず反応は微弱ですが、方角は捉えました。建物に接近すれば特定できます」

「よし。……イレブンと俺が先を行く。トビアスとエマは後方の警戒を頼む」

使われなくなって久しい工場というのは、意外と多い。工事現場から離れて山に近付く一方になり、辺りからは人の気配が薄れ、テオたちの砂利を踏む音がやけに大きく聞こえた。

イレブンが止まったのは、古い工場の前だった。

一体どれだけの期間放置されていたのか、工場の窓は割れ、風雨で金属は錆《さ》びまみれになり、外階段は地面に転がっていた。看板も落ちて泥に沈んでいる。元は堅牢《けんろう》な建物だったようだが、立派な煙突まで蔦《つた》に覆われ、伸び放題になった木々の枝が窓から内部に侵入していた。

「コアの反応があるのは、ここです。間違いありません」

イレブンはそう言ってテオを振り返った。トビアスは建物を見上げて口元を歪《ゆが》める。

「……とても人が住んでいるようには、見えないけどね……」

「周囲を確認しよう。イレブンはここで見張っていてくれ。何かあればすぐ連絡を」

テオはトビアスたちと手分けして、工場の周辺を確認した。付近の建物は軒並み使われておらず、売地になっているところも多い。工場の裏手には山道が続いており、ガレージにある車で出入りしていた様子だった。車は泥だらけで、鍵はそのままになっている。試しにテオが車のエンジンをかけると、燃料切れになっていた。運転席にまで泥が付着している。

「……どんな使い方したらここまで汚れるんだ？」

テオは辟易《へきえき》として、エンジンを切って車から離れた。裏口は玄関として使われていたらしく、郵便受けや「ペンリー」と彫られた表札もあった。監視カメラの類はなく、扉はどれも施錠《せじょう》されている。一階の割れた窓から室内を確認した範囲では、朽ちるに任せた機材が転がっているばかりで、何者かが踏み込んだ形跡はなく、メーターは全て止まっていた。

足音を聞いてテオが振り返ると、山道からエマたちが駆け戻ってきたところだった。

「山道は、倒木や土砂で塞がっていたわ。先週の大雨で、土砂崩れがあったのね」

「こっちも空振りだ。人が住むのは無理な状態だな。車も運転席まで泥まみれだ」

三人で表に戻ると、従順に周囲を見張っていたイレブンが振り返った。

「イレブン、コアの反応からして、建物のどの辺りか分かるか」

「感知距離としては、地下ではないかと推測しています」

「……なるほど。エマとイレブンは一緒に建物を調べてくれ。トビアスは俺と地下だ」

イレブンとエマはすぐに了承したが、トビアスは怪訝《けげん》な顔をした。

「地下って君、どこから行くつもりなんだい」

「さっき下水整備用の入り口があった。そこから行くぞ」

「げえっ！　正気かよ！　こんな場所の下水道なんて絶対ろくなことにならないぞ！」

「ごちゃごちゃ抜かすな。下水道使って逃げてんのは分かってんだ。調べる価値はある」

トビアスはなおも嫌な顔をしていたが、素早く神に祈りを捧《ささ》げた。エマがイレブンを振り返り、微笑《ほほえ》んで言う。

「じゃあ、私たちは一階から調べましょうか。割れた窓から中に入れるでしょうし」

「いえ、確認できた範囲から推測するに、居住区域は二階です。二階から調べましょう」

「二階からって……外階段は壊れてるし、どちらにせよ一階から行かないと」

「バルコニーの損傷は軽微です。侵入可能と判断しました。行きましょう、エマ」

エマはきょとんとしていたが、イレブンは素早く彼女を両腕で抱き上げた。エマが悲鳴を上げる隙もなかった。イレブンは軽やかに助走をつけると、大樹の幹を蹴り、直接二階のバルコニーへと飛び移る。テオたちは呆然《ぼうぜん》とそれを見送る羽目になった。

「……お前もあっちに加えてもらうか、トビアス」

「いや……今日の占いでは、地に足をつけなさいって言われてるんだよね……」

トビアスは溜息《ためいき》を吐《つ》き、テオの隣に並んで歩き始めた。

■

二階のバルコニーに降り立ってなお、エマの動悸《どうき》は止まらなかった。

「び……っくりした……イレブンあなた、本当……すごいわ……」

「バルコニーの扉は開いています。人の気配はありません」

イレブンはこちらの状態をまったく意に介さない。いいわ、そうよね、あなたはそういう子よ。エマは気を取り直し、イレブンとともに室内へ侵入した。

そこは、ソファーセットとローテーブルが置かれたリビングだった。本棚には書籍や装飾品が並んでいたが、家具と一緒に朽ちている。カウンター越しに見えるキッチンも、カビにまみれ、食品も腐っていた。分厚く積もった埃《ほこり》に足跡はない。

「……長期間、侵入者はなしね。……仲のいい家族みたいなのに、何があったんだか」

エマは壁に飾られた写真を見て呟《つぶや》いた。幼いダニエルを挟んだ夫妻の古い写真に、ダニエルの卒業写真、ダニエルとニーナの結婚式の写真、年老いた父の写真、そして年老いた母を挟んだダニエル夫妻の写真。人物はどれも笑顔で、立ち位置も近く、良好な人間関係を窺《うかが》える。

「……この家で、三人が暮らしていたのでしょうか」

「いいえ、流し台の食器は一人分しかないわ。息子夫婦は同居していないわね。……病気か何かで、突然亡《な》くなったんでしょう。何もかも放置されて、片付けられた様子もない」

順番に部屋を見て回ったが、イレブンの言う通り、人の気配はなかった。それどころか、人が暮らしていたのも昔のことのようだ。だがエマは、廊下の突き当りを見て銃を抜いた。

階段から上がってすぐの部屋。そこだけは、階段と部屋を往復した泥の跡がある。

慎重に扉を開けた瞬間、鼻の曲がる腐臭が漂い、エマは思わず咳《せ》き込んだ。

「酷《ひど》い臭い……」

「死体は一つ。写真を参照するに、母親です」

イレブンが冷静に言う。エマは袖で口元を覆いながら、部屋を見た。

花柄の多用された、書斎を兼ねた寝室だ。ダブルベッドには腐りきった遺体が一つ横たわっている。髪型や指輪から、確かに写真の母親だと判断できた。

「……イレブン、この臭いでよく平気ね」

「空気中の成分は感知できますが、においの良《よ》し悪《あ》しを判断する基準を持ちませんので」

ベッドサイドには乾いた水差しと飲みかけの薬があり、母親に持病があったことが分かる。手が届く範囲には、読みかけの小説、そして家族写真が置かれていた。これを心の支えに闘病生活をしていたが、持病で亡《な》くなったのだろう。遺体に外傷はない。

ただ、ベッドサイドから階段へ向かうまでの床に、泥が付着していることは気になった。エマはしゃがみ込み、泥に目を凝らす。混じった草はまだ青い。誰かが最近、泥の付着した靴で、階段と枕元を行き来している。だが靴跡ではなく、引《ひ》き摺《ず》ったような跡だ。

「……テオが、車も泥まみれだと言ってた。先週土砂崩れがあったし、何かあったのね」

エマはイレブンと手分けして、書斎机を調べた。小さな机だが、文通が趣味だったのか手紙は山ほど積まれている。友人とのやり取りが多い中で、二つだけダニエル・ペンリーからの手紙があった。一つは結婚式の招待状、もう一つは「妻と元の家に帰る」と伝えるもの。エマは首を傾《かし》げた。二つ目の手紙を出した頃には既に、妻のニーナは亡《な》くなっているはずだ。

「……ダニエルは自分の死を偽装してまで、フォートレイを出た。それから家に帰るのは分かるわ。でもニーナはその時、もう死んでるはず。ここで暮らしていたのは母ジョアンナだけよ。他の二人が暮らしていた形跡はない。……どうなっているの？」

「愛憎による執着を動機として人間を作り出すのであれば、ニーナを喪《うしな》ったダニエルの方が適切です。しかしアマルガムが探している特徴としては、ダニエルのもの」

「フォートレイで勤務するほど、ダニエルは優秀な技師だった。研究チームで、アマルガムについての技術と知識を蓄えたのだとしたら……まさか彼は、ニーナを蘇《よみがえ》――」

突如、複数の金属が落下する音が響いた。一階ではない、さらに離れた場所だ。エマの脳裏に、別行動しているテオとトビアスの姿が浮かぶ。次の瞬間、イレブンが駆け出していた。部屋を飛び出し、白い髪の残像だけを残して彼女は飛ぶように去っていく。

「イレブン！　待ちなさい、イレブン！」

エマは銃を握って駆け出そうとしたが、ふと部屋にある石油ストーブに目を留めた。

■

テオはトビアスを連れ、下水道の管理用出入口から地下に入った。下水道は使われなくなって久しいのか、水路は完全に干上がり、残った土から雑草が伸びている。一部は崩落したのか、日の光が差し込んでいる場所もあった。

「……臭いも汚れもなくて助かったよ」

「まだ言ってるのか、まったく」

「大事なことだよ、捜査効率に関わる」

テオは舌打ちして懐中電灯を点《つ》け、先に進んだ。自然が溢《あふ》れているにも関わらず、不思議と虫の一匹も歩いていなかった。テオは薄気味悪く感じたが、生臭い空気に気付く。

血だ。血と死肉の臭いだ。

地下道の突き当りまで進んだテオは、懐中電灯でその先を照らし、顔をしかめた。

人か、獣か。もはや見分けがつかないほど食い荒らされた、死肉の山が築かれていた。

せめて人相を確認しようと近付くも、顔が残っている遺体は一つもない。

古びたアスファルトには、屍《しかばね》の山と水路の間を引きずって移動した血痕が、濃度を変えていくつも重なり合っていた。何度も往復している。ずっと以前から。

テオはトビアスに目配せし、慎重に工場の地下へと入った。扉の倒れた枠から入ると、配電室に出る。何かを引きずったのか、床は一定のルートだけ埃《ほこり》が払われていた。

内鍵を開けて、テオは足音を殺し、通路を進む。やがて、工場の一角に出た。

建材を切り出す機材などは撤去され、合成義体を製造するための精密機械、手術用の寝台や数多くの検査機、機械部品の山がある。作業台は設計図や合成義体の試作品で埋もれ、血で汚れていた。辺りを見渡したトビアスが小さく呟《つぶや》いた。

「これだけ機材が揃《そろ》っていたら、合成義体工場もできるな。埋め込み手術も」

「……ああ。確かにここなら、邪魔も入らない」

テオたちは注意深く工場内を進んだ。ふと、何かの擦れる音がする。人の気配はない。ならばと、テオとトビアスはタイミングを合わせ、懐中電灯の光と銃口を音の方に向けた。

そのまま、二人して凍り付く。

そこにいたのは、病的に白い女と、その細腕に抱えられたおぞましい肉塊だった。

光に気付いた女が、ゆっくりと振り返る。全身泥だらけで、顔の半分は灰をかぶったように白い髪に覆われていたが、肖像画や写真と同じ顔立ちだった。痩せこけた頬からはかつての美貌は失われている。女は目を見張り、骨と皮だけの腕で肉塊を抱き寄せた。

その肉塊は、あまりにも形容しがたい姿をしていた。

成人ほどのサイズはある。まばらに髪の植えられた膨らみは頭部なのか、いくつもの眼球が埋め込まれていた。首や肩などの輪郭はなく、ぶよぶよとした肉から何本も腕が生えている。薄く表皮に浮かび上がる線は静脈だろうか。腹と背中から脚が伸び、腰と胸から腕が伸びている始末で、到底、人の形を保っているとは言えない。肉塊の端は布のように広がり、口らしきものが何かを呟《つぶや》きながら漂っている。その肉塊を縁取るのは、不揃《ふぞろ》いな栗色《くりいろ》の巻き毛だ。

「……君が、ニーナ・ペンリーか？」

テオは努めてゆっくりと、声をかけた。女は頬骨の目立つ顔に花のような笑みを浮かべる。

「お客様が来るなんて久しぶりだわ。ねえダニエル、ダニー、私の愛《いと》しい人」

彼女は――ニーナは、楽しそうに肉塊に話しかけた。悪夢のような光景だった。人間のパーツをでたらめに泥に埋め込んだとしか思えない塊が、写真で見たあの男、ダニエル・ペンリーだと本気で言っているのだろうか。何本もの腕がばたつき、ニーナは明るく笑う。

「あなたも嬉《うれ》しいのね。ねえお客様、紅茶はいかが？　砂糖はおいくつ？」

「……悪いが、俺たちは捜査局だ。栗色《くりいろ》の巻き毛等ダニエル・ペンリーと共通した特徴のある男を拉致している疑いで話を聞きたい。どういうことか、説明してもらおうか」

テオが言うと、ニーナは微笑《ほほえ》んだまま首を傾《かし》げた。髪で隠れた顔があらわになり、ぞっとする。彼女の顔は左目とその周辺だけ、割れた陶器のように暗い空虚をさらしていた。

「だって、必要だったの」

ニーナは微笑《ほほえ》んだまま続けた。

「ある時、とても素晴らしい朝を迎えたの。あんなに全身痛くて苦しかったのに、もう全部平気になっていたわ。でもその代わりに、今度はダニーが弱ってしまったの。可哀想《かわいそう》なダニー、たくさん頑張っていたのに上手《うま》くいかなくて、ある朝、突然動かなくなったの」

「……亡《な》くなったのか」

「まさか！　深く眠ってしまっただけよ。私と同じで、新しい体が必要になったの。本当は私がダニーみたいに新しい体を用意してあげたかったけど、私はダニーの代わりに合成義体を作らなきゃいけなくて……そしたら、子供たちが食事のついでに、たくさん集めてきてくれたの。ダニーの体の代わりになるものを。おかげでダニーはほら、見て！　すっかり元気よ！」

　ニーナは肉塊から伸びた手を取り、明るく断言した。

「ダニーはいつも忙しくて、目も手も足りないって言うから、同じ青い目とちょっと日焼けした手をたくさん付けてあげたの。歩くのが少し苦手だから、支えやすいように脚もたくさん用意したわ。口がどこかに流れていっちゃうのは、彼が口下手な証拠ね。照れ屋さんなの」

　ティーカップの持ち手のような指が、肉塊の縁へ流れていく唇をくすぐった。

「前と少し見た目が変わったけど、私が愛したダニーであることに変わりないわ。彼、寂しがりの甘えん坊さんなのよ。ふふっ、私とずっと一緒にいたいんですって、可愛《かわい》い人！」

　ニーナは幸せそうに笑みを深めて、肉塊を抱きしめた。何本もの手がニーナに伸び、彼女を抱き寄せたいのか引き剝がしたいのか、不明瞭な動きを繰り返す。醜悪な光景に、隣でトビアスは口元を覆い、青ざめて後ずさった。テオも吐き気がして咳払《せきばら》いする。

「……子供たちがいたとは、挨拶できなくて失礼したな。ここにはお前たちだけなのか」

「丁寧な方なのね、ありがとう。でもごめんなさい、子供たちはみんな巣立ったの。立派に育った頃、神父様が『子供は親元を離れるものだ、行かせなさい』とおっしゃるから」

「じゃあお前はここで、ずっとダニエル・ペンリーと一緒に？」

　テオが確認すると、ニーナは不思議そうに「どうかしら」と首を傾《かし》げた。

「私が新しい体になって、最初は元の家にいたの。でもダニーが弱ってしまって、心配したお義母様《かあさま》が誘ってくれて、ここで一緒に暮らしたわ。だから、二人だったのは一年ぐらい。ここに来てよかった。お義母様《かあさま》は良《い》い方だし、ダニーの仕事を手伝うのも楽だから」

「……その母親は、今どうしてるんだ」

「眠っているわ。次に起きた時は、とびきりの紅茶を淹《い》れてあげる約束をしているの。だから私、毎日お義母様《かあさま》の様子を見に行くのだけど、なかなか起きてくれなくて」

「……彼女が、死んでいるとは、思わないのか」

「なぜ？　お義母様《かあさま》はとっても穏やかな顔で横になっているわ。素敵な夢を見ているのよ」

ニーナは、朗らかな笑顔でテオに向き直った。彼女は、現状を一つも理解していない。ダニエルとその母親がどんな状態か理解できず、しかしこの壊れた世界を維持し続ける程度の能力を持っているのだ。テオは慎重に尋ねた。

「……ニーナ。そのダニエルだが、一体どんな状態なんだ」

「ダニーは一人で動けないの。だから、心臓だけは私が代わりをしているのよ。ほら」

ニーナは笑顔でそう言うと、肉塊から自分の胸元まで手を滑らせた。指先の触れたところから順に肉が割れ、ぱくりと開いて内部を露出する。湯気を立て、どくどくと血を巡らせ収縮を繰り返す心臓はとても偽物《にせもの》とは思えず、異形の肉塊は確かに今なお生きていることを訴えていた。ニーナの胸元では、小さくすり減った赤い宝石が輝いている。透き通った血の雫《しずく》に似た結晶は、確かにアマルガムのコアである鉱石フォルトナイトの煌《きら》めきだ。

ニーナは肉を閉じると、ダニエルだと言い張る肉塊を両手で抱き寄せた。

「ああ、胸がいっぱい。ダニーがもっと元気になったら、きっともっと幸せね。でもずっとお喋《しゃべ》りできなくて、寂しいの。ダニー、私、あなたの『愛してる』が聞きたいわ」

ざわりと肉塊が波打つ。否、ニーナの長い髪が大きく揺れ動いたのだ。彼女はテオを見据えた。濁った翠眼《すいがん》が確かにテオの——青い瞳を見て微笑《ほほえ》む。

「まだ私、彼の『愛してる』を聞いていないの、それってまだ足りないってことでしょう？だからお願い、あなたの瞳をちょうだい、その完璧なブルーを！」

ニーナの声が甲高く響くとともに、彼女の髪がぶわりと膨張する。次の瞬間、テオは横から突き飛ばされた。思いもしない衝撃に体勢を崩したテオは、反射的に振り返る。

長い髪が刃の海となって、トビアスの左腕に突き刺さった。

合成義体を貫いた刃はそのままトビアスを吹っ飛ばす。彼は資材の山にまで突き飛ばされ、がらがらと物が崩れた。テオはすぐに彼を背に庇《かば》って発砲するが、陶器人形のような痩身《そうしん》に似合わず、彼女は一発や二発撃たれただけでは怯《ひる》まない。

「トビアス！　返事をしろ、トビアス！」

ニーナから視線を外せないまま、テオは怒鳴った。パイプの転がる乾いた音は聞こえても、返事はない。どうする。テオの額に汗が伝った。硝煙と肉の焼ける臭いが漂う中、ニーナは髪を引き千切り、また新たに刃として長く伸ばした。彼女は形ばかり優しげに微笑《ほほえ》む。

「怖がらないで。大丈夫よ。私、器用だから、痛む間もなく――」

刹那。一閃《いっせん》。

急降下した刃が、ニーナを脳天から真っ二つに切り裂いた。

呆然《ぼうぜん》とした顔が左右に分かれ、赤い輝きが落下する。

テオが驚いて顔を上げるのと、目の前にイレブンが降り立つのはほぼ同時だった。ブレードに変形した左脚がコンクリートに鋭く傷を残す。イレブンはテオを背に庇《かば》って鋭く言い放った。

「私が指揮を執る。聞け、私を知り恐れ、ひれ伏せ。これ以上の稼働《かどう》は許可しない」

「……嫌な声。嫌な声だわ。私を従わせて、私の唯一を奪うと言うの？」

二つに分かれた口が同時に恨み言を叫んだ。ニーナは左右に引き裂かれたまま、残った片目でイレブンを見据える。翠眼《すいがん》は今や憎悪《ぞうお》に暗く燃えていた。

「こんなのは初めて。これは何？　何が私に呼びかけているの？　私を導くのはダニーと神父様だけよ。私に語りかけないで、私を支配しないで！」

「アマルガムである以上、逃れられません。レディ、どうかそのままお静かに」

「嫌よ、嫌嫌嫌！　まだダニーと一緒にいたいの、苦痛のない、楽園に行くの！」

「神父にそう言われたのか？　ダニエルの肉体を作れば楽園に行けるとでも言われたか！」

テオが言うと、ニーナはくしゃりと顔を歪《ゆが》めて肉塊を必死に抱きしめた。

「子供たちが生まれた時に、神父様が言ったのよ。私は素晴らしい行いをしたから、ダニーと一緒にいられるよう努力すれば、きっと天使として楽園に迎え入れられるって！」

「それを本気で信じたのか？　ダニエルのために、一体何人殺したんだ！」

「知らない、知らない知らない知らない！　消えて、出て行って、私から彼を奪わないで！」

どこに力が残っていたのか、ニーナは絶叫して刃を向けた。イレブンは一歩も動かず刃を切り捨て、踏みつける。ニーナの動きが止まった瞬間、液体が降ってきた。頭からそれを浴びた彼女は、きょとんと目を丸くした。一気に独特の臭いが広がる。――灯油だ。

「これは？　紅茶？」

「エマ、お願いします」

思わずテオが視線を上げた先で、肩で息をしたエマが魔導小銃《カタラ》を構えていた。澄んだ音とともに魔晶火器弾《シエル・マギリス》が放たれ、灯油に着弾する。同時に、赤い光が飛び散り、激しく燃え上がった。炎の魔術だ。同じ魔術の水でなければ、消すことはできない。

「ああ、ああ、嫌、これは――」

悲鳴を上げたニーナが、泥と化す肉塊を掻《か》き抱《いだ》く。その眦《まなじり》から亀裂が走った。ニーナは瞬《また》く間《ま》に燃え上がり、工場全体が揺れたかと思うほどの絶叫が響き渡った。

黒煙。ひび割れた絶叫。激しく燃え上がる炎の中から、ニーナが手を伸ばす。

細く白い指先は、あっという間に灰と化して崩れていく。

その光景に、確かに妹の姿が重なった。

肉の焼け焦げる臭いが漂い、テオは口元を押さえてよろめく。その腕を取ってイレブンがテオを支えた。灰色の瞳がまっすぐにテオを見つめる。

「大丈夫ですか」

その瞬間、世界がひっくり返った。灰色の瞳がこぼれそうなほど見開かれる。

爆撃音。瓦礫《がれき》の崩れる音。妹の悲鳴。幾重にも響く幻聴が脳髄を揺らす。

伸ばした手はどこにも届かないまま、テオの視界は突如暗転した。

■

テオが目を開けると、まず白い天井が見えた。驚いて起き上がると、椅子からこちらを見ていたイレブンまで瞬《まばた》きをして立ち上がる。

「テオ、まずゆっくり動いてください。気を失ったのですから」

「……ここは？　今、どういう状況なんだ」

ぐらりと揺れる視界に目を閉じると、イレブンがテオの肩をゆっくりと押した。背中を倒すと、彼女が立てたであろう枕がテオを支える。

「支局の医務室です。アマルガム・ニーナは完全に焼失し、研究所には採取した灰とコアを送って報告しました。ジョアンナの遺体は検視に回しています。トビアスは病院で治療を受けており、エマが同行しています。命に別状ありませんが、合成義体の損傷が激しく、全身を強く打ち付けていますので、今日中の捜査復帰は困難だと、医師は判断しました」

「……そうか。無事ならいい。トビアスには、そのまま休んでもらおう」

テオはベッドに引っ掛けられていた上着から携帯端末を取り出し、エマに連絡した。それだけで疲れた気がして、テオは長く息を吐いた。上着を羽織り、ベッドから下りる。

「ニーナの言っていた『神父』と『子供たち』だが……」

「神父からのものと思われる手紙は、筆跡鑑定に出されています。下水道は地元警察が捜索しましたが、追跡不可能との結論が出ました。『子供たち』の行き先は不明です」

「……話が早くて助かるよ」

テオがカーテンの仕切りを完全に開いていると、イレブンはブランケットを畳み、長椅子に戻していた。医務室の備品としては心当たりがなく、テオは首を傾《かし》げる。

「どうしたんだ、それ」

「医務室の職員が『ここで待つならどうぞ』と、貸してくださったものです」

イレブンの言葉を聞いて腕時計を見下ろしたテオは、その時にやっと夕方になっていることに気付いた。自覚していた以上に長く眠っていたらしい。

「……トビアスはともかく、俺は怪我《けが》してなかったってのに。時間のロスだな」

「精神的なショックによる失神を起こしたと見受けられます。炎が、いけませんでしたか」

イレブンは、常と変わらない表情でテオを見上げていた。意識を失う間際《まぎわ》、彼女の瞳が大きく見開かれたことを、テオは覚えている。テオは細く息を吐き、「いや」と首を横に振った。

「気にするな。むしろあの状況で、よく間に合わせたよ」

イレブンは「そうですか」と言うだけで、それ以上踏み込まない。その態度をありがたく思いながら、テオは医務室から出た。半歩後ろを、イレブンがついてくる。

「……ダニエルは、研究所からアマルガムを盗んで逃走。ニーナの遺体を捕食させることで擬態に成功させたが、病気か何かでダニエルは死亡。残されたアマルガムは『ニーナ』に擬態し続け、歪《ゆが》んだ形でダニエルの望みを叶《かな》えた。……そんなところか？」

「生きた人間ならともかく、遺体を捕食してもアマルガムにできるのは生前の姿を復元するのが限界です。ニーナとして振る舞うことはできません。ダニエルは形だけ蘇《よみがえ》ったニーナを見て、妻はもう戻らないと悟り、絶望のあまり病に倒れたのでは」

「そうか……難しいのか」

「はい。それこそ、ハウンドでなければ。あの低品質なコアで、ニーナの姿を保ち続けたことは、奇跡と呼べる確率でしょう。研究所にとっては貴重な成功例になりました」

イレブンは、静かに語る。その言葉を聞いていると、テオはイレブンが家に来た初日を思い出した。部屋の様子から分析し、姿も知らない妹の姿に擬態しようとしたイレブンを。

「そう考えると、お前もよく妹に擬態しようとしたな。顔も知らないってのに」

靴音が止まる。テオが振り返ると、イレブンはテオを見上げていた。

「……あの時は、必要だと判断しました。私の擬態能力を買われたものと、推察して」

その声は、とても小さかった。チームとなって数時間で銃を抜かせるほど挑発したのが、まるで嘘《うそ》のように。最初からイレブンは、テオの望みを探っている。テオが言葉にすることを諦めて、理性で押し殺した望みを、自分ならば叶《かな》えてやれると。必死に。

「……あなたの傷を、深めましたか」

厄介な兵器だ。テオは率直に思った。感情はないと言いながら、不器用に気遣う獣。ニーナの焼却に躊躇《ちゅうちょ》せず、トビアスの負傷にも動揺しないのに、どうして彼女は時折、置き去りにされた子供のような、途方に暮れた顔で立ち尽くすのだろう。

「そんなことはない。……そんなことは、ないさ」

彼女に、テオを傷付ける意図はない。だからテオも、彼女にちゃんと話しておこうと思ったのかもしれない。イレブンに対して、テオは言葉が足りていなかったものだから。

二人でデルヴェロー支局から出ると、外は夕暮れ時で、人通りも多かった。イレブンを散歩に誘い、テオは市民公園へ向かう。多くの公共施設や商店に囲まれた公園では、老若男女《ろうにゃくなんにょ》が憩いの場を楽しみ、穏やかな光景が広がっていた。公園から見える多くの看板や広告にも「平和祈念式典に向けて」と謳うものが多く、人々の平和への期待を感じさせる。

テオがアイスクリームの移動販売車に立ち寄ると、店主はテオたちの捜査官バッジに気付いて、笑顔で「お疲れさん」と帽子を軽く浮かせた。テオは財布を取って言う。

「イレブン、好きなアイスを選べよ。奢《おご》るぞ。詫《わ》びと礼だ」

「私たちに好悪《こうお》の基準は……いえ、では、レモン味のものを」

「じゃあレモンシャーベットと、アイスコーヒーを」

注文まではよかったが、食べる習慣のないハウンドにとって、間食も一大事のようだ。両手でカップを受け取ったイレブンは、慎重に慎重に歩みを進め、テオが支払いを終えてもまだベンチに辿《たど》り着《つ》いていなかった。周囲が微笑《ほほえ》ましく見守る中、イレブンが真剣に報告する。

「テオ、氷が。氷が溶けます。シャーベットではなくなってしまいます」

「お前の歩き方なら滅多にこぼれないから。早く座って食え」

座ったら座ったでまたイレブンには困難が訪れていた。木製の匙《さじ》ですくって食べるという動きはできても、実際にシャーベットをすくうに至らない。結局、テオが手本を見せてからやっと、イレブンはすっかり柔らかくなったシャーベットを口に入れることに成功した。

「……やっと食えたか……どうだ？」

「冷たさ、甘さ、わずかな酸味と苦味を認識しました。同じレモンでも、飴《あめ》と異なります」

「まあ、氷と飴《あめ》を比べたらな。……お前にも苦手なことがあるとは思わなかったよ」

「形を整えた板の切れ端で細かい氷をすくう動作は、戦場では不要です」

とはいえイレブンもすぐにコツを掴《つか》み、二口目からは淡々とシャーベットを食べ進めていた。

テオはそれを横目に、アイスコーヒーを飲む。夕方の少し冷えた風が吹き抜けていった。

「……俺の故郷は、カデレンツァ国境沿いにある、クライヴァレーっていう片田舎でな。渓谷の、小さな村だ。そこで初の捜査局アカデミー合格者が出たとなって、村のみんなは喜んだが、両親は大反対してなぁ。俺はそれを押し切って、ここに来たんだ。捜査局アカデミーを卒業すれば、必ず捜査局に入れるから。村で暮らす子供にとって、捜査官は一番現実的なヒーローだったんだ。ずっと、将来は捜査官になりたいと思ってた……」

子供たちが笑いながら走っていく。無邪気に鬼ごっこでもしているようだ。

「……昔から、七つ下の妹が、俺を『ヒーロー』と呼んでたんだ」

「何かあったのですか」

「大したことじゃない。妹の失《な》くしものを見つけたとか、犬を追い払ったとか、その程度だよ。特別なことじゃない。でも、ヒーローと呼んでくれたんだ。たとえおままごとの延長でも、それに恥じない人間になりたかった。だから捜査官になって、人を守る仕事がしたかった」

風が吹く。気付けばコーヒーは空になり、テオは紙カップを握り潰した。

「……五年前。妹は、地元の中学を出て、こっちにある専門学校に進学してな。『入学祝いをしてよ』と言うが、当時は俺も金がなかったから、ここでアイスを奢《おご》ったよ。……そこからはあっという間だ。妹も行動が早くってな。入学が決まったらさっさと俺の家に荷物を運び込んでいた。後で聞いたら、俺と同居することが、両親の出した進学条件だったんだと」

「それで、あの部屋に」

「ああ。でも、すぐにデルヴェローの空襲が激しくなって、専門学校は閉鎖され、俺も捜査局に入って忙しくなってな。ここにいるよりはと思って、妹だけクライヴァレーに帰したんだ。両親も心配していたし、カデレンツァは同盟国だ。きっと大丈夫だろうと思って……」

今でも、テオの目に浮かぶ。その日、テオは妹を駅のホームで見送った。休暇が取れたらテオも帰郷すると約束して、妹は「父さんと母さんは任せて」と笑って電車に乗った。テオはそれを見送って、事件の捜査に戻ったのだ。それが最後になるとも知らずに。

「……事件が解決してすぐに、休暇を取らせてもらったよ。車に乗って、朝一で街を出た。でも遠いんだよ、クライヴァレーは。車を走らせて、気付けば夜更けだ。もうすぐだと休憩所で停車したところで、山の向こうが赤く光って、そして……辺り一帯、全て燃えた」

「……敵国による爆撃ですか」

「いや……カデレンツァが同盟を裏切り、奇襲を仕掛けたんだ。クライヴァレーを越えたら、陸軍の補給基地がある。集落も軍関係施設とみなして、奴らはまとめて爆撃した。だがすぐに撃墜されたよ。熱線を吐く、山のように巨大なアマルガムによって」

イレブンの動きが止まる。彼女は「それは」と小さく呟《つぶや》いた。

「アマルガムを出撃させる際は、非戦闘員を避難させる義務があるはずでは」

「あぁ。……だが、誰も逃げられなかった。奴《やつ》らに奇襲が成功したと思い込ませるために、避難指示はおろか、警報さえ出されなかったんだ。アマルガムの攻撃によってカデレンツァの初《しょ》撃《げき》は完膚なきまでに潰され、そのためだけに、俺の家族は、故郷は全部、焼き払われた」

未《いま》だに、テオは忘れられない。周囲が止めるのも聞かずに車で故郷に向かい、焼け落ちた橋を避けて無理やり歩いて川を渡り、肺まで燃えるような熱の中を、必死に走ったことも。瓦礫《がれき》と化した家、その隙間から力なく垂れる腕を見た時の絶望も。

ふと、冷たい手が頬に触れる。イレブンが、結露で濡《ぬ》れた手をテオの頬に当てている。人並みの柔らかい表皮を持つ、人間と似て非なるモノの手。それが、頬に垂れる水滴を拭う。

彼女は「テオ」と囁《ささや》いた。テオが顔を上げると、彼女はいつもと変わらない表情で、しかし気遣うような静けさで、テオの瞳を覗《のぞ》き込んだ。

凪《な》いだ、灰色の瞳。それを見てやっとテオは、イレブンの手は最初から乾いていたと気付いた。濡《ぬ》れているのは、テオの頬の方だ。ああ、と声もなく呻《うめ》いたテオに、彼女は尋ねる。

「痛むのですか」

「……ずっと痛い。あれから、ずっと……」

抽象的な問い。テオの答える声は、酷《ひど》く小さなものになった。

火が消えて、やっと遺体を回収できても、身元確認が困難なほど真っ黒に焼けた家族を前に、テオは現実を受け入れられなかった。手がかりは、妹の腕、両親の胸元に溶け残った金属だけだった。過去に贈ったブレスレットとペンダントと、ネクタイピンだ。こんなことのためにテオは家族にプレゼントしたわけじゃない。決して、そんな再会をするためではない。

小さな集落が全滅したところで、陸軍の責任を問う動きはなかった。世間は同盟国の裏切りに憤ることはあっても、テオの家族の死を悼むことはなかったのだ。一人残されたテオは怒りと悲しみで破裂しそうで、自身にとってヒーローの証であるバッジを置くしかなかった。

「……葬儀を終えて、その足で軍隊に志願したよ。カデレンツァに裏切りのツケを払わせたら、少しは楽になれると思って」

「カデレンツァはアダストラの報復で首都が陥落し、降伏しましたが……」

「そう。なのに、一つも……楽になんて、ならなかった。虚《むな》しいばかりだ」

カデレンツァ降伏の報《しら》せを、テオは別の前線で聞いた。士気を上げる周囲と対照的に、テオの頭は冷えていった。その程度の国のせいで家族が死んだのかと思うと、反吐《へど》が出た。

「あれからずっと、炎を見る度に思い出すんだ。生きたまま焼かれた彼らが、どんなに苦しんで死んだことか……。考える度に、自分が生きていることも許せなくなるんだ。生きている以上は、妹が自慢のヒーローだと言ってくれた人間でいたい。でも思い出したら……」

妹は、夕焼けに照らされながら笑って、テオに言ったのだ。

兄さんは、ずっと昔から私のヒーローよ。

捜査官になって皆のヒーローになる前から、兄さんはとっくに、ヒーローなの。

とん、と。頬に布が押し当てられる。見れば、イレブンがわざわざ袖を伸ばして、テオの頬を拭っていた。皮膚を擦らないように、細心の注意を払って、イレブンは言う。

「命令してくださったらよかったのに」

テオは思わず彼女を見つめた。凪《な》いだ瞳に温度はない。しかしどこか優しかった。

「きっと、あなたが満足するまで、何度でも死んで見せたのに」

「……イレブン、俺は……」

「でも、それをしないからこそ、テオは、テオなのですね」

新たにこぼれた涙を、白い指先が拭う。夕焼けを反射して、灰色の瞳は温かく煌《きら》めいた。

「理性的にご自身を律して、復讐《ふくしゅう》に長く身を投じず、ご家族の誇るヒーローを続けている。私はあなたの志を尊重します。どれだけあなたが、自分の命を許せずとも」

「……そういう言葉を、俺が欲しがっていると思ったのか？」

「いいえ、テオ」

颪に、頬が乾いていく。テオのひねくれた呟《つぶや》きに対しても、イレブンは静かに応じた。

「これが、私の『寄り添う』です」

それだけ言って、イレブンはテオからカップを取り上げた。ゴミ箱までカップを捨てにきたイレブンに、アイスクリーム屋の店主が笑顔で声をかける。それに応じているイレブンの姿はとても自然で、人間ではない兵器には、やはり見えなかった。

イレブンは表情も態度も一定だ。彼女はずっと静かで、温度を感じさせない。冷たいわけではなく、拒絶も否定もない、穏やかな受容は、たとえ誰かの模倣だとしても、テオをベンチから立ち上がらせるには十分だった。手の甲で目元に触れても、もう濡《ぬ》れていない。

「……落ち着きましたか、テオ」

「ああ。……捜査を無駄に中断させちまって、悪かった。ちゃんと、話しておきたかったんだ。……もう五年も経《た》つのに、情けないことかもしれないが」

「時間の感覚は、個人差があります。あなたにとって『まだ五年』というだけです」

「……そう言ってくれるのは助かるよ」

テオが歩き出すと、イレブンも半歩後ろをついてきた。だがふと彼女は口を開く。

「私はあなたの志を尊重しますが、理解はできません」

「そうだろうな。兵器に感情はないんだろ?」

「しかし同時に、『喪失』を原因とする『悲嘆』『憎悪《ぞうお》』『哀惜』を抱く人間は、往々にして、その経緯を明かすことに動揺し、隠そうと防御行動を取ることも、知っているのです」

テオは思わず足を止めた。数歩先でイレブンも立ち止まり、くるりと振り返る。

ホワイトブロンドの髪は夕焼けに染まり、赤毛のような色合いになって風に揺れていた。

「傷を明かしたあなたは決して、『情けない』ではない。妹さんの誇る『ヒーロー』です」

イレブンは言うだけ言うと「捜査に戻りましょう」と踵《きびす》を返《かえ》した。その背中は、線の細い少女のものでしかなかった。そこに、お気に入りのワンピースを着た後ろ姿が重なる。

ヘザー。七つ年下の妹。ヒーローと呼んでくれたのに、守ってやれなかった妹。

まだ、ヒーローと呼んでくれるだろうか。お前の誇れる捜査官でいられるだろうか。

春風に押されるようにして、テオはイレブンの後を追いかけ、艶やかなホワイトブロンドをぐしゃぐしゃと撫《な》でた。乱れた前髪の間から、イレブンがきょとんと見上げてくる。

「ありがとう。……色々」

「……『どういたしまして』、ですね」

いつもの調子で、しかし慣れない様子でイレブンは言う。テオは落ち着かない心地になり、「合ってる合ってる」と雑にイレブンの頭を撫《な》でた。

奇妙な間柄だ。だが名前の付けられない距離に、テオは少しだけ居心地の良《よ》さを感じている。

オフィスに戻ると、ちょうど筆跡鑑定の結果と、薬物取締《とりしまり》部からの報告が届いていた。

「……神父トム・マッケンジーは、ジム・ケントの大学時代の論文と筆跡が一致したか。合成義体の技術と、ニーナの『子供』が目当てでペンリーに接触したな」

「薬物取締部《とりしまり》からの報告は、何ですか」

「彼らは元々、不正使用等を見張るために、医薬品の流れを監視していてな。その監視網から、合成義体の手術後に処方される薬の流れを追ってもらったんだ。市販の薬じゃ代替できない抗生物質があるから、連中も必ず仕入れるはずなんだが……」

薬物取締部《とりしまり》が絞り込んだのは、全部で五か所。どれも民間支援団体やアパートのようだ。

「……最寄りでしたら、ここから車で二時間弱です」

「行くだけ行ってみるか。他に手がかりもない」

不本意だったが数時間眠ったことで、テオの体調も悪くない。急いで住所の場所へ向かった。

■

テオが車を停《と》める頃には、辺りはすっかり暗くなっていた。民間支援団体の拠点として登録されている建物を離れたところから窺《うかが》い、テオは眉根を寄せる。

「明かりが点《つ》いていないな。手術の時にしか使わないのか？」

「この時間ですから、営業時間外として消灯されていても珍しくないでしょう」

車を降り、テオは銃を握って建物に駆け寄った。三階建てのビルに、同じ形の民家が三つ隣接しており、敷地《しきち》は広い。だが見張りや番犬もおらず、警備システムも見られない。

「……イレブン、アマルガムの気配は」

「ありませんが、静か過ぎます。罠の可能性も」

テオは息を整え、扉に手をかけた。呆気《あっけ》なく、扉は開く。暗く、静まり返っている。そして、生臭い血の臭いが漂っていた。

懐中電灯を点《つ》け、銃を構えながらテオはビル内に入ったが、いくらか歩く間もなく銃をホルスターに戻すことになった。人の気配はどこにもない。生きた人間の気配は。

「……どうなってんだ、これは……」

テオは呆然《ぼうぜん》と呟《つぶや》いた。一歩踏み出した先で、ばしゃりと水音が上がる。

屋内では、ありふれた日常が唐突に寸断されていた。料理、遊び、語らい、祈り、その最中のまま腹部に大穴を開けた死体が、ばたばたと倒れている。それも女子供、老人ばかり。足の踏み場もないほどに、床は血の海となっていた。食後の穏やかな時間が唐突に引き裂かれ、人々は何が起こったのかと驚き、理解できないといった顔で息を引き取っている。子供も、玩具や絵本を握ったまま、あるいは腹を押さえるような手をして、倒れていた。

全員が同じ服装。屋内のあちこちに山羊《やぎ》と天使の意匠があり、大陸地図と教義が貼られている。宗教団体として共同生活を送っていたローレムクラッドの拠点に間違いなかった。

礼拝堂の長椅子では、誰もが天を仰ぐようにして事切れている。腹部の穴からは、傾斜もないのに血痕が続き、何かが這《は》いずって移動したことは間違いなかった。

　懐中電灯で辺りを照らしていたテオは、一枚の絵画に気付く。剣を掲げ、民衆を導く女神だ。輝く光を紡《つむ》いだような長い髪に、白い衣が揺れる。その近くにある教壇を見たテオは、息を呑《の》んだ。彼らの聖典であろう書物に隠すようにして、一枚の写真がある。軍服姿の、イレブンの横顔を撮影したものだ。裏には「天使」と走り書きがある。筆跡の特徴からして、ジム・ケントのものに間違いない。

「テオ、こちらへ」

　突然声をかけられ、テオは振り返った。イレブンだ。写真を懐《ふところ》に入れ、テオは慌てて彼女の後を追い、そして、建物の裏手に出て愕然《がくぜん》とする。

　敷地《しきち》の傍《そば》を流れる水路。建物という建物から続く血痕は、そこで途切れていた。

CONFIDENTIAL

五章
忠実な兵器たる猟犬
CHAPTER 5

AMALGAM HOUND

Special Investigation Unit,
Criminal Investigation Bureau

オフィスに集まったテオたちの表情は、一様に優れない。トビアスは空の左袖を揺らし、溜《た》息《め》を吐《つ》いた。彼の視線はボードに張られたイレブンの写真に向けられている。

「……やっとローレムクラッドの拠点を見つけたっていうのに、ジム・ケントの手がかりはなく、見つかったのは山ほどの死体と、イレブンの写真か」

「隠し撮りよね、これ。イレブンは気付いた？」

エマが心配そうに尋ねたが、イレブンは表情を変えず「いいえ」と答えた。

「情報が少なく、いつ撮影されたか判別できません。申し訳ありません」

「写真があったのは気になるところだが、イレブン狙いだとしたら、あまりにも動きがなさすぎる。今は、ジム・ケントとローレムクラッドの狙いから考えよう」

テオは地図に刺した五つの青いピンを示した。

「現在把握している拠点は五か所。どれも建物の一部を改造し、合成義体の手術ができるようにしている。同時に、信者を拠点に集めて共同生活を送らせていた。だが、どの拠点でも、そこで暮らしていた信者は腹に穴を開けて死亡した。女子供、年寄りばかりだ」

「……酷《ひど》い話。男は移動させて、他の信者はアマルガムを作るために捨てたなんて」

エマは顔をしかめた。トビアスの表情も険しい。

「大勢の信者を生贄《いけにえ》にして大量のアマルガムを製造し、男はおそらく兵士にした。ローレムクラッドの戦力は十分だ。準備は整い、いよいよ行動に出ようとしているのは間違いない」

「大陸統一主義に従って動いているなら、最終目標は大陸の統一支配だ。アマルガム製造と同様に段階を踏むのであれば、戦力を整えた今、次は第一目標の攻撃になるわけだが……」

「……それが、イレブンを見つけた場所である、デルヴェロー市ってこと？」

「理由としては少し弱いようにも思えるが、他に根拠があるとしたらどこだ？」

テオがアダストラの全国地図を出すと、エマは難しい顔をして隣から覗《のぞ》き込んだ。

「……アマルガムの生まれた場所なら研究所、国の中心部なら首都になるじゃない？」

「どっちも軍の守りが堅い場所だ。第一歩に選ぶには、難易度が高いよ」

トビアスの指摘を受けて、イレブンが言った。

「デルヴェロー市は、他の都市に比べて軍の影響力が小さく、要請を受けても軍の到着まで時間がかかります。また、国内有数のシェルター保有都市です。一人当たりの避難経路も多い。デルヴェロー攻略に成功すれば、力の証明に成功し、賛同者を募ることができるのでは」

「……なるほど、手堅いわね。むかつくから絶対宣伝させないわ」

エマは憤《いきどお》りを隠さず腕組みをして言う。子供っぽい仕草にトビアスは小さく笑うが、すぐに表情を引き締めた。

「……今まで潜伏していた男が、急に姿を現した。一番派手な舞台を選ぶはずだ」

「できるだけ大勢に、大々的にローレムクラッドの名を広めたいわけだな」

「……やだ、ちょっと待って。それって……」

テオとトビアスを見て不安そうな顔をしたエマは、オフィスのカレンダーを振り返った。

平和祈念式典の日付が、大きく赤い丸で囲まれている。

■

テオは、屋上に立って目を閉じるイレブンを見つめた。雲色の髪が風になびき、透き通るように肌は白く、小さな唇はミルクに花弁を沈めたようだ。感情の滲《にじ》まない穏やかな無表情と、中性的で華奢《きゃしゃ》な肢体。正体を知らない人間が見れば、彼女を天使だと勘違いするだろう。

ローレムクラッドの信者全員にイレブンの存在を周知していたら、銀行強盗で逮捕した三人はイレブンを見て怯《おび》えなかったはずだ。ジム・ケントはどこかでイレブンを見つけて、自らの掲げる「天使」に近い見た目だから彼女の写真を撮ったのだろうか。それとも、最初からイレブンの正体を知っていて、写真に残すほどに執着したのか。

いずれにせよ、未《いま》だに手がかりはない。

ローレムクラッドの施設は隅々まで調べたが、映像や文章の記録はなく、銀行口座を追っても口座の持ち主は腹に穴を開けて既に死んでいる。施設に出入りするトラックの目撃情報はあったが、移動した先は摑《つか》めない。監視カメラの映像、通話記録、ダニエル・ペンリーの残した膨大な数の記述、あらゆるものを隈《くま》なく調べているが、手応えがないのだ。下水道の捜索も空振りに終わり、アマルガムの捕食行動も発見できなくなっていた。

イレブンが目を開け、テオを振り返る。灰色の瞳は今日もまっすぐこちらを見ていた。

「だめです。コア反応、感知できません」

「……やはり、難しいか。コアも相当小さくなっているだろうな」

ローレムクラッドが扱っているアマルガムは、ニーナのコアを分け与えられたものだと想定された。ニーナの時点で追跡が難しかった以上、その子供を追うのは不可能に近い。

「捕食行動も見られませんし、アマルガムは活動を休止し、命令が出るまで待機していると推測されます。その場合、周囲環境に擬態されると人間では調べられません。私が下水道を巡回するという選択肢もありますが……」

「いや、それは有事の際に困るから、やめてくれ。……アマルガムの反応には気を配るだけでいい。ジム・ケントの行方を知る手がかりがないか、一から見直すぞ」

「了解しました」

時間の猶予はない。なのに手がかりは見つからず、日に日に焦《あせ》りは募る。

ローレムクラッドとジム・ケントの行方を摑《つか》めないまま、平和祈念式典の日だけが刻一刻と迫っていた。

■

イレブンが廊下でテオが出てくるのを待っていると、エレベーターが止まった。顔を出したジェイミーがイレブンを見て笑顔になり、歩み寄って来る。

「やあ、イヴ。今日の平和祈念式典、参加するの？」

「いいえ。仕事です」

「そっか……忙しいんだね。オシャレとかもしない感じ？」

「はい。不要ですので」

イレブンは常と同じ服装で立っていた。対してジェイミーは、ジャケットを羽織り、ネクタイを締めている。カジュアルな服装の多かった彼にしては珍しい格好だった。イレブンはそこで会話は終了したものと判断していたが、ジェイミーは離れない。

「まだ何か」

「あ、うん、まあ……。その、よかったら、君と平和祈念式典に参加できたらと思ったんだけど、仕事なら、うん……一人で行こうかな」

「お一人で問題ありません。平和祈念式典は、祈りと鎮魂の場です」

「そ、そうだね……ごめん……」

ジェイミーは肩を落とし、『落胆』に該当する様子で応じた。何か対応を間違ったらしい、とイレブンも察知はしたが、テオの支度ができる気配を感じて振り返った。革靴が床の小石を踏み、音を立てる。見れば、ジェイミーが再びエレベーターに戻ろうとしていた。

「じゃあ、行くね。イヴは、その、お仕事、頑張って」

「はい。ありがとうございます」
「……あのさ、イヴ。変なこと言ってると思うだろうけどさ」
ジェイミーは後頭部を掻《か》き、足元を見ながらイレブンに体を向けた。
「……初めて君を見た時、真っ白で、とても綺麗《きれい》でさ、きっと天使なんだと思ったよ。だから
その、少しでも君に近付きたいと思ったんだ。なんとしてでも」
「私は、天使ではありません」
「あはは、うん、君ならそう言うと思ったよ。……世界は醜いものだけど、君みたいに綺麗《きれい》な
子がいるなら、少しは愛せる気がしたんだ。君みたいな子がたくさんいたらな、って」
ジェイミーは「なんてね」と笑顔で手を振り、エレベーターに乗り込んでいった。イレブン
はただそれを見送ったが、彼の態度に引っかかり、その場に立ち尽くした。
合わない視線、筋肉の緊張から不自然になった笑顔、落ち着かない手付き。パターンとして
は『緊張』『不安』『焦燥』に該当する。しかし彼の目だけに注目すれば、それは『羨望《せんぼう》』『懇
願』に近いものだと判断できた。先ほどのジェイミーの態度は「秘密の告白」だ。
（……彼は最初から、私に対する興味を示していた。秘密にはならない。秘密に該当するとす
れば最後の言葉。世界は醜い、けれど私のようなものが増えれば愛せる……）
過去の経験から類似するパターンを探したが、イレブンには結論を出せなかった。愛を抱く
ことのないアマルガムが増えたところで、世界の何を愛せると言うのだろう。

（……人間は、容易に私の理解を超える）

イレブンは捜査官バッジを握りしめ、玄関から出てきたテオを出迎えた。

捜査に進展がないまま、平和祈念式典当日は来てしまった。

■

大陸戦争の戦没者を悼《いた》み、平和を祈る式典が開催される。

市民の暮らしはやっと落ち着いてきたものの、帰ってきた人々、帰ってこなかった人々、まだ行方の分からない人々がいる。癒えぬ傷を抱えた者はあまりに多い。

犠牲者の魂が安らぎを得られるよう祈り、これからの平和に期待する日が来たのだ。

街は平和祈念式典を歓迎し、明るい雰囲気に満ちていたが、捜査局内はどこも緊張感に満ちていた。刑事部のフロアも同様で、テオはネクタイを締め直す。

「諸君、分かっているとは思うが、今回の平和祈念式典について、懸念《けねん》事項は多い。ジム・ケント率いるローレムクラッドが事件を引き起こすことは確実だ。ここデルヴェロー市では特に警戒し、市警と連携しながら担当地域の警備を行う。各自、二名以上で行動し、異変はすぐに無線で報告し、共有するように。担当地域はリストで確認を。始めるぞ」

パロマ部長がミーティングを終えると同時に、一斉に捜査官が動き出す。

デルヴェロー市で行われる式典は、他の都市と比べるとシンプルだ。市長や勲章を得た軍人の挨拶や献花など、一般的なものとなっている。中央公園だけで開催されることもあり、警備で外に出る者と捜査局で待機する者とで分担することもできた。

エマは溜息《ためいき》を吐《つ》き、中射程の魔導小銃《カタラ》を抱えて憂鬱な顔をした。

「……本当に大丈夫かしら。市長はいまいち話を分かってくれなかったし……」

「信じて、全力を尽くすしかない。……俺たちも銃火器を用意するのが精一杯だ」

テオは自分の銃を確認してからホルスターに収めた。平和祈念式典の会場では、特殊部隊所属の隊員が巡回し、高所は狙撃班が押さえている。さすがにこれ以上の準備はできなかった。

「ジム・ケントが変装して会場内に潜伏している可能性もある。老若男女《ろうにゃくなんにょ》問わず、全員警戒するぞ。慌てず、冷静に、連絡は密に。以上だ。行こう」

話を打ち切り、テオたちは二手に分かれて車に乗り込んだ。イレブンが口を開く。

「なぜ市長は、開催地の変更を受け入れてくださらなかったのでしょうか」

「市長は欠片《かけら》も信じちゃくれなかったからな。だが、仕方ない。空襲の心配もない空の下で、一人じゃないと実感しながら祈りたいっていう市民は、大勢いるんだから……」

テオが車で割り当てられた地区へ向かうと、既に多くの人がメインストリートを歩いていた。喪服に身を包み、花を手に歩く人々は、脅威のない安心感と、大切なものを失った喪失感に挟まれ、表情は複雑だ。百合《ゆり》を始めとした白い花を手に、人々は行く。葬列のように。

■

中央公園の時計塔が鐘を鳴らし、十二時を知らせた。平和祈念式典が粛々と開始される。

市長の挨拶から始まった式典は、戦没者たちへの慰霊の言葉、遺族を支援する民間組織の言葉と続き、順調に進んでいた。

やがて、デルヴェロー市出身の陸軍曹長ジョン・ヘーゼルダインが、拍手を浴びながら壇上に立つ。いくつもの勲章を胸にはにかんだ曹長は、マイクを通して快活な声を響かせた。

『……多くの戦場へ赴きましたが、今日ほど緊張した日はありませんでした』

ヘーゼルダインはそう言った。その言葉通り、彼の手は震えていた。

『生き残った者として、故郷に帰ることのできなかった者たちの死を、忘れることはありません。彼らは全力で戦い、彼らこそが勝利を摑《つか》み取《と》った英雄であることを、どうか皆さんも覚えていてください。大切な人の笑顔を、どうか忘れないでください』

晴れ渡った空を、高く鳴きながら鳥が飛び去っていく。最前列に座っていた参加者は、ふと、ヘーゼルダインの右手がやけに震えていることに違和感を覚えた。いくら緊張していたとしても、それは尋常ではなかった。ヘーゼルダインは続けて言う。

『この場所に、こうして無事に立てたことを、私は幸運に思うとともに、生き残った者として一つの決意を固めました。この悲劇を繰り返さないために、戦場で起こったことを記録に残すこと、戦争の起こった原因を風化させないことです。戦死した仲間たち、亡《な》くなった方々の、魂の安らぎを祈るとともに、私たちが最後の英雄となることを願います』

そう言って、ヘーゼルダインは両手を広げた。空から降ってくるものを受け止めようとするかのように。そして彼は、高らかに言い放った。

『ロ、ー、レ、ム、ク、ラ、ッ、ド、に、栄、光、あ、れ』

その場にいた誰もが、彼が何と言ったのか理解が遅れ、呆気《あっけ》に取《と》られた。

刹那。その空白を、肉と骨を体内からこじ開ける音が切り裂く。

ヘーゼルダインの上半身は、胸の内から鋭利な爪に貫かれた。

胴体は縦に真っ二つに切り裂かれ、鮮血が噴き出し、会場中から悲鳴が上がる。

子供の目を塞ぐ親の手は間に合わず、甲高い叫び声が響いた。

誰もが椅子を蹴倒し他人を押しのける勢いで逃げ出す。

それを、ぎょろりと動いた眼《め》が見据えた。

白い粘土質な体をがくがくと揺らしながら、ヘーゼルダイン曹長の肉を脱ぎ捨て、大勢の標的を前にして、自律型魔導兵器《オートマトン・アーツ》――アマルガムは、猛々《たけだけ》しく咆哮《ほうこう》した。

■

「異常事態発生、異常事態発生！　式典会場内でアマルガムが出現！　各班はただちに事態の鎮圧に当たれ！　繰り返す――」

無線で知らせながら、狙撃班はアマルガムへの攻撃を開始した。ライフル弾は貫通しているが、大して効いている様子はない。ぎょろぎょろとした眼《め》が的確に狙撃位置に向けられたのを見て、誰もが戦慄した。

「これが、これがアマルガム……！」

「班長！　コアの位置には命中していますが、効果はありません！」

「諦めるな！　コアが小さいだけだ、撃てば当た――」

部下を鼓舞しようとした班長の頭部が、突如刎《は》ね飛《と》ばされる。何が起こったのか、理解できなかった一瞬の隙がその場にいた者全ての命運を分けた。

床には鈍い水音が響き、傾いたライフル銃が音を立てて倒れる。

黒装束の者たちは、山羊《やぎ》のマスクの内側で勝利を笑い、次の獲物を探しに出た。

■

平和祈念式典を襲った異変は、メインストリートにいたテオたちにも即座に伝わった。

『緊急連絡、緊急連絡、中央公園にて発砲あり。アマルガムの出現、武装組織による襲撃あり。特殊部隊はただちに対処し、各班は迅速な避難誘導を――』

無線からは堰《せき》を切ったように連絡が入る。矢継ぎ早に入って来る情報を整理する間もなく、テオはなだれ込む市民たちをシェルターへと誘導した。

大陸戦争を機に整備されたおかげで、幸いにもメインストリートからシェルターに繋がる通路は多い。倒れた者が他の市民に踏まれる前に駆け寄り、足腰の弱い者は手を取って支え、テオは誘導のために走り回った。トビアスたちと連絡は取れておらず、無線の情報は錯綜《さくそう》していた。誰もが連絡を試みて負荷が大きいのか、携帯端末も通話機能が制限されている。

目の前で転んだ子供を急いで抱き上げ、テオは目に涙を浮かべた親へと預けた。

「大丈夫ですからシェルターへ。坊や、お母さんから決して離れるんじゃないぞ、約束だ」

「車椅子が通行します、ご協力ください」

場違いなほど涼しい声が聞こえたかと思うと、イレブンが車椅子ごと老人を抱えて走っていった。まったく頼もしいことだと息を吐いたテオの耳に、やっと刑事部からの無線が入る。

メインストリートの避難完了まで残り二十パーセントを切り、手が空いた者から中央公園の応援に向かうよう、パロマ部長から指示が出ていた。シェルターから戻ってきたばかりのイレブンに伝えると、彼女はすぐに瞼《まぶた》を上下させる。

「了解しました。トビアスとエマは、まだ避難誘導中で持ち場を離れられないそうです」

「分かった。俺たちは先に行くぞ」

後は警官たちに任せ、テオはイレブンを連れて中央公園へ走った。

多くの人々が集まっていたはずの広場を見て、テオは目を疑い、絶句した。

地面は踏み散らされた白い花で見えなくなり、いくつもの死骸が埋もれている。

元は人間だったのだと認識するには、あまりにも損傷の激しい遺体ばかりだった。明確に形を残しているのは、防弾ベストを着用した上半身や魔導抑制器《アーツ・リジェクター》の破片ぐらいなものだ。

痛ましい状況に、テオは眉を顰《ひそ》めた。ふと、近くに倒れていた警官に駆け寄る。無造作に転がされたとしか思えない彼の背中には、銃弾がめり込んでいた。着弾した様子から見るに、格安で手に入る量産型のマシンガンに使われる銃弾だ。

武装組織とアマルガム。特殊部隊がいてもこれでは、シェルターも耐えられるかどうか。

テオは歯嚙《はが》みしたが、物音を聞いて即座に銃を構えた。

式典用に設置されたステージが殴り飛ばされ、砂埃《すなぼこり》とともにアマルガムが現れる。

泥人形に似た白い肉体。戦場で目にした個体よりも小さいが、頭は既に街灯よりも上に位置している。その巨体の半分を占めるのは、腹部に作られた口だった。血に濡《ぬ》れた牙を剝《む》き、口《くち》端《ばた》に引っかかった腕を骨ごと嚙《か》み砕《くだ》いて咀嚼《そしゃく》する。

捕食に特化した姿、四つ足で起き上がり首を伸ばす仕草、全てが異様だった。

遠くからは新たな悲鳴と銃声が聞こえる。援軍は期待できない。

テオは静かに撃鉄を起こした。

「イレブン、拳銃であいつのコアを破壊できると思うか」

「装甲を確認します。コアが露出し次第、射撃してください」

イレブンは簡単に言ってのけて、軽やかに地を蹴った。

大きく口を開け、アマルガムはステージを破壊しながら突進する。怖気立《おぞけだ》つほどの絶叫を響かせ、死体を踏み散らす。だがイレブンは怯《ひる》まない。彼女は両脚をブレードに変換すると、血と死肉を滑って巨軀《きょく》をくぐり抜け、素早くアマルガムの脚を斬り払った。軽やかに着地するイレブンとは対照的に、アマルガムは鈍い音を立てて血の海に落ちる。

アマルガムは、腹の口で亡骸《なきがら》を貪りながら起き上がった。その緩慢な貪食が終わるのを待たず、イレブンは高く跳躍する。銀のブレードが鋭く陽光を反射し、三日月の軌跡を残す。落ちた首の断面から、赤い欠片《かけら》が覗《のぞ》いた。

テオは逃さず狙いを定め、引き金を引いた。

ガラスのように呆気《あっけ》なくコアが砕け散る。その瞬間、アマルガムは動きを止め、泥となって溶けていった。血と泥の入り混じった地面に降り立ち、イレブンはブレードの血を蹴り払ってから元の脚に戻した。

「装甲もなく、動きも遅い。しかしコアが小さすぎる。人間には対処が難しいですか」

「ああ……今みたいに目視できたらいいが、これを肉の上から正確に撃つのはきついな」

イレブンはテオのところへ歩いて戻ってきたが、ふと顔を上げた。その視線を追ったテオは、遅れてプロペラの音に気付く。見れば、プロペラ機が頭上を飛んでいくところだった。一拍遅れて、大量の紙がまき散らされていく。

同時に、街角の拡声器から音声が流れ始めた。淡々とした男の声だ。

『神の祝福を受け、時は満ちた。ローレムクラッドの祖は神より予言を受けた。すなわち、奪った命の数だけ楽園に近付くことができるのだ、と。故に我らはこのデルヴェローより、すなわち、我らが祖を迎えし天使の降り立つ地より、楽園の一端を成す。かつての流浪《るろう》はこの日に備える試練に過ぎず。今この時より、大陸全土に同じ旗を掲げるため、神より遣わされし異形の天使とともに、この地を第一の礎《いしずえ》とせん。ローレムクラッドに栄光あれ』

放送が終わった瞬間、遠くから爆発音が聞こえた。ビルの間から黒煙が立ち上る。無線では相変わらずひっきりなしに通話が飛び交い、ろくに情報を選別できなかった。

ばらばらと、紙が降ってくる。目の前に落ちてきた紙を拾い上げると、ローレムクラッドの文字と例の絵が目立つように印刷されていた。安い紙で刷ったチラシだ。月桂冠《げっけいかん》をかぶり、剣を掲げた女が、髑髏《どくろ》の山を踏みにじり、誇らしげに立っている。

テオは舌打ちし、ビラを念入りに踏み潰した。

「ふざけやがって……。イレブン、他に反応は」

「周囲に敵性反応はありません。アマルガムはともかく、敵兵はどう対処しますか」

「……話を聞く相手じゃないが、殺せば奴《やつ》らの聖戦気分に拍車がかかる。あくまで逮捕優先だ。無力化に留《とど》める。それから……」

『――こち――イエ――ル――援求――――誰か――けて――』

突然、雑音混じりの音声が無線から聞こえた。運よくチャンネルが合っただけなのか、すぐに途切れてしまう。イエローヒル通りからの、管轄を無視した応援要請だ。

（……必死に、チャンネルの合う無線を探したんだとしたら、こいつの他は……）

テオは迷った。イレブンは確かに有力だ、一騎当千の実力はある。だがテオは、できて援護射撃と避難誘導がせいぜいといったところだろう。相手はとんでもない化け物だ。助けになるだろうか。そもそも、この無線の主はまだ生きているだろうか。

だが、テオの視界に、惨状と化した公園が入る。踏み潰された百合《ゆり》の花、血と亡骸《なきがら》の海と化した広場。祈るために集まっただけの、何の罪もない人々の、成れの果て。

「……テオ、どうしましたか」

イレブンが尋ねた。彼女の灰色の瞳は、何を前にしても静かで、波打つことを知らない。それを見ると少し落ち着いた気がして、テオは深く呼吸し、覚悟を決める。

市民を守ることが捜査官の使命ならば、わずかな可能性に懸けて走るだけだ。

「……救援要請だ。他の状況も分からんが、支援は望めん。俺たちだけで急行する」

「了解。同行します」

道路は乗り捨てられた車両で埋まり、走って移動するしかない。銃を握ったままテオが駆け出すと、イレブンは黙って従った。思えば、彼女が銀行強盗を一人で追跡してしまった時も、テオは走っていた。だが、今の方が心臓は痛い。

テオは倒れている人間を見つけては、脈を取り、息があればすぐにシェルターへ運び、そうでなければ歩道の端に寝かせた。倒れた人間がいる、脈と息を確認する、シェルターへ歩道へ運ぶ。見つける、確認する、運ぶ。見つけ、確認し、運ぶ。

疲れ知らずのイレブンのおかげで、作業と化したそれらは問題なく進む。だがテオの精神は摩耗する一方だった。

一人、また一人と死亡を確認し、テオは顔をしかめた。この調子では、あの無線の主も。

テオは拳銃を握りしめ、先を急いだ。並走していたイレブンがふと口を開く。

「報告。セーレ川通りから乗用車が一台接近中。アルデルタ通りから複数の敵性反応あり」

「っこんなことなら、マシンガン持ってくれれば、よかったな！　そっちは頼む！」

「了解。アルデルタ通りの対処を終えたら、すぐに合流します」

イレブンは言い終えるや否《いな》や、一人先に走っていき、街灯からビルの屋上へと姿を消す。テオは既に震え始めている膝を叱咤《しった》し、懸命に走り続けた。

■

ビルに降り立ったイレブンはアルデルタ通りを見渡した。感知範囲内に、アマルガムは四体、銃火器を所持した人間は三部隊。数少ない生存者は、既に敵の手にある。

人間は、アマルガムと共闘しているわけではない。捕食するアマルガムを追いかけ、見かけた市民を襲撃しているだけのようだ。決して訓練された兵士の動きではない。ただの、大量殺《さつ》戮《りく》を目的とした行動に過ぎない。市民も警察も問わず、全て殺し、捕食させている。

もしアマルガムがシェルターに気付き、効率的な捕食を覚えたら、どれだけの被害が出るか。

（……テオはそれを望まない。ならば私は、それを叶《かな》えるだけ）

イレブンは屋上の縁に立ち、標的がビルの下を通るまで待機した。アマルガムは次の獲物を探して、植木を薙《な》ぎ倒《たお》し、車を蹴《け》転がしながらやってくる。

それを待って、イレブンは自由落下による奇襲を選択した。

ブレードに変換した脚を振り下ろし、アマルガムの頭ごとコアを切り落とす。泥と化したそれが植木を潰すより先に着地し、即座に敵に肉薄した。銃弾を交差した腕で防ぎ、内臓を破裂させるつもりで胴体に掌底を叩《たた》き込む。相手は確かに怯《ひる》んだ。だが手応えは硬すぎる。

（――合成義体か）

イレブンは打撃による昏倒《こんとう》よりもブレードでの四肢切断を選んだ。合成義体の模造関節と接続神経を断ち切る確かな手応え。人間は苦悶《くもん》の声を上げて倒れ、地面に落下した手足はばたばたと勝手に動いていた。

合成義体への代替を進めた人間と、アマルガム。テオが単独で対処するとしたら、と試算したイレブンは、いくらかシミュレーションするより先に飛来した銃弾を握り潰し、マシンガンを奪った勢いを利用して相手のこめかみを強く殴り付けた。頭部はまだ人間のものなのか、足をもつれさせて倒れ、起き上がるのに苦労している。周囲に、生き残った市民の反応はない。

(――五分以内に敵を無力化し、速やかにテオと合流する)

イレブンは奪い取ったマシンガンを構え、最高速で駆け出した。

■

テオが限界を感じて足を止めるのと、セーレ川通りから普通乗用車が滑り込んでくるのはほぼ同時だった。息を切らせて様子を見ていると、車は放置車両に足止めされ、停車する。

運転席から慌てて飛び出したのは、着の身着のままといった様子の男だった。後部座席からは、幼い少年と身重の女が降りてくる。家族でなんとか逃げ出してきたのだろう。テオは捜査官バッジを握り、彼らに駆け寄った。

「捜査局です！　避難するならこっちへ！　急いで！」

男はテオに気付くと、少し安心したようだった。息子を抱き上げ、妻に手を貸しながらやってくる。彼らに怪我《けが》はないが、母親の方は歩くのが精一杯の様子で、走ることは難しい。テオは彼女に肩を貸し、悔しさに歯噛《はが》みした。この騒動で大きくストレスがかかったのだろう、彼女の息は荒く、顔は真っ青になっていた。

「奥さん、しっかり。シェルターなら医者もいますから、もう大丈夫ですよ」

テオの気を紛らわす程度の励ましに、母親は何度も頷《うなず》いて懸命に足を進めていた。不安がる息子は父親に任せ、テオは母親を連れて避難口へと急ぐ。

そこへ、突如大きな影が落ちてきた。

一体、何が。見上げるよりも、それが目の前に落下してくる方が速かった。

街路樹をへし折って着地したのは、トラックほどの大きさまで膨れ上がったアマルガムだ。散々捕食を繰り返したはずが、それでも足りずに虚《うつ》ろな目をテオたちに向け、巨大な牙をがちがちと鳴らす。ねとりと血糊《ちのり》が牙の間で糸を引き、錆《さ》び鉄の息を吐く。

テオは家族を背後に庇《かば》い、拳銃を構えた。

（……一撃で撃ち抜けるか？　ここまで巨大化した相手を？）

引き金にかけた指は震えていた。迷いと躊躇《ためら》いが隙を生む。突進してくるアマルガムを見て、背後から甲高い悲鳴が上がった。テオは反射的に撃つが、アマルガムは一切怯《ひる》まない。せめて家族だけでもとテオが逃げ場を探した瞬間、倒れた街路樹が思い切り振りかぶられ、アマルガムを横から薙《な》ぎ倒《たお》した。背中から転がったアマルガムは車の列に突っ込み、複数の盗難防止ブザーを響かせる。

道路に街路樹を放り出し、イレブンは常と変わらぬ無表情でテオを振り返った。

「ご無事ですか」

「おっ、お前は、本当に……！　っおい、後ろ！」

イレブンは即座に振り返り、投げ飛ばされた車を受け止めた。踵《かかと》がアスファルトを擦るが、彼女は表情を変えずに乗用車を放り、脚部をブレードに変えた。アマルガムはイレブンに向かって咆哮《ほうこう》し、車を掻《か》き分《わ》けながら体勢を整える。

テオはその隙に家族をシェルターへ連れて行こうとしたが、母親が苦悶《くもん》の表情で呻《うめ》き、腹を押さえてうずくまってしまった。血相を変えて、息子が母親へ駆け寄る。

「まだ出てきちゃだめ！　まだだめなの！　まだお腹《なか》にいて！」

子供の声は高く響いた。アマルガムのぎょろりとした眼《め》が、こちらに向けられる。無機質な眼差《まなざ》しだ。だが確かに子供の声に反応したことに、テオはぞっとした。

同じアマルガムと、武装の少ない人間。

今までの捕食でアマルガムがいくらか学習していたら、優先して狙うのはどちらか。

考える間もなく、アマルガムはおぞましい絶叫を響かせてテオの方へ駆け出した。イレブンがすぐさま飛び出し、ブレードでアマルガムの頭に斬りかかる。胸の半ばまで刃が食い込んでやっとアマルガムは減速するが、いくらイレブンでも片足では踏ん張れない。アマルガムはイレブンを薙《な》ぎ払《はら》い、細い体軀《たいく》は容易に投げ飛ばされてしまう。

イレブンは何事もなかったように着地したが、突如、彼女はがくりと膝を突いた。

じゅう、と肉の焼ける臭いと音、白煙。見れば、ブレードに変換した脚が溶けていた。

アマルガムの傷口から滴《したた》る液体は、一滴触れただけでアスファルトを溶かしていく。

「……とんでもねえ化け物生み出しやがって……っ！」

テオは吐き捨てたが、すぐさま息を呑《の》んだ。アマルガムがイレブンに目を向けたまま、車を持ち上げる。少年が何か叫んでいた。アマルガムは咆哮《ほうこう》し、車を放る。イレブンはアマルガムから視線を外さないが、脚の再生は途中で、まだ立てない。

テオは、頭が真っ白になった。

車に潰された程度で、イレブンは再起不能になるか？　否だ。

だがテオの脳裏に、過去の記憶が弾《はじ》ける。焼け焦げた家族。吹っ飛ばされた仲間。木端微塵《こっぱみじん》になった若い兵士。数々の被害者。白い花と肉塊。目の前で事切れた警官。遺体の山。

また見過ごすのか。また、目の前で命が零《こぼ》れ落《お》ちるのを、見過ごすのか？

気付けばテオは駆け出し、イレブンに覆いかぶさっていた。小柄な体軀《たいく》は簡単に抱え込める。

半ば倒れ込むようになったテオの頭上を物凄《ものすご》い重量の風が吹き抜けた。かと思うと、店のショーケースをぶち割る轟音《ごうおん》が響き、防犯装置のサイレンがけたたましく鳴り始める。

テオが起き上がると、イレブンは目を見開いていた。薄い唇が震えている。だが彼女は何か言う前にテオを押しのけ、再生した脚で力強くアスファルトを踏みしめた。

続けて飛来した乗用車を、イレブンは拳一つで殴り払う。

彼女はすぐさま駆け出し、イレブンは折れた道路標識をもぎ取った。再び走り出そうとしたアマルガムの頭上まで跳躍し、渾身《こんしん》の力で道路標識を振り下ろす。

めぎょっ、と凄《すさ》まじい音を立て、道路標識がアマルガムの頭にめり込む。粘液で溶かされようが構わず、イレブンは力尽くで標識を相手に埋め込み、肉を割り開きゴリゴリと音を立てた。その断面から微《かす》かに赤い欠片《かけら》が覗《のぞ》き、日光を跳ね返す。

「イレブン、動くな！」

テオは銃を構えて叫んだ。イレブンの表情こそ変わらなかったが、ぶわりと髪が広がり、さらに道路標識がアマルガムにめり込んでいく。再生したばかりの脚を道路に突き刺して、イレブンは強引にアマルガムをその場に押し留《とど》めた。

銃声。肩に伝わる衝撃。

コアを撃ち抜いたのだとテオが実感したのは、アマルガムが泥になるのを見た時だった。

テオは安堵《あんど》の息を吐いて、銃をホルスターに戻した。道路標識を放り出し、脚を道路から引き抜いたイレブンは、静かにテオのもとへ歩いてくる。

「お怪我《けが》はありませんか」

「……ああ、おかげで、無事だが……いや、そうだ、避難を」

テオは慌てて家族を振り返った。母親は苦しそうにしていたが、息子はぽかんとした顔でイレブンを見ていた。テオは何と説明しようか迷ったが、その前に少年が言う。

「お姉ちゃん、ちっちゃいアママガムなの？　テレビで見たよ、怪我《けが》してもすぐ治るって」

「はい、ミスター。私はアマルガムです」

イレブンは躊躇《ちゅうちょ》なく応じた。父親はぎょっとして目を見開くが、息子はイレブンに駆け寄る。彼女が膝を突いて目線を近付けると、少年は大きな声で言った。

「じゃあ、じゃあ、さっきのモンスター、全部やっつけてくれる？」

テオは目を見張った。少年はきつく両手を握りしめ、目には涙を浮かべていた。イレブンはゆっくりと瞼《まぶた》を上下させると、少年の瞳を覗《のぞ》き込むようにして言う。

「もちろんです、ミスター。あなたが無事に兄になれるよう、お約束します」

少年は表情を明るくすると、「約束ね！」と母親のもとへ駆け戻った。テオはイレブンの答えを意外に思いながらも、家族へ声をかける。

「今のうちに避難を。坊やはその調子で、ご両親を助けてやれ」

テオは改めて母親に肩を貸して彼女を立たせ、イレブンは先にシェルターへ走っていった。いくらか進む前に担架を持った救急隊員が駆け付け、家族は無事にシェルターへと避難していく。イエローヒル通りには、盗難防止のブザーとサイレンが響くだけになった。

敵の反応を探しているのか、違う通りへと視線を向けるイレブンへ、テオは歩み寄った。

「……イレブン、さっきは——」

「あなたは愚かだ」

普段の何倍も硬い声でイレブンは言った。テオが思わず立ち止まると、イレブンはゆっくり振り返る。常に凪《な》いでいたはずの灰色の瞳が、今は燃えるような輝きを湛《たた》えていた。

「なぜ、私を庇《かば》ったのですか。私はハウンドであり、車両と衝突した程度の損傷であればすぐに再生可能です。あなたが私を庇《かば》う、合理的な理由がない」

「それは、そうかもしれんが、でもお前は脚が溶けていたし、それに——」

「私は死なない、でもあなたは死ぬのです！」

イレブンは怒鳴った。彼女が声を張り上げるのは、これで二度目だ。テオは呆気《あっけ》に取《と》られたが、すぐにスーツの襟元を摑《つか》まれて視線をイレブンに戻す。彼女はまっすぐにテオを見つめていた。その灰色の瞳は、こぼれそうなほど揺れていた。

「人の脆《もろ》さは、あなたの方がよく知っているはずです。あんな危険を冒す必要がどこにあったのですか！　私を庇《かば》うぐらいならあの家族を避難させたらいい！」

「っ放っておけるわけないだろう！　お前が強いと、ハウンドだと分かっていてもだ！　危ないと分かってようがな、見捨てられねえんだよ！」

「だからと言って、投げ飛ばされた車両の前に飛び出す人がいますか！　一つ間違えたら、あ

なたは死んでいたのです！　私はあなたのハウンドだ、妹じゃない！」

テオはその場で突き飛ばされる。軽い力だった。だが、テオには確かな衝撃だった。呆然《ぼうぜん》としているうちに、彼女の表情が抜け落ちる。電源を切ったような唐突さだった。

「……失礼しました。兵器らしからぬ非礼、お詫《わ》び申し上げます」

「いや……俺こそ、悪かっ――――」

テオの発言を爆発音が遮る。いくつも車が吹っ飛ばされていき、銃声が響いた。人の叫び声、アマルガムの絶叫が聞こえてくる。休む間も、話す時間もなさそうだった。

■

エマは魔導小銃《カタラ》の照準を合わせ、素早く引き金を引いた。集合住宅の外壁によじ登っていたアマルガムに当たって弾《はじ》けた魔晶火器弾《シエル・マギリス》は、醜い巨体を氷で縫い留める。中庭を通過しようとしていたもう一体も氷で足止めし、エマは肩で息をしながら新たな弾を装填した。

この集合住宅は元々、地下がシェルターとなっている。おかげで住民はあらかた避難できたが、アマルガムの攻撃によって万が一シェルターの存在がバレてしまったら、全世帯の人間が死ぬ。その恐怖だけが、エマの震える照準を定めていた。

アマルガムは魔術への耐性が高いと聞いてはいたが、凍った端から割って抜け出そうとするのが厄介だった。雷電の方がいいのか、悩む間もなく次の弾を撃つ。魔力の消耗で、脳は燃えるように熱く、体の左側が麻痺《まひ》し始めている。それを振り払い、エマは肩越しに尋ねた。

「トビアス、そっちは？」

「厳しいな。頭以外、合成義体なのかもしれない」

「どうりで、銃も魔術も効かないわけね」

壁に隠れながら、廊下にいる敵兵に向かってトビアスが銃を撃つ。着弾音が妙だと思ったら、人間の方も細工済みのようだ。遮蔽にしている壁が銃弾の嵐で抉《えぐ》れていく。

抜け出そうとしたアマルガムをまた一体凍らせて、エマは振り返った。座り込んだ老夫婦が、きつく互いの手を握り合って縮こまっている。逃げ遅れたところを保護できたまではよかったものの、逃がしてやる隙がない。歯噛《はが》みするエマにトビアスが言う。

「エマ、廊下にモク焚《た》いてくれ。僕が行く」

「スモークのこと？　凍結の魔術を見て言ってるならタイミングってものが――」

「じゃあここは頼むよ」

エマが振り返った時には既に、トビアスは室外機と外壁を使って屋根に手をかけていた。呼び止める間もなく、彼の姿は上へと消える。動き始めたアマルガムの方に魔弾を撃ち込み、エマはポーチから試験管を取り出した。

「無茶振りも信用の証《あかし》よね、はいはい！　分かってるわよ！」

蓋を開け、一呼吸、魔力を吹き込むだけで薬液が激しく泡立つ。銃撃の止まった瞬間を狙って廊下に試験管を投げ込み、床に広がった薬液を魔弾で撃った。凍《い》て付《つ》いた薬液は瞬《また》く間《たま》に白煙を上げ、あっという間に廊下を覆う。

慎重に様子を窺《うかが》ったエマは、ふと煙が揺れたのを見て振り返った。

聞こえたのは銃声ではなく動揺した声と鈍い音だった。エマは息を殺し、老夫婦と一緒に身構えたが、突如倒れ込んできた男を見て飛び上がる。その男を踏み越えて、トビアスが笑顔で戻ってきた。真新しい合成義体の左拳は赤く染まっている。

「お待たせ、行こうか」

「……私、あなたが今一番怖いわ」

ぽつりと呟《つぶや》いたエマの声を、凄《すさ》まじい絶叫が掻《か》き消《け》す。どんな獣とも違う、人間が出せるとは到底思えない、全身に鳥肌が立つような、胸を掻《か》きむしるほどの不快感を呼ぶ声が、響く。

何事かと顔を上げたのは、エマだけではなかった。周囲のアマルガムも動きを止めて空を見上げたかと思うと、外壁を抉《えぐ》って声の方へと殺到していったのだ。

■

重傷者をシェルターに運び入れたテオは、急いで通りに出た。もう何体になるか分からないほどアマルガムを斬り捨てたイレブンは、ブレードから元の脚に戻してテオに歩み寄る。

「イレブン、今の声は？」

「おそらく、指揮官個体の声です。他の個体と明らかに声が違いますし、周囲の反応が一斉に同じ方向に動き始めました。集合の号令ではないかと推測します」

テオは少し悩んだ末に、ローレムクラッドから奪ったマシンガンを摑《つか》んだ。そろそろ拳銃の弾も心許《こころもと》ない。陸軍の出動要請は受理されているが、到着まではどうしても時間がかかる。しばらくはどうしても、テオたちで耐えるしかないのが現実だった。

「……一か所に集まっているなら、逆に好都合だ。市内に分散して捕食される方が困る」

「時間との闘いですから、その意見には賛同します。しかし、一か所に集まったアマルガムに対処できるのは、私だけでは」

「そこが問題だ。ロケットランチャーを扱ってる武器屋に心当たりは？」

「ありません」

イレブンは短く答えると、マシンガンに目をやってからテオに言った。

「私が単独でアマルガムに対処し、テオが避難誘導するのが効率的ではありませんか」

「それはそうだが、避難誘導するのにだって武器は必要だ。それに」

テオは息を吐き、マシンガンの弾倉をベルトの間にねじ込んだ。

「お前を一人で行かせたら、それこそ俺は自分を許せない。……行くぞ」

「……はい。行きましょう」

イレブンはそれ以上言わずテオに並んで走り出したが、ふと彼女は口を開いた。

「あなたの愚かしく非効率的で無茶な行動はまったく理解できませんが」

「悪かったな！」

「だからこそ、私のようなものが役立ち、必要なのだと判断できました」

「……それはいいことなのか？」

「あなたが『良《よ》いことだ』と、判断するのでしたら」

ちらと、イレブンはテオに視線をやって言う。テオは思わず目を見張った。彼女のいつも無表情な顔が、角度のせいか、目の錯覚か、ほんの少しだけ綻《ほころ》んで見えた。

イレブンの誘導で声がした方へ向かうと、曲がり角から車が転がってきた。その先で、トラック一つ分にまで膨張したアマルガムが、腹部の口で車を捕食している。運転席の窓からだらりと垂れた人の腕ごと、車は音を立てて飲み込まれていった。今や捕食の対象を選ばなくなっているのか、アマルガムは目の前の物であれば車だろうと街灯だろうと、先ほどまで一緒に行動していたローレムクラッドの兵士だろうと、摑《つか》んでは口に運んでいく。そんなアマルガムが通りに何体も転がっている様は、悪夢でしかない。

通りにあったマンホールが吹き飛び、突如水が噴出した。かと思うとそれはすぐさま形を取り、白く濁ったアマルガムの姿へと変わる。一気に肥大化した肉体はアスファルトの道路もビルも押しのけ、倒壊を始めたビルから今まで隠れていた市民たちが逃げ出した。

走り出した獲物を、いくつもの眼《め》が捉えた。怖気《おぞけ》立《だ》つ咆哮《ほうこう》が何重にも響く。

「イレブン、何としてでも、奴《やつ》らの相手を頼む！　俺は市民を誘導する！」

「了解。『何としてでも』排除します」

イレブンは短く応じた瞬間、半壊した車を両手で持ち上げた。逃げ惑う市民に突進するアマルガムの顔面に車をめり込ませ、さらに上から踏みつけて潰す。その隙にと抜け駆けした個体はテオが銃で撃ち、怯《ひる》んでいる間に市民を避難経路へと逃げ込ませた。怒り狂っているのか頭を振りたくるアマルガムにさらに銃口を向けたが、間もなく真っ二つに裂けて左右に倒れていった。鋭いブレードに転じた両脚が軽やかにアスファルトに降りる。

そうしている間にも、次々とアマルガムはなだれ込んできていた。動いているならばそれが人間でなくても反応し、転がっていくマンホールに食らいつくアマルガムがいれば、虚《むな》しく回転するパトランプに牙を立てるアマルガムもいる。動かなければ助かるか。だが市民は、ここで逃げなければ食われてしまうことに変わりはない。もう隠れる場所もないのだ。

首を刎《は》ね、腕を刎《は》ね、脚を刎《は》ね、イレブンが鋼の爪先で舞う。投げつけた車でアマルガムを黙らせるや否《いな》や、別個体を街灯で壁に縫い留める。彼女一人で何体も相手にしているというのに、それでも市民に追いつこうとする個体が出た。テオは市民をシェルターの方へと押しやり、アマルガムの首だけを狙って引き金を引く。弾倉を一つ使い切るほど撃ち込んでやっと、アマルガムは泥となって溶けていった。

（……こんな調子で消費してたら、いくら弾があっても足りんな……っ）

転んだ市民に手を貸したテオは、地面に落ちている銃を探した。だが「助けて！」と叫ぶ声を聞いて振り返る。

見れば、青年が一人、複数のアマルガムに追われて走っていた。

イレブンがすぐさま駆け寄り、アマルガムの頭を刎《は》ね飛《と》ばした。泥と化した仲間に足を取られて転んだ個体をさらに蹴り飛ばして他個体の脚を奪うが、勢いは止まらない。

テオは慌てて残りの市民をシェルターに押し込み、落ちていたマシンガンを拾って駆け出した。転んだ青年に覆いかぶさろうとしたアマルガムをイレブンが道路標識で殴り飛ばし、その隙にテオが青年の腕を引いて距離を取る。よく見れば、一度エレベーターで会ったことのある青年だった。彼は息を切らせて言う。

「あ、ありがとう、ございます」

「無事ならいい。今までどこにいたんだ、避難誘導は？」

「ア、アルデルタ通りです。あの化け物がみんなを襲ってて、怖くて、動けなくて」

「……そうだったか。他に生き残りは？」

「いえ……自分だけです。でもよかった。アルデルタ通りには、誰も来なかったので、警察からももう、見捨てられたのかと……」

青年の言葉が、テオの中で引っかかる。アルデルタ通りに誰も来なかった、はずがない。テオが指摘しようと口を開くのと、青年が握手を求めて手を差し出すのはほぼ同時だった。

刹那、テオの目の前で青年の腕が刎《は》ねられ、青年が蹴り飛ばされていく。

特別鍛えられているわけでもない体軀《たいく》が吹っ飛び、ポストに突っ込んだ。べこりと金属が凹《へこ》み、青年は道に倒れ込む。気が付くと、テオを背に庇《かば》うようにして、イレブンが立っていた。

「――何のつもりですか、ミスター」

イレブンが静かに問い質《ただ》す。ふと違和感の正体に気付いて、テオはぞっとした。

青年の刎《は》ね飛《と》ばされた腕からは、一滴の血も流れていなかった。

咳《せ》き込みながら、青年は起き上がる。彼は乱れた前髪の間からイレブンを見て微笑《ほほえ》んだ。

「……ひどいよ、イヴ。一度もジェイミーって呼んでくれないね」

彼は掠《かす》れた声で言う。ジェイミー、と口内で繰り返したテオは、とっさにマシンガンを構えた。同じ「ジェームズ」の愛称、人間への擬態に成功したニーナを利用した動機が結びつく。

全ての弾を撃ち切り、銃身が熱を持ってなお、テオが安堵《あんど》することはなかった。

蜂の巣になった男は、ボロボロになった服を笑うことはあっても、血を流すことはない。

「――いつからだ」

弾倉を交換し、テオは怒鳴り付けた。

「いつからその姿で潜んでいた、ジム・ケント！」

ポストにもたれて座り込んでいた青年が、にやりと笑った。

ジェイミーと名乗った青年の皮が、肉体が、ずるりと滑り落ちる。悪辣な花が枝を伸ばすように、蛇が鎌首をもたげるように、筋と脂肪と血管をさらして、肉塊が姿を見せた。

パズルのピースがはまるのに似た動きで、音を立てて皮膚が肉体を覆っていく。

短い髪。吊《つ》り上《あ》がった眉と目。鼻と顎の目立つ、厳《いか》つい顔立ち。そして額の特徴的な傷。

男は――ジム・ケントは、醜悪な笑みを浮かべ、テオたちを見やった。

「……ご機嫌よう。私の天使、星の如《ごと》く麗《うるわ》しい君よ」

テオはすぐにもう一度射撃を試みたが、イレブンの「テオ!」と叫ぶ声が一瞬で遠ざかった。

視界が横殴りに揺れ、遅れて右半身を襲う衝撃に呻《うめ》く。

天地がひっくり返り、重力を忘れて転がり、テオは道路の上に放り出された。だがテオの体を受け止めたのは、横転した車両でも硬いアスファルトでもなく、手近な壁に引っかけられた黒い網だった。不思議な柔らかさは衝突の勢いを殺し、ただ無事にテオを地面に下ろす。

これは、とテオはすぐに思い出した。ヤッカス・ギレンを捕縛した時にイレブンがこの布を使っていた。網はするりと解けて布となり、テオの左腕に巻き付く。

「っそうだ、イレブン……!」

振り返ったテオは、目を見開き、鋭く息を呑《の》んだ。

寄り集まり、接着し合い、蠢《うごめ》く白い壁と化したアマルガムの群れ。

中央には、ひび割れた肉体のまま両手を天へ伸ばすケントがいる。


その腕は、イレブンの華奢《きゃしゃ》な胴を貫き、赤く輝くコアを捧《ささ》げ持っていた。

イレブンは左腕を失《な》くし、残りの手足を力なく垂らして、動かない。


「く、っそ、野郎おおおっ！」

テオは握りしめていたマシンガンでケントを撃った。安物の銃は集弾性も低かったが、それでも確実にケントに命中する。しかしケントは緩く首を巡らせただけで、痛みを覚えた様子はなかった。ぞろりと生えた腕が薙《な》ぎ払《はら》う動きに従って、アマルガムの肉塊がアスファルトを抉《えぐ》りながら迫る。テオは急いでその場を離れたが、アスファルトをめくりながら迫る刃の波は周囲の車両まで吹っ飛ばし、テオは今度こそ地面を転がされる羽目になった。

（……どうする、どうする……っ）

全身の痛みに耐えて、テオはなんとか身を起こす。銃では足りない。もっと火力が必要だ。

この場で何か、何か、と視線を巡らせたテオは、あるものに目を留め、急いで駆け出した。

■

「あの男、逃げていったぞ」

ケントに言われ、イレブンは顔を上げた。コアが露出し、稼働《かどう》率は著しく落ちている。皮膚の下で動きを確認していると、ケントは樹脂のような肉体を操り、イレブンを抱き寄せた。

彼のコアも、肉体も、アマルガムに似て非なるものだ。だから直前まで、イレブンも気付くことができなかった。フォルトナイトではない、ハウンドにも登録されていない希少物質を使っているのか。見定めようとしたイレブンの視線を、ケントは顎を摑《つか》んで自分に向けさせる。

「やっぱりあの男はだめだ。君の価値を一つも分かっていない。そうだろう、イヴ」

「……アマルガムを操り、人の身を超越して、何が目的なのですか」

イレブンが尋ねると、ケントは「もう知っているだろう？」と微笑《ほほえ》んだ。

「楽園だよ。君たちのように合理的に動く、新しい人類だけの、美しい国を作り上げるんだ」

「……単なる虚構のために、信者を殺し、街を蹂躙《じゅうりん》したのですか」

「そうだよ。君と違って、愚かで、欲まみれの、非合理的な人間ばかりじゃないか」

ケントは『恍惚《こうこつ》』に該当する表情で肯定し、自分の胸に手を当てた。

「私の楽園には不要だが、命は命だ。有意義に使わせてもらったよ。ほら、ご覧」

ざわりと肉が波打ったかと思うと、ケントの胸が左右に開かれた。肺の半分の大きさはある心臓が、どくどくと脈打っている。それは赤く、鉱石と似た光沢を持ち、しかし血を煮詰めた濁りを湛《たた》え、禍々《まがまが》しい赤黒さをさらしていた。

「……まさか、『賢者の石』……」

「君たちのコアに比べたら酷い見た目だが、やっとここまで、実用レベルにまで至った。私はここまで来たのだよ、イヴ。自分の力でだ！」

「……なんてことを……」

イレブンのこぼした声は、小さなものだった。

アマルガムと何が異なるのか、その正体を知ってイレブンは彼らの愚かさをも把握した。

賢者の石。ありとあらゆるものに変化し、代替し、複製する万能の物質を、魔導士たちはそう名付けた。しかしそれを生み出すには、千単位の人命を必要とすることから、何百年も前から国際法で製造を禁止されている。

この男は、それを破ってまでアマルガムに近付いたのだ。せっかく人間として産まれたというのに、それを投げ捨て、何千という命を犠牲にしてまで。

「どうして、そこまでして……」

「『どうして』って、決まってるじゃないか」

疑問を持つイレブンこそが信じられないといった様子で、ケントは笑顔で言った。

「君と愛し合うなら、同じ存在になってこそだろう？」

言葉が出なかった。全てが理解を超えていて、イレブンは目を閉じる。

トキノス博士たちは、賢者の石の代替品を長年探し求めていた。だからこそやっと見つけた希少鉱石に「フォルトナイト《運命を決する石》」とまで名付けたのだ。

アマルガムだって元々は、自国民の犠牲を減らすための代替戦力として製造されたものだ。危険な最前線を引き受け、人間の安全を守るためのものだ。たとえ軍によって意図しない運用をされたとしても、博士たちの理念は決して変わっていない。

愛、などという、イレブンには理解もできない理由によって、博士たちの論文や研究成果が土足で踏みにじられていく。守られるべきはずの命までもが、ドブに捨てられていく。

イレブンに感情はないが、使命はある。博士たちの願いがある。

何より、叶《かな》えなければならない、テオの望みがある。

コアが燃える。熱を持つ。イレブンはケントの手を強く払い落とした。

「私にだって、『愛し合う』が醜悪な冗談だということは理解できます」

「ははっ。やっと君を手に入れたんだ、どんな言葉も甘んじて受けるよ」

ケントはまったく意に介した様子なく続けた。

「デルヴェローに君がいると知った時、あの日見つけた天使がいると知った時、私がどれだけ歓喜に震えたことか！　君ほど理想の存在はいない。君こそ、私のイヴだ」

ケントの操る肉塊が、イレブンのコアを撫《な》で上《あ》げる。稼働《かどう》停止の瀬戸際《せとぎわ》にあることを知らしめる感覚、自分以外の肉が触れている感触、イレブンはこれが『嫌悪《けんお》』かとまた一つ理解を深めた。その間に、そろりと自分の組織を帯状に伸ばし、コアに向けて這《は》わせる。ケントは気付いた様子もなく、イレブンの頬に触れて、『夢を語る』調子で言った。

「……イヴ。情も愛もなく合理的に任務を遂行する、美しいケモノ。私と一緒に楽園を作ろう。美しい、理想の楽園で、私と君が最初の人類になるんだ」

「──あいにくですが、二点指摘があります」

ケントがそれ以上何か言う前に、イレブンは彼の顔面を踏みつけた。瞬時に変換された刃が、彼の口腔《こうこう》から腹腔《ふっこう》まで引き千切り貫き通す。

「一つ、私はただの兵器です。愛も生死も楽園も、私には何の関係もありません」

衝撃で緩んだ拘束から抜け出し、イレブンはコアを胸に戻してケントを見下ろした。

「二つ、あなたが楽園に行くことはない。奪った命の数だけ地獄に落ちるといい」

目と口を大きく開くケントの体内へ、イレブンはもう一段深く刃を突き入れた。

「私が指揮を執る。私を知り恐れ、ひれ伏せ」

同じ存在になったと言うならば通じるだろう。イレブンは最大出力で統制信号を放った。

「──下がれ、紛《まが》い物《もの》。私に触れることを許しはしない」

肉塊が弾《はじ》け飛《と》び、ケントは『呆然《ぼうぜん》』に該当する顔でその場に崩れ落ちた。地面から伝わる振動は徐々に大きくなっている。イレブンは両手で服の埃《ほこり》を払い、その場を離れようと踏み出したが、足元をのたくる肉塊が「待ってくれ！」と叫んだ。

「なぜだイヴ、どうしてなんだ！　自由よりも人間に飼い殺されることを選ぶのか！」

「ミスター。あなたは勘違いをしている」

肉塊を蹴り払い、イレブンはケントを振り返った。賢者の石をさらし、自らの愚かさも醜さも白日の下に広げた男を見据える。

「私たちハウンドの使命は、人間を守ること、人間の犠牲を減らすことです。人を殺して作る楽園に、そもそも、私たちの居場所など、最初からなかったのですよ」

いよいよ振動が近付いてくる。ケントが視線を巡らせるのを待たず、イレブンは高く跳躍して今度こそその場から離脱した。

溶け合ったアマルガムが作り上げた壁に向かって、タンクローリーが横滑りに突っ込んだ。運転席から飛び出したテオはすぐさま距離を取り、銃を撃つ。銃声が響くと即座に大爆発が引き起こされた。轟音《ごうおん》を立てて、その場に転がっていた車両とアマルガムの肉塊が弾《はじ》ける。火柱が空をも焦がし、黒煙が立ち上り、爆風は周辺ビルの窓ガラスを砕く。

イレブンは風の動きに逆らって着地し、頭から車に突っ込みそうになったテオを全身で受け止めた。衝撃を逸《そ》らし、彼の頭部を守ってイレブンは言う。

「あなたは無茶しかできないのですね」

「……あんなの見せられて、手段を選んでいられるかよ」

周囲の車に引火して辺り一帯が爆発炎上していたが、イレブンは確かにテオの声を聞き取った。吹っ飛ばされて歪《ゆが》んだ車のドアを弾《はじ》き飛《と》ばし、爆発の勢いに耐える。

爆風が収まり、テオも立ち上がれるようになった頃には、ケントが率いていたアマルガムはほとんどが炎に包まれていた。熱から逃れようと肉塊が伸び上がるが、いくらか進む間もなく崩れていく。

「……焼却処分が有効と分かったのは収穫です」

「まぁ、そうだな。あとは残党の処分だが――」

急激に増幅した反応を受けて、イレブンはすぐさまテオを突き飛ばし、自身もその場から飛《と》び退《の》いた。燃えながらも形を失わない肉塊が、イレブンが着地した端から地面を殴っていく。

街路樹の陰に一度隠れたが、肉塊はまっすぐに向かって来た。コアの反応を追っているのか。イレブンが地面を転がるようにして離れると、街路樹が真っ二つに折れて倒れていく。

（まだ、稼働《かどう》を停止していない）

近付こうとしたテオを手で制した矢先に、崩れたはずの肉塊から焼け焦げた黒い泥人形が顔を出した。それは燃え上がる肉塊すらも取り込み、マグマを内包した岩石のようなひび割れをそのままにして、ジム・ケントの顔を作り出す。粘ついた燃える肉塊が口腔《こうこう》のように開き、ノイズまみれの声で叫んだ。

「イヴ！　君だ、君が私の楽園に必要なのに！　どこへ行くというんだ！」

彼が不協和音の雄叫《おたけ》びを上げる度に溶岩状態になった肉塊が飛び散った。肉塊で再構築された胸部には、まだ賢者の石がある。炎から賢者の石だけは守ったのか。

「イレブン！　乗れ！」

その辺りに停《と》まっていた車をイレブンに寄せ、テオが怒鳴る。イレブンはすぐさま助手席に飛び乗った。思い切りアクセルが踏み込まれ、車は急発進する。

「ったく、冗談じゃないぞ！　世界最悪のストーカーだな、どう破壊する?!」

「肉塊でコアを守れない状態で、あの火力で焼き続けることができれば、あるいは……」

「軍はまだ到着しない……なら、仕方ないな。最終手段だ」

テオは一つ呟《つぶや》くと、突然ハンドルを切った。背後からは、通った跡全てを焼きながら、アマルガムを吸収して巨人と化したケントが突き進んでくる。彼の言葉はもはや不明瞭な絶叫と化し、何を言っているのか聞き取れなくなっていた。

「あいつを誘導するぞ。お前を追っていると見て間違いないか？」

「はい。視界ではなくコアの反応を追跡しているものかと」

「そうか。ならこのまま、ごみ処理場へ向かうぞ。焼き続けるなら、もうそこしかない」

イレブンの脳裏に情報が一気に巡る。ごみ処理場であれば、対象が完全に燃え尽きるまで焼却し続けることは可能だ。そのために必要な行動は、一つだけ。

「……了解しました。やりましょう」

イレブンは、テオの左腕に未《いま》だ残る黒い帯状の組織を見やった。

■

デルヴェロー市からごみ処理場まで車を飛ばしたが、運転席から降りたテオはぞっとした。ケントは通り道を燃やしながら、ずっと追ってきている。急がなければ、すぐに追いつくだろう。ごみ処理場に連絡したが、全員避難したのか、返答はなかった。施錠《せじょう》された扉を銃で撃ち抜いて蹴破ったが、テオが突入する前にイレブンが引き止めた。

「テオ、お預けします」

イレブンが手渡したのは、捜査官バッジと拳銃だった。捜査局から支給されたものだ。

「何のつもりだ？」

「炉内まで、あの紛《まが》い物《もの》を誘導します。ただ、脱出時に紛失する可能性があるので」

「……分かった。だが炉内に奴《やつ》を誘導して、焼却開始までに出られるのか？」

テオが捜査官バッジと拳銃を受け取って尋ねると、イレブンはそっと瞼《まぶた》を上下させた。

「ハウンドは、できないことは申し上げません」

「……分かった、頼むぞ。無線で連絡する」

テオはそれ以上何も言えず、管理室まで走った。今はイレブンを信じるしかない。管理室の扉も施錠《せじょう》されており、その鍵を撃ち抜こうとしてやっと、テオは自分の左腕にイレブンの袖が絡《から》みついていることを思い出した。イレブンに両腕があったから失念していた。こんなに本体から離れていいのだろうか。

（……いや、さっき車でイレブンが回収しなかったから、必要だと判断したんだろう）

イレブンは無駄なことをしないと、テオも理解している。テオは扉を蹴破り、管理室に入った。正面の窓越しに炉内の様子を確認でき、全てコンソールで操作できるようだ。

「イレブン、管理室に入った。投入口を開けるぞ」

『了解、お願いします。標的、誘導距離に入りました。炉内へ向かいます』

イレブンが言い終えるや否《いな》や、建物が大きく横に揺れる。地響きのような足音に驚いてテオが振り返ると、窓の外を白いぶよぶよとした山が通り過ぎていくところだった。テオはイレブンから預かった捜査官バッジを握りしめ、まだかまだかと炉内を見つめる。

やがて、一際《ひときわ》大きな揺れとともにイレブンが投入口から炉内へ滑り込んだ。その勢いのまま壁を駆け上がった彼女を追いかけ、三つある投入口全てから白い肉塊がどろどろと流れ込む。彼らはもはやケントの形すら失い、ただイレブンに追い縋《すが》る奇怪な化け物と化していた。

巨大なはずの炉内は、あっという間に白く濁ったアマルガムの肉体で埋まった。イレブンはそれを、壁に着地した状態で見つめている。テオは緊張して無線を取った。

「イレブン、奴らは全部入ったか」

『――はい。全反応、集合しました。投入口を閉めます』

テオは耳を疑った。操作するのはテオの方だろうに、彼女は何を言っているのか。

だが左腕が引っ張られたかと思った次の瞬間、分厚いシャッターの閉まる音がした。投入口だ。驚いて視線を走らせたテオは、黒い袖口からすらりとした指を伸ばす手が、投入口の閉鎖ボタンを押していることに気付いて愕然《がくぜん》とする。

「だめだ、やめろ！　イレブン、早く出ろ！」

『申し訳ありません、その命令は実行できません』

イレブンは淡々と答えた。アマルガムがおぞましい声を上げながら、ケントの望みを反映してか、彼女に向かって無数の手を伸ばす。イレブンはその腕に身を投げるように跳躍した。

白銀の髪が揺れる。踊るように優雅に、しかし一切の容赦なく、長大な刃と化した両脚が大上段から振り下ろされた。相手に、それを防ぐ装甲はない。白銀の刃は巨大なコアに突き刺さり、瞬時に枝葉の如《ごと》く展開された刃がアマルガムの全身をも貫いていく。

イレブンが顔を上げた。その透徹とした瞳で次に何を言うのか、テオは瞬時に察してイレブンの左手に飛びつく。だが布で顔を後ろから引っ張られて体勢を崩した隙に、レバーは倒された。無情にもアナウンスが流れる。サイレンが鳴り響き、焼却開始フェーズを告げた。

床に尻もちをついたテオは、顔から布が剝がれた時に、確かに小さな手が頭を撫《な》でて離れて

いったと感じた。見れば、目の前にひらりと黒い布が落ちる。テオはそれを握りしめ、弾《はじ》かれ

たように窓に飛びついた。

命の危険を感じているのか、アマルガムはぶよぶよと揺れ動きながらも投入口に殺到してい

た。だがその度にイレブンの刃が骨となって彼らの姿勢を正し、炉内へと引き止める。その小

柄な体軀《たいく》でどれだけの質量を刃に変換しているのか、イレブンの胸から下は半透明の結晶とな

り、アマルガムを縫い止める樹氷となった。薄く、フォルトナイトの赤い輝きが透ける。

テオは窓を殴りつけ、無線を摑《つか》んだ。

「何してるんだイレブン！　このままじゃお前まで燃えるぞ！」

『賢者の石は、存在する限り再生する魔術の結晶です。完全に焼き尽くすためには、アマルガ

ムの肉体から離し、焼き続けるしかない。現状、私しかこの状態で固定できません』

「だからって！　何もこいつらと心中するような真似《まね》しなくてもいいだろ！」

『構いません。もしその時が来たら、私は今度こそ稼働《かどう》限界を無視してあなたの役に立つと、

最初から決めていました。テオ・スターリング伍長《ごちょう》』

肥大しすぎて逃げ場を失ったアマルガムは、蠢《うごめ》き震えいくつもの絶叫を上げ、炉内は地獄の

様相を呈していた。それを見下ろしていたイレブンは、やがてテオに視線を戻す。

地下闘技場で出会った時と変わらない、静かな眼差《まなざ》しだった。

焼却装置が点火され、規定水準の温度まで見る見るうちに上昇していく。ここまで進んでし

まえば、テオが緊急停止ボタンを押してもイレブンだけを焼却炉から引っ張り出すことはできない。テオは低く呻《うめ》き、耐え切れずに窓に頭をぶつけた。

「今度こそってなんだ！　俺が一体、お前に何をしたって……」

テオの視界の端で炉内が赤くなる。炎だ。明々と燃える炎が、テオの記憶を、毎朝見る悪夢の一端を照らす。瓦礫《がれき》からテオを救い、木端微塵《こっぱみじん》になった兵士。その静かな声が、記憶の稜線《りょうせん》でテオを励ましている。

悪夢の中で、遺体は「撤退してください」『誇る』を繰り返した。

イレブンは車で、兵士について「あなたを助けたことは、『誇る』をしたのではないでしょうか」と言った。彼女にしては珍しい言葉だった。あの違和感は正しかったのではないか。

テオが悪夢だと思い込んだだけで、本当は、全て現実に起こったことだとしたら。

『大丈夫ですか』

記憶と現実が、音を立てて重なる。

無線越しに、窓ガラス越しに、テオに声をかけたイレブンと、あの日テオを救った兵士が重なった。小柄な体軀《たいく》だ。武装で髪や顔立ち、体格といった特徴全てが隠れていたら。

「……まさか、お前だったのか？　アルカベル戦役で、俺を助けたのは」

酷《ひど》く小さな声だったが、イレブンは軽く目を細めて応じた。眩《まぶ》しいものを見るように。

『私はあなたの撤退支援に失敗した。だから次に会った時は、必ずあなたの役に立つと決めていました。基地で、あなたの名を聞いたその時から、ずっと』

炎が強まる。アマルガムが不協和音に絶叫しのたうち回っているというのに、エマの選んだ服が端から燃え始めているというのに、イレブンは穏やかにそう言った。

彼女の空っぽの左袖が、熱風に翻《ひるがえ》る。炎と砂が舞い上がり、渦のようになってテオとイレブンの間を遮った。熱で歪《ゆが》んだのか、無線のノイズが強くなる。

『だから今、私の矜持《きょうじ》に懸けて、この愚かなものたちを地獄に送ります』

テオの視界が歪《ゆが》む。そんなことを言うな、お前らしくもない。そんな言葉が、喉の奥で引っかかり、熱の塊となって、目の奥から滲《にじ》み出《で》る。

砂の渦が途切れた隙間からそれを見たテオは、目を見開いた。

イレブンの白銀の髪も今や炎をまといつつある。樹氷のようだった楔《くさび》は赤く燃え上がり、今にも崩れ落ちそうだった。

なのに、イレブンは薄い唇に笑みを浮かべた。頰をわずかに持ち上げ、ぎこちなく。

炎の渦に飲み込まれながら、彼女は確かに、微笑《ほほえ》んだのだ。

『テオ。私、あなたの役に立ちましたか』

目の前が炎の壁に遮られ、炉内は見えなくなった。轟々《ごうごう》と、炎砂は音を立てて炉内を駆け巡る。アマルガムの声は遠く、無線もノイズしか聞こえない。テオは、その場に立ち尽くした。

窓の振動が弱くなり、冷却フェーズに入るまで、ずっと立ち尽くしていた。

■

整備用の扉から梯子《はしご》を使って炉内に降り立ったテオは、ざくりと砂を踏みしめた。あれだけ炉内を埋めていた肉塊は、もうどこにも見当たらない。全て燃え尽きて、今はただ静かな砂溜《だ》まりとなっている。冷却されたとはいえ、炉内はまだ汗が滲《にじ》むほど暑かった。

テオは、ずず、と鼻を鳴らす。意外と、臭いはしなかった。イレブンから預かった捜査官バッジと、手元に残った黒い布を見下ろす。

イレブンは最初から、こうするつもりだったのだろうか。

たった一度。テオに至っては記憶も曖昧な出会いだ。それを彼女は、ずっとずっと覚えていたというのか。テオは悪夢だと片付けて忘却した、あの短い時間を。

「イレブン。返事をしろ。……イレブン」

ざく、と革靴が音を立てて砂を踏みしめる。汗を流し、熱に耐えて名前を呼んで歩く動きは、テオの背筋を容易に震わせた。喪失の記憶が蘇《よみがえ》る。肺まで焼けるかと怯《おび》えながら、もっと怖かっただろうにと胸を痛めて走った日のことを思い出す。

またこんな形で置き去りにされるのかと思うと、テオの全身は大きく震えた。

「――――イレブン！」

テオの叫び声が、虚《むな》しく炉内に反響する。

アマルガムの肉体は、炎に焼かれる。それは今回襲撃してきたアマルガムも、異形と化したニーナも、身をもって証明してきた。イレブンの肉体も、耐えられるはずがない。

ハウンドというのは、骨さえ残さないのだろうか。それともこの広大な砂の中から、あの奇跡のように美しい心臓を見つけなければいけないのか。運命を決する、紅の貴石を。

（……研究所にコアを持ち帰ることができたら、あるいは……）

あるかも分からない希望に縋《すが》る己に気付き、テオは奥歯を噛《か》み締《し》めた。彼女が刑事部に転属すると聞いた時はあれだけ抵抗を示した癖に、長いこと難色を示した癖に。

（……でも、憎めないやつだったんだ……）

もっと話をしておけばよかったと、今更の後悔がテオの胸中に沈む。やっと彼女のことが分かり始めた矢先だ。耐え切れず視線を落としたテオは、握りしめていた布に目を留めた。

布の端が、風もないのに一定の方向に揺れている。

まさか、とテオはすぐさま布の端を持ち、砂の上に垂らした。布は何かに引っ張られるように揺れている。息を殺して、テオは布の動きを追った。どくどくと耳元で鼓動が聞こえる。布は、ある特定の場所に引かれるようにして、砂の上で止まった。

急いでその場に膝を突き、テオはまだ熱を帯びた砂を掻《か》き分《わ》けた。スーツが汚れるのも構わず、汗に濡《ぬ》れた額に砂が飛んでも気にせず、ただひたすらに砂を掘る。

掘って、掘って、掘り返して、そして。

さらに深く掘ろうとしたテオの手が、冷たい手に掴《つか》まれる。

血の気のない真っ白な肌に、少女特有の華奢《きやしや》な骨格。

テオは息を呑《の》み、その手を掴《つか》んで力一杯引き上げた。もう片方の手で砂を掻《か》き分《わ》けると、柔らかな白銀の髪が覗《のぞ》く。瞼《まぶた》が持ち上がり、灰色の瞳が確かにテオを見据えた。

「……イレブン……！」

テオは堪《たま》らず、両手でイレブンの周囲にある砂を掻《か》き出《だ》した。イレブンは右手だけ伸ばすと、見慣れた無表情で砂から顔を出す。ぐいっと彼女が身を乗り出すと、左右に開いた胸部で真っ赤に輝くコアが剝《む》き出《だ》しになっていた。幸い、コアに損傷した様子はない。

よかった、とテオの目には安堵《あんど》の涙が滲《にじ》んだが、それは即座に恐怖の涙に変わった。

イレブンは、テオが取ったのとはまた別の右手と左手を突いて上半身を起こし、背中ではさらに別の左手が砂を掻《か》いていた。人間的な特徴の一切ない、樹脂人形のようにつるりとした裸身をさらして砂から抜け出したイレブンは、テオを見て口を開くが、言葉よりも先に、ざぱあ、と大量の砂を吐く。その砂をさらに別の手が払うのだ。

「おおおおおお前！　お前えええええ！　お前本当何なんだ、ふざけんな馬鹿！」

「……少々お待ちください。砂の除去と外観の復元を優先します」

口から砂を吐き終えたイレブンは、事務的に言うと少しふらついた状態で立ち上がった。その上半身には合計で七本も腕があり、テオは気絶しそうになる。

テオが明滅する視界にじっと耐えていると、イレブンは最低限の骨格と服だけ再現し、形だけ、燃える前の姿に戻った。中身はすかすかのようだが、もう動けるようだ。

「お待たせしました。全ての敵性反応及び賢者の石、消滅を確認。任務完了です、テオ」

「お前……化け物じゃねえかよ……」

「はい、兵器ですので。……救援、感謝します。お手をどうぞ」

「本っ当むちゃくちゃだなお前、どうなってんだよ……わからねえよ……」

テオは安堵《あんど》と呆《あき》れが入り混じりぐちゃぐちゃになった頭で笑い、イレブンの手を取って立ち上がった。そのまま彼女の手を引っ張って、驚くほど軽い体を両腕で掻《か》き抱《いだ》く。

確かに、触れられる。それだけの質量が、ちゃんとここに存在している。

柔らかなホワイトブロンドと、華奢《きゃしゃ》な肩の感触が、しっかりと腕に伝わる。

そんな些細《ささい》な事実に、胸が熱くなった。テオは肺が空になるまで、安堵《あんど》の息を吐く。

イレブンは両手を浮かせたまま、テオの胸元でもごもごと声を発した。

「テオ、これは何の動作ですか。意図が不明です」

「……お前が生きてるって、確認してるんだよ。あれっきりだったら、どうしようかと」

テオはきつく目を閉じた。触れると実感する。イレブンの肉体は、見た目通りの、十代半ばの少女のものでしかない。こんな華奢《きやしゃ》な体で、人間どころか車両や街路樹を投げ飛ばし、挙句の果てに焼却炉の炎にまで耐えるとは到底信じられず、改めて考えるとぞっとしてテオは素早くイレブンの肩を摑《つか》んで離した。

「お前二度とこんな馬鹿な作戦するなよ、もしするならちゃんと平気な理由説明しろよ！」

「了解しました。ハウンドの再生能力は大変強いものですので、コアさえ無事であれば、肉体が全損しコアのみになっても、時間をかければ問題なく再生します」

「今じゃねえよ事後報告していい作戦じゃなかっただろ！」

イレブンはよく分かっていない様子だったが「失礼しました」と瞼《まぶた》を上下させた。

「ハウンドのコアは、出力が著しく低下している場合を除き、特定の手順で処分しない限り再生能力が衰えることはないと、マニュアルに記載されていますが……」

テオは思わず自分の顎に手をやった。あの分厚いハウンド運用マニュアル。振り返ってみれば結局時間が取れず、まともに全てのページに目を通したことはなかった。

「……すまん。それは俺のミスだ。だが説明は欲しい、俺の心臓が持たない」

「かしこまりました。次回からは、必ず事前に説明します」

イレブンはいつもの調子で言う。まるで何もなかったかのように。砂から伸ばされた手を摑《つか》んだ感触は、まだテオの掌《てのひら》に残っているというのに。

テオは息を吐いて、踵《きびす》を返《かえ》した。すっかり汗だくになってしまった。

「動けるならいい、さっさと上に戻るぞ。ここは暑くて適《かな》わん」

「了解しました」

地上に戻ると、風が心地よい。研究所に連絡すると、専門チームが駆けつけるという。それまでごみ処理場の前で待機することになったテオの隣で、イレブンは口を開いた。

「あなたが私を覚えていなかったのも、無理はありません。異常事態でしたから」

「まぁ、木端《こっぱ》微塵《みじん》になった奴《やつ》が喋《しゃべ》るはずないって思うもんな、普通」

テオが頷《うなず》くと、イレブンは「実のところ」と静かに続けた。

「ハウンドの存在を秘匿するため、再生能力は極力使わないよう指示されていました。だから、あなたを迫撃砲から庇《かば》った時も、即座に自己修復することはしなかったのです」

「じゃあ……お前を抱えて走ったのは、むしろ邪魔だったのか……」

「それが、そうでもありませんでした」

テオは思わずイレブンに顔を向けた。彼女はテオを一瞥《いちべつ》し、淡々と続ける。

「あなたが私を抱えて離さなかったからこそ、あなたが基地に着くまで走れるように、私はあなたの損傷部位を支えるだけで済んだ。最低限の修復と、あなたの血と肉に代わるだけで、あなたを無事に基地まで送り届けることができたのです。私の修復を待っていたら、それが叶《かな》ったかどうか……試算しませんが、確率は低かったでしょう」

まさかそんなことがあったとは思いもよらず、テオは小さく息を呑《の》んだ。そこへ、トラックの駆動音が聞こえる。機材を積んだトラックが到着し、運転席から慌てて人が降りてきた。研究所から派遣されてきた男は、テオに簡単な確認をすると、チームを連れてごみ処理場に飛び込んでいく。これで、テオたちの待機時間も終了だ。

「……識別票がなかったから、せめてと思ってやっただけだったのに。結果的に、そのおかげで俺は助かったのか。……人生、何が起きるか分からんな」

「あなたは、奇特で、そして稀有《けう》な人です。次の瞬間には隣人が死ぬような戦場で、死者のために立ち止まる人間はいません。ましてや、負傷したハウンドのためになんて」

テオは傍《かたわ》らのイレブンを見下ろした。彼女は穏やかな横顔で、ごみ処理場を見ている。

「だから……あなたの青い瞳、星のように輝く瞳を、記憶の中で反芻《はんすう》していました。あれだけ仲間が殺され、命の危険が迫り、死に満ちた場で、それでもなお善性に輝く瞳を」

褒められてむず痒《がゆ》いと同時に、最後の挨拶を聞かされている気分で、テオは顔をしかめた。

「おい。それ以上は俺が殉職した時まで取っておけ。これからも仕事は続くんだぞ」

「……まだご一緒して、よろしいのですか」

イレブンが顔を上げる。灰色の瞳に自分が映るのが照れくさくて、テオは雑にホワイトブロンドの髪を撫《な》でた。焦げ目一つない、柔らかな髪を。

「当然だろ。お前ほど役に立つ相棒はいない。……行くぞ」

テオが歩き出すと、イレブンは乱れた前髪もそのままにテオを見つめ、はたと動き出した。

「――はい。はい、すぐに」

イレブンが助手席に転がり込む。忙《せわ》しない子犬のような動きに、テオは思わず笑った。

■

悪夢のような騒動から一か月後。

市内のセレモニーホールには、多くの市民と捜査関係者が集まっていた。

正面に並ぶのは、おびただしい数の写真だ。その全てが、故人となった。

厳重に警備される中、改めて、大陸戦争の戦没者と、ローレムクラッドの襲撃によって命を落とした人々の、魂の安らぎを願い、集った人々は祈りと花を捧《ささ》げる。

多くの市民が亡《な》くなり、また多くの警官と特殊部隊の隊員が殉職した。戦争から無事に戻ってきた家族が、襲撃事件で亡《な》くなったという遺族も多い。アマルガムに捕食され、骨も残らなかった被害者も少なくないため、空の棺桶《かんおけ》がいくつも埋葬されたという。

多くの人々がその喪失に打ちのめされ、心の整理もつかないままに日々を過ごしていた。

それでも、生きている限り明日は来てしまう。時間だけは無情に経過するのだ。

テオはそれを、よく知っていた。

声をかけられ、テオは花壇の縁から立ち上がった。膨らんだ紙袋を抱え、イレブンが立っている。エマが選んだ、白とスモーキーブルーのワンピースは、彼女によく似合っていた。ロッキが「頑張ったお嬢さんにご褒美《ほうび》だ」と渡した髪飾りは、白銀の髪を華やかに彩《いろど》る。ボリュームのあるスカートが風に揺れると、すらりとした脚が覗《のぞ》いた。

「お待たせしました」


職務中でなければ、イレブンは表情の少ない、可憐《かれん》な少女の見た目でしかない。通行人の多くが、彼女の容姿に目を奪われては振り返っている。

「……ずいぶん多いな。ちょっとしたツマミを買うだけって聞いたが」

「エマとトビアスのリクエストに対処すると、どうしても量が多くなりました」

テオは紙袋を一つ引き受け、イレブンと並んで歩き出した。

ローレムクラッド襲撃事件の解決、その事後処理を終えて、テオたちはやっと、少し長めの休暇を手に入れた。その初日、テオの家に食事を持ち寄り、小さな慰労会をやろうとトビアスが言い出したのを受けて、テオたちも買い出しに出る羽目になった次第だ。

テオはちらとイレブンを見下ろした。彼女は視線に頓着なく、テオの隣を歩いている。

あの日。テオとイレブンが市内に戻ると、合流したトビアスは安堵《あんど》で腰を抜かし、エマは泣きながらイレブンを抱きしめた。混乱した状況が続き、まともに連絡もできなかったが、彼らも戦っていただけにテオたちの安否を心配していたらしい。捜査局に戻った時は、柄にもなくロッキが走ってきて四人を出迎え、「よかった」と、心底安心したように息を吐いた。

やっと落ち着くことのできた今、互いに生きていることを、実感したいのだ。イレブンはその趣旨をあまり理解していない様子だったが、周りが笑顔ならそれで構わないらしい。

待ち合わせ場所に向かうと、真っ先に気付いたエマが大きく手を振る。彼女は珍しくワンピース姿だ。イレブンの着ているものと同じデザインだが、こちらはシックなワインレッドだった。トビアスとロッキも顔を上げ、笑顔でテオたちを迎える。

「これで全員揃《そろ》ったわね！　まーこの統一感のなさったら！　ある意味すごいわ！　私ちゃんと言ったわよね、オシャレしてきてちょうだいって！」

「してきただろ、仕事用以外のスーツなんて何年ぶりに着たか……」

「坊主《ぼうず》、お前の格好《かっこう》ずいぶんジジ臭くないか？　俺の同期でもそんな格好《かっこう》せんぞ」

「ロッキにだけは言われたくねえよ！　このテカテカ野球ジャケットジジイ！」

「……トビアス。テオとロッキの服装は、あまりよくないものなのですか」

「大丈夫だよイレブン、気にしなくていいからね。ほらほらみんな、早く行くよ」

騒々しい集まりになったまま、テオの家へと歩き出す。道路の修繕、車両と街路樹の撤去は終わったものの、周辺の建物は工事中ばかりで、五人の声が掻《か》き消されるほど騒音は凄《すさ》まじい。

復興にひた走る街並みを背景に、喪服を着た人々が歩いていき、玩具屋《おもちゃや》の買い物袋を持った子供たちが走っていく。少し歩くだけで、テオの視界を多くの人生が横切っていった。

その時だった。

「もう大丈夫だね、兄さん」

驚いて振り返ったテオは、小さな兄と妹が買い物を済ませ、両親と合流する姿を見て、肩を竦《すく》めた。そうだ、そんなことありえないじゃないか。妹の声がするなんて、そんなこと。

「テオ、青信号です」

「……ああ、悪い。今行く」

イレブンの声を聞いて、テオは走って横断歩道を渡った。彼女はまっすぐテオを見つめている。透徹とした灰色の瞳が、テオの姿を嘘《うそ》偽りなく映す。テオは彼女の視線を、正面からやっと受け止めることができていた。

親愛なる読者様へ

この本を手に取ってくださった貴方《あなた》へ、深く感謝申し上げます。この世は娯楽で溢《あふ》れ返り、クライムサスペンスも、人間と人間でないもののバディ作品も、たくさんあります。その中で、貴方《あなた》はこの本を選んでくださいました。本当にありがとうございます。

フィクションは、私にとって現実逃避です。現実で何が起ころうと、せめてフィクションに浸っている間は、難しいことを全部忘れたい、そう思います。ですので、貴方《あなた》が本作を読んでいる間、少しでも現実を忘れられたのであれば、私にとってこの上ない喜びです。

本作を読んでくださった貴方《あなた》にだけ、ちょっとしたお話をさせてください。

最初にこの作品を書いた時、まだ元号は平成でした。当時の作品と、貴方《あなた》の読んだ本作を比べると、世界観も人物設定も、話の流れも、何もかもが違います。しかし「ハウンド」という名称と、登場人物の名前は、一貫して同じなのです。

猟犬は、冷静に、勇猛に獲物に向かっていく戦力であると同時に、愛らしい友です。狩人《かりゅうど》は、猟犬の牙が無関係な人や動物に向かないよう、細心の注意を払っていることと存じます。その性質が、私のイメージする「強力な兵器であると同時に、人のために働く献身的な相棒」に合っていたので、彼らをハウンドと呼称しました。

そんな兵器が、不死の怪物で、変幻自在に姿を変えて貴方《あなた》の願いを叶《かな》えるとしたら、いかがでしょうか。貴方《あなた》にとって、とても都合のいい存在です。どんな風に使役しましょうか。

テオの人物像は、そんな想像から決まりました。正義感が強く、道徳心があり、理性的でなければ、正しいことにのみハウンドを利用することはできないと考えたのです。そうして、彼のような堅物捜査官が生まれ、彼のチームメイトが決まりました。

テオを始め、主要人物の苗字《みょうじ》をどれも鳥の名前から取っているのは、想像の世界を自由に飛び回ってもらいたかったからです。私の小説の書き方では、登場人物たちが動いてくれないと筆が進みません。彼らが悩んで立ち止まると、私の筆も止まるのです。

ただ、イレブンには鳥の名前を付けませんでした。平成の頃から今まで、イレブンだけは変わらず、主人第一です。私が飛び立つよう願う前に、イレブンは走り出していました。もしイレブンが貴方《あなた》の相棒だったら、どんな名前と外見と、性格になっていたのでしょうか。

閑話休題。話が長くなってしまうのは私の悪い癖ですね。貴方《あなた》が欠伸《あくび》をしてしまうでしょうから、ここまでにいたします。多くの方々の手助けを受けて、貴方《あなた》のもとにこの本が届いたことを、心から幸運に思います。本作に出会ってくださり、ありがとうございました。

二〇二二年　五月　駒居未鳥

MALGAM
HOUND

Special Investigation Unit Criminal Investigation Bureau

NEXT EPISODE

「死者蘇生」を謳う怪しげな
医療法人を調査するため
テオとイレブンは豪華客船に
潜入捜査する——！

アマルガム・ハウンド 2
捜査局刑事部特捜班

2022/9/9 発売予定!!

◉駒居未鳥著作リスト

「アマルガム・ハウンド　捜査局刑事部特捜班」（電撃文庫）

本書に対するご意見、ご感想をお寄せください。

ファンレターあて先
〒102-8177　東京都千代田区富士見2-13-3
電撃文庫編集部
「駒居未鳥先生」係
「尾崎ドミノ先生」係

本書は第28回電撃小説大賞で《選考委員奨励賞》を受賞した『アマルガム・ハウンド』を改題・加筆・修正したものです。

電撃文庫

アマルガム・ハウンド

捜《そう》査《さ》局《きょく》刑《けい》事《じ》部《ぶ》特《とく》捜《そう》班《はん》

駒居《こまい》未鳥《みどり》

◇◇◇

2022年７月10日　初版発行

発行者　青柳昌行

発行　株式会社KADOKAWA
〒102-8177　東京都千代田区富士見2-13-3
0570-002-301（ナビダイヤル）

装丁者　荻窪裕司（META＋MANIERA）

印刷　株式会社暁印刷

製本　株式会社暁印刷

●お問い合わせ
https://www.kadokawa.co.jp/（「お問い合わせ」へお進みください）
※内容によっては、お答えできない場合があります。
※サポートは日本国内のみとさせていただきます。
※ Japanese text only

※定価はカバーに表示してあります。

ISBN978-4-04-914214-3　C0193　Printed in Japan

電撃文庫　https://dengekibunko.jp/

電撃文庫創刊に際して

文庫は、我が国にとどまらず、世界の書籍の流れのなかで〝小さな巨人〟としての地位を築いてきた。古今東西の名著を、廉価で手に入りやすい形で提供してきたからこそ、人は文庫を自分の師として、また青春の想い出として、語りついできたのである。

その源を、文化的にはドイツのレクラム文庫に求めるにせよ、規模の上でイギリスのペンギンブックスに求めるにせよ、いま文庫は知識人の層の多様化に従って、ますますその意義を大きくしていると言ってよい。

文庫出版の意味するものは、激動の現代のみならず将来にわたって、大きくなることはあっても、小さくなることはないだろう。

「電撃文庫」は、そのように多様化した対象に応え、歴史に耐えうる作品を収録するのはもちろん、新しい世紀を迎えるにあたって、既成の枠をこえる新鮮で強烈なアイ・オープナーたりたい。

その特異さ故に、この存在は、かつて文庫がはじめて出版世界に登場したときと、同じ戸惑いを読書人に与えるかもしれない。

しかし、〈Changing Times,Changing Publishing〉時代は変わって、出版も変わる。時を重ねるなかで、精神の糧として、心の一隅を占めるものとして、次なる文化の担い手の若者たちに確かな評価を得られると信じて、ここに「電撃文庫」を出版する。

1993年6月10日
角川歴彦

電撃文庫DIGEST　7月の新刊

発売日2022年7月8日

第28回電撃小説大賞《銀賞》受賞作 **ミミクリー・ガールズ** 著／ひたき　イラスト／あさなや	2041年。人工素体──通称《ミミック》が開発され幾数年。クリス大尉は素体化手術を受け前線復帰……のはずが美少女に!?　クールなティータイムの後は、キュートに作戦開始！　少女に擬態し、巨悪を迎え撃て！
第28回電撃小説大賞《選考委員奨励賞》受賞作 **アマルガム・ハウンド** **捜査局刑事部特捜班** 著／駒居未鳥　イラスト／尾崎ドミノ	捜査官の青年・テオが出会った少女・イレブンは、完璧に人の姿を模した兵器だった。主人と猟犬となった二人は行動を共にし、やがて国家を揺るがすテロリストとの戦いに身を投じていく……。
はたらく魔王さま! **おかわり!!** 著／和ヶ原聡司　イラスト／029	健康に目覚めた元テレアポ勇者!? カップ麺にハマる芦屋!?　真奥一派が東京散策??！　大人気『はたらく魔王さま！』本編時系列の裏話をちょこっとひとつまみ。魔王たちのいつもの日常をもう一度、おかわり！
シャインポスト③ **ねえ知ってた？　私を絶対アイドルにするための、ごく普通で当たり前な、とびっきりの魔法** 著／駱駝　イラスト／ブリキ	紅葉と雪音のメンバー復帰も束の間、『TINGS』と様々な因縁を持つ『HY:RAIN』とのダンス・歌唱力・総合力の三本勝負が行われることに…しかも舞台は中野サンプラザ!?　極上のアイドルエンタメ第3弾！
春夏秋冬代行者 **夏の舞 上** 著／暁 佳奈　イラスト／スオウ	黎明二十年、春。花葉雛菊の帰還に端を発した事件は四季陣営の勝利に終わった。だが、史上初の双子神となった夏の代行者、葉桜姉妹は新たな困難に直面する。結婚を控える二人に対し、里長が言い渡した処分は……。
春夏秋冬代行者 **夏の舞 下** 著／暁 佳奈　イラスト／スオウ	瑠璃と、あやめ。夏の双子神は、四季の代行者の窮地を救うべく、黄昏の射手・巫覡輝矢と接触する。だが、二人の命を狙う「敵」は間近に迫っていた??。季節は夏。戦いの中、想い、想われ、現人神たちは恋をする。
ギルドの受付嬢ですが、残業は嫌なのでボスをソロ討伐しようと思います5 著／香坂マト　イラスト／がおう	憧れのリゾート地へ職員旅行！　…のハズが、永遠に終わらない地獄のループへ突入!?　楽しい旅行気分を害され怒り心頭なアリナの大鎚が向かう先は……!?　大人気異世界ファンタジー第5弾！
恋は双子で割り切れない4 著／高村資本　イラスト／あるみっく	那織を部屋に泊めたことが親にバレた純。さらに那織のアプローチは積極的になっていくが、その中で純と衝突して喧嘩に発展してしまう。仲裁に入ろうとする琉実だったが、さらなる一波乱を呼び……？
アポカリプス・ウィッチ⑤ **飽食時代の【最強】たちへ** 著／鎌池和馬　イラスト／Mika Pikazo	三億もの『脅威』が地球に向けて飛来する。この危機を乗り切るには『天外四神』が宇宙へと飛び出し、『脅威』たちを引きつけるしかなかった。最強が最強であるが故の責務。歌貝カルタに決断の時が迫る──。
娘のままじゃ、お嫁さんになれない!2 著／なかひろ　イラスト／涼香	祖父の忘れ形見、藍良を娘として引き取ってから2か月。桜人が教師を務める高校で孤立していた彼女も、どうにか学園生活を送っているようだ。だが、頭をかすめるのは藍良から告げられたとんでもない言葉だった──。
嘘と詐欺と異能学園3 著／野宮 有　イラスト／kakao	学園に赴任してきたニーナの兄・ハイネ。黒幕の突然の登場に動揺しつつも奮起するジンとニーナ。ハイネが設立した自治組織に参加し、裏ではハイネを陥れる策を進行させるという、超難度のコンゲームが始まる。
新作 **運命の人は、嫁の妹でした。** 著／逢縁奇演　イラスト／ちひろ綺華	互いの顔を知らないまま結婚したうえ、嫁との同棲より先に、その妹・獅子乃を預かることになった俺。だがある日、獅子乃と前世で恋人だった記憶が蘇って……。つまり〈運命の人〉は嫁ではなく、その妹だった!?

悪徳の迷宮都市を舞台に
一人のヒモとその飼い主の生き様を描く
衝撃の異世界ノワール
第28回
電撃小説大賞
大賞
受賞作
姫騎士様のヒモ
He is a kept man for princess knight.
白金 透
Illustration
マシマサキ
姫騎士アルウィンに養われ、人々から最低のヒモ野郎と罵られる
元冒険者マシューだが、彼の本当の姿を知る者は少ない。
「お前は俺のお姫様の害になる——だから殺す」
エンタメノベルの新境地をこじ開ける、衝撃の異世界ノワール！
電撃文庫

第27回電撃小説大賞
大賞
受賞作
孤独な天才捜査官。
初めての「壊れない」相棒は
ロボットだった——。
菊石まれほ
[イラスト] 野崎つばた
ユア・フォルマ
紳士系機械 × 機械系少女が贈る、
ＳＦクライムドラマが開幕！
相性最凶で最強の凸凹バディが挑むのは、
世界を襲う、謎の電子犯罪事件！！
最新情報は作品特設サイトをCHECK!!
https://dengekibunko.jp/special/yourforma/
電撃文庫